BIBLIOTHÈQUE ÉCOSSAISE
Dirigée par Keith Dixon

SCINTILLATION

DU MÊME AUTEUR
CHEZ LE MÊME ÉDITEUR

Un mensonge sur mon père, 2009
Les Empreintes du diable, 2008
Une vie nulle part, 2005
La Maison muette, 2004

John BURNSIDE

SCINTILLATION

Traduit de l'anglais (Écosse)
par Catherine Richard

Traduit avec le concours
du Centre National du Livre

Éditions Métailié
20, rue des Grands Augustins, 75006 Paris
www.editions-metailie.com
2011

Titre original : *Glister*
© John Burnside, 2008
Traduction française © Éditions Métailié, Paris, 2011
ISBN : 978-2-86424-838-5

Allons donc! Et comment peux-tu savoir, toi,
si une chose vivante, une chose pensante, entière,
n'est pas là, invisible et inconnaissable, à l'endroit
précis où tu te tiens à présent. Oui, à cet endroit-
là, malgré que tu y sois, en dépit de toi. Dans les
moments où tu es le plus seul avec toi-même n'as-
tu jamais peur des indiscrétions?

Herman Melville, *Moby Dick*

Soutenu par ce cercueil pendant un jour et
une nuit entière, je flottai sur l'Océan qui grondait
doucement comme un chant funèbre. Les requins,
paisibles, glissaient à mes côtés avec des gueules
verrouillées; les sauvages faucons de mer planaient
au-dessus de moi avec leur bec au fourreau. Le
second jour, une voile se dressa, s'approcha et me
repêcha enfin. C'était l'errante Rachel. *Retour-*
nant en arrière pour chercher toujours ses enfants
perdus, elle ne recueillit qu'un autre orphelin.

Herman Melville, *Moby Dick*

Là où je suis à présent, j'entends encore les mouettes. Tout le reste s'estompe, comme le font les rêves dès qu'on s'éveille et qu'on cherche à se les rappeler, mais les mouettes sont encore là, plus sauvages et braillardes que jamais. Elles tournent et virent par milliers, appelant et criaillant d'un bout à l'autre de la presqu'île, tellement stridentes et incessantes que je n'entends que ça : ça, et un dernier murmure de vagues et de galets, un grondement local, insistant, derrière les cris de ces oiseaux fantômes dont je remarquais à peine la présence dans la vie qui fut la mienne avant que je franchisse le Glister. C'est tout ce qu'il reste de cette ancienne vie : des oiseaux, par nuées jacassantes, écumant la presqu'île ; des vagues grises, froides, se déroulant sur la grève. Rien d'autre. Aucun autre son, et rien à voir hormis l'ample et pure lumière dans laquelle je m'avance de mon plein gré, sans relâche, au terme d'une histoire que déjà je commence à oublier.

Dans cette histoire, je m'appelle Leonard et, quand j'étais là-bas, je pensais que la vie était une chose et la mort une autre, mais c'était parce que je ne connaissais pas le Glister. Maintenant que cette histoire est finie, je veux la raconter en entier, alors même que je m'éclipse avant que des noms ne soient donnés ou perdus. Je veux la raconter en entier alors même que je l'oublie et ainsi, en racontant et en oubliant, pardonner à tous ceux qui y figurent, y compris moi. Parce que c'est *là* que l'avenir commence : dans l'oublié, dans ce qui est perdu. Là-bas à l'Intraville, il y avait une étiquette sur les vieux bidons de sirop de sucre qu'on achetait à l'épicerie de quartier : l'image d'un lion mort en train de se décomposer dans la poussière, avec des flopées d'abeilles qui se déversaient des ombres et béances de son pelage, soutiraient du miel aux plaies. Je croyais à cette image. Je savais qu'elle était *vraie* – car il y a eu une époque où les gens pensaient que cette sombre béance, cette plaie, était véritablement la source d'où provenait le miel. Et ils avaient raison, car tout se transforme, tout *évolue*, et cette évolution est la seule histoire qui se perpétue à tout jamais. Tout évolue pour devenir autre chose, d'un instant à l'autre, à tout jamais. Ça, je le sais maintenant – et ici, là où je suis, je passe et repasse en revue cette histoire précise, inlassablement, rejouant les événements dont je me souviens, situant les blancs et les ombres laissés par l'oubli, me raccrochant à des broutilles comme si c'était le monde tout entier qui s'éclipsait, la vie elle-même qui s'évanouissait dans le passé, et pas seulement moi.

Sauf que *rien* ne s'éclipse, pas même la conscience de soi. Rien ne s'évanouit dans le passé ; tout est oublié et devient ainsi l'avenir. Tout continue en un lieu que certains habitants de l'Intraville appelleraient l'au-delà – bien qu'ils sachent, au fond de leur cœur, qu'il *n'existe pas* de vie dans l'au-delà, car il *n'existe pas* d'au-delà. C'est toujours maintenant, et tout – passé et avenir, problème et solution, vie et mort –, tout coexiste ici, en ce lieu, en cet instant. Ce lieu où je suis a reçu bien des noms, qui varient selon l'histoire à laquelle on se réfère. Paradis, enfer, Tir Na Nog, Temps du rêve. Mais nous *savons* tous que ce n'est rien de tout ça, que c'est simplement le lieu où chaque histoire commence et finit. Et maintenant c'est *mon* histoire qui commence à nouveau, une dernière fois, alors même qu'elle s'éteint à petit feu. Pour me la rappeler – pour l'oublier –, il suffit que je me représente un homme dans un bois et tout se déploie, comme ces fleurs en papier qui révèlent en s'ouvrant des couleurs invraisemblablement éclatantes à l'instant où on les jette dans un récipient d'eau :

fleurs de mer, fleurs de lune, fleurs de terre, fleurs couleur de ciel, fleurs couleur de sang. Je *connais* cette histoire. J'ai l'impression de l'avoir déjà racontée cent fois, peut-être mille, et chaque fois que je recommence, un nouveau petit détail se met en place. Pour finir, je vais la reprendre tout entière une dernière fois, puis je quitterai cet endroit. Car quoi qu'il subsiste de *moi*, une nouvelle histoire va commencer. Ou peut-être moins une nouvelle histoire qu'une nouvelle variante de l'unique histoire qui se déroule continuellement.

C'est une histoire qui possède une vie propre, pour autant que je puisse le constater. Une vérité propre aussi, mais pas une vérité que l'on puisse énoncer. Elle ne cesse de fluctuer, de glisser hors d'atteinte. John le Bibliothécaire m'a parlé un jour de l'idée que quelqu'un avait conçue, celle du "narrateur-menteur". Il trouvait ça vraiment drôle. Comme si une histoire était un assortiment de faits, comme si celle que nous sommes en train de vivre n'en était qu'une succession, A interdisant B, Y entraînant Z. John le Bibliothécaire aimait dire qu'en matière de mensonge, ce n'est pas du narrateur qu'il fallait se soucier, mais de l'auteur. Et là, je crois qu'il voulait dire Dieu, le destin, ou quelque chose du même acabit. Mais là-dessus je ne suis pas sûr d'être d'accord avec lui. À mon avis, c'est l'histoire qui ment, pas le narrateur – et je ne crois pas qu'il existe un quelconque "auteur". Juste une histoire qui se poursuit à l'infini. Parfois, il y a quelque chose qu'on peut raconter, et parfois rien. Pour autant que je l'aie constaté, n'importe qui peut se charger de raconter si ça lui plaît, mais ça n'a pas la moindre incidence sur le déroulement de l'histoire.

La vie est plus vaste, elle. Tandis que ma propre petite variante de cette histoire précise commence à nouveau pour la dernière fois, dans l'instant qui précède son oubli, il se peut qu'elle devienne une restitution parfaite, un récit fidèle, narré une fois pour toutes. Si les choses se déroulent comme ça, si elles se déroulent jusqu'au bout, alors tout est compris. Tout est pardonné. Pour commencer à nouveau, pour oublier enfin, il suffit que je me représente un homme seul dans un bois empoisonné – non pas l'unique fois où je l'ai vu là, mais plus tôt, à un moment où son secret était encore entier. Dans cette histoire, je m'appelle Leonard, mais je ne suis pas cet homme dans les bois. Je suis un jeune garçon qui disparaît sans bruit du monde qu'il connaissait et a déjà cessé de connaître, plus ou moins à dessein. L'homme dans les bois, c'est Morrison, l'unique agent de police de l'Intraville. Avant que je l'oublie à tout jamais, il trouvera l'enfer ou le salut, et le monde tel qu'il le connaît prendra fin. Et c'est très bien ; même si, à mesure que l'histoire se déroule, ni lui ni moi ne le comprenons.

I

LE LIVRE DE JOB

Au commencement, John Morrison est au travail dans son jardin. Pas le jardin du poste de police, qu'il néglige depuis longtemps, ni la parcelle qu'il louait juste après s'être marié, mais le vrai jardin, l'unique *jardin,* celui qu'il lui plaît de considérer comme un sanctuaire. Un lieu sacré, comme le jardin d'une Résurrection médiévale. Aux yeux de n'importe qui d'autre, ça n'aurait l'air que d'un carré de fleurs et de babioles, sans plus, ménagé dans une clairière au cœur du bois empoisonné, juste au-dessus de l'ancienne voie de transport de marchandises; mais bon, personne n'en a jamais saisi la signification. Morrison a lui-même créé ce jardin et l'a entretenu pendant sept ans: une jolie plate-bande de coquelicots et d'œillets, ponctuée çà et là de cabochons de verre poli et de cailloux qu'il ramasse pendant ses longues marches autour de l'Intraville et des terrains vagues au-delà, emplissant les poches de son uniforme de trésors sans valeur tout en faisant mine de vaquer à ses fonctions. Bien entendu, à l'heure qu'il est, il n'a *pas* de véritables fonctions, du moins aucune en laquelle il ait jamais pu croire. Brian Smith y a veillé, il y a des années, quand Morrison a commis la grosse erreur de sa carrière – la grosse erreur de sa *vie,* son mariage mis à part.

C'était le jour où Smith l'a persuadé de passer sous silence la première des disparitions de l'Intraville. Aujourd'hui, avec cinq jeunes garçons portés disparus, Morrison a presque honte de se montrer dans la rue. Ce n'est pourtant pas que quiconque soit au courant du mensonge, de l'escroquerie qu'il continue de perpétrer vis-à-vis de tout un chacun. Les gens veulent savoir où sont passés les enfants de l'Intraville, mais en dehors des familles des garçons disparus, personne n'attend vraiment grand-chose de *lui*. Les gens savent qu'il n'a ni les compétences ni les ressources nécessaires pour retrouver les garçons, et ils savent aussi qu'en dehors des vestiges industriels et des broussailles de la côte qui constituent leur territoire empoisonné, tout le monde se moque éperdument de ce qui arrive aux enfants ɑe l'Intraville. Les familles elles-mêmes renoncent au bout d'un moment et sombrent dans une stupeur muette, ou dans un triste mélange d'apathie et de sherry britannique. Après plus de dix ans d'espoirs déclinants pour leur ville et pour leurs enfants, les gens sont devenus fatalistes, s'efforçant de trouver, dans l'indifférence, le refuge qu'ils cherchaient autrefois dans la quête modeste et assez vague, pour la majorité, du bonheur ordinaire qu'on leur a appris à attendre. Certains choisissent de croire, ou de dire qu'ils croient, la version officielle – la version que Morrison lui-même propage, avec un bon coup de pouce de Brian Smith. Dans cette version des faits, une histoire pleine de coïncidences commodes quoique invraisemblables, les cinq garçons ont tous quitté l'Intraville de leur propre chef, un par un et sans en souffler mot à quiconque, pour tenter leur chance dans le vaste monde. Certains affirment que cette version est crédible, les jeunes garçons étant ce qu'ils sont. D'autres disent qu'elle est tirée par les cheveux, qu'il semble tout à fait improbable que ces cinq gamins éveillés, des garçons d'une quinzaine d'années ayant famille et amis, s'en soient tous allés subitement, et sans prévenir Dans ce groupe, il y a ceux qui soutiennent que les garçons ont en fait été assassinés, et qu'ils sont sans doute enterrés quelque part dans les ruines de l'ancienne usine chimɪque, entre l'Intraville et la mer, où leurs corps mutilés se décomposeront vite, sans laisser de traces qu'on puisse différencier des animaux morts et des restes non identifiables que les gens trouvent sans arrêt là-bas. Ce dernier groupe entre en effervescence de temps à autre, en général juste après une nouvelle disparition. Ses membres exigent une enquête approfondie, ils veulent que des enquêteurs indépendants viennent de l'extérieur pour mener des recherches officielles. Ils écrivent des lettres; ils passent des coups de fil. Rien ne bouge.

La plupart du temps, toutefois, la ville vaque à ses occupations; mais à l'heure actuelle, il semblerait que son unique occupation soit un lent pourrissement. Celle de Morrison consiste, bien sûr, à faire sa ronde, à se rendre bien visible, à tenter de suggérer que l'ordre public, ça signifie quelque chose dans l'Intraville. C'est ça, sa fonction : *être vu* – pourtant Morrison a horreur d'être vu, il souhaite être invisible, il souhaite, par-dessus tout, disparaître et, en ce samedi après-midi chaud de la fin juillet, il est dans son jardin secret, en train de désherber et de nettoyer pour empêcher que les quelques fleurs qu'il a plantées au printemps ne soient étouffées par l'herbe et les orties. Au début, ce sanctuaire de fortune était dédié à Mark Wilkinson, le premier garçon à disparaître – celui qu'en fait, Morrison avait découvert. Mais plus tard il a pris un caractère plus général, c'est devenu un mémorial à tous les garçons perdus, où qu'ils puissent être. Personne d'autre ne connaît l'existence de ce jardin, et Morrison est toujours sur le qui-vive quand il s'y rend, craignant de se faire surprendre, que quelqu'un ne devine ce que tout ça signifie. Le sanctuaire est fort bien dissimulé, étant donné que l'épisode qu'il commémore est arrivé, comme il se doit, dans ce lieu secret, ou du moins tout près. Un jour, il a retrouvé le petit jardin piétiné et dévasté, les fleurs arrachées, les verroteries et les cailloux éparpillés au loin, mais il a tout de suite deviné que ce n'était rien de plus qu'une manifestation de vandalisme ordinaire. Quelques gamins de l'Intraville étaient tombés sur son ouvrage et l'avaient détruit sans même réfléchir, avec l'indifférence blasée que les gosses de l'Intraville manifestent dans tout ce qu'ils font, mais Morrison est à peu près sûr qu'ils n'avaient pas compris ce que représentait le sanctuaire ; il s'est contenté de le reconstruire, plante par plante, galet après galet, jusqu'à ce qu'il soit, à tout le moins, encore mieux qu'avant. Dès qu'il le peut, il vient l'entretenir. Quand un nouveau garçon se volatilise dans la nuit, il agrandit un peu le jardin, y ajoute de nouvelles plantes, de nouveaux tas de cailloux et de verroterie polie par le sable.

Les plus beaux cailloux, il les trouve à la Pointe de Stargell, son endroit préféré ces temps-ci, parce que personne d'autre n'y va jamais. Même les gamins évitent l'endroit. Les gens ont tous compris, désormais, que sous leurs pieds le sol tout entier est irrémédiablement vicié, empoisonné par des années d'émissions et d'écoulements, mais dans la plupart des secteurs personne ne connaît vraiment l'étendue des dégâts – alors qu'on a toujours considéré la Pointe de Stargell comme une zone noire, même au bon vieux temps, quand les gens croyaient, au prix d'un pur effort de volonté, que l'usine chimique était foncièrement sûre. Ils croyaient, bien sûr, parce qu'ils étaient *obligés* de croire : l'économie de l'Intraville reposait presque entièrement sur l'industrie chimique. Qui plus est, certains habitants de l'Extraville, là-bas dans les grandes demeures, avaient tout intérêt à s'assurer que tout se déroule sans trop d'anicroches. Les gens de l'Intraville, ceux qui travaillaient véritablement à l'usine, avaient été informés d'entrée de jeu des précautions à prendre dans l'exercice de leur charge, mais tout le monde – le Consortium, les gens de la sécurité, les autorités – leur avait toujours dit que le danger était minime. Ils avaient voulu se croire en sécurité parce qu'ils n'avaient aucun autre endroit où aller, et ils avaient voulu faire confiance aux directeurs et aux politiciens parce qu'ils n'avaient personne d'autre à qui se fier. Naturellement, ils se sont donné beaucoup de mal pour être convaincus. Les premiers temps, certains d'entre eux rapportaient même sous le manteau des sacs du produit qu'ils fabriquaient à l'usine pour pouvoir l'épandre dans leurs jardins. C'était un acte de foi, totalement irrationnel et donc, espéraient-ils, d'autant plus puissant.

Plus tard, une fois qu'il a été trop tard, ils ont commencé à saisir ce qui se passait réellement. Ils ont eu vent des rumeurs de corruption en haut lieu et des menaces de mort proférées anonymement à l'encontre de dénonciateurs potentiels, ils ont appris que le Consortium avait des contacts influents au sein des sociétés soi-disant indépendantes chargées de la surveillance et de la sécurité de la main-d'œuvre de l'usine, mais ils n'ont pas su quoi faire. Quelques années après que Morrison eut quitté l'école, l'usine avait finalement été fermée, mais ses ruines se dressaient sur la presqu'île, cernant tout l'est de l'Intraville, des hectares et des hectares de terrains morts, depuis les bâtiments administratifs délabrés au croisement d'East Road et de Charity Street, en passant par une kyrielle d'immenses fours sonores, entrepôts, unités de traitement des déchets et ateliers de production abandonnés, qui s'étirait jusqu'aux quais de chargement en bordure de mer, où de grands tankers rouillaient à côté des eaux grasses, visqueuses, de l'estuaire. Où qu'on regarde, on découvrait des preuves des effets de l'usine sur l'environnement : allées d'arbres morts, noirs et squelettiques, le long de l'ancienne voie ferrée et des routes d'accès ; énormes amas de rocs sulfureux dont on avait laissé les effluents s'évaporer au soleil. Quelques pêcheurs acharnés trouvaient des créatures marines mutantes échouées sur la grève, là où les grands navires étaient jadis chargés de milliers et de milliers de barils contenant on ne savait quoi, et certaines personnes affirmaient avoir vu des animaux bizarres dans les parcelles de forêt restantes, ni malades ni mourants, mais pas bien non plus, la gueule hypertrophiée et le corps enflé, difforme.

La preuve la plus convaincante, toutefois, qu'il se commettait des nuisances sur la presqu'île, était le fait qu'aussi longtemps que l'usine avait existé, les gens eux-mêmes n'avaient pas été bien. Tout à coup, des formes rares de cancer se manifestaient inexplicablement en série. Les enfants contractaient des maladies terribles, ou présentaient de mystérieux troubles du comportement. On constatait un nombre anormal d'affections inconnues ou incurables, une augmentation soudaine et massive des dépressions, une prolifération de ce qu'autrefois on aurait appelé des cas de folie. La propre femme de Morrison avait une maladie mentale et, même à présent, personne n'était capable de dire ce qui n'allait pas chez elle. Elle buvait, c'était l'explication la plus cruelle, mais elle buvait déjà toute jeune et, à l'époque, elle se portait comme un charme.

À présent, tout le monde met ces problèmes sur le compte de l'usine, mais personne n'a l'énergie de faire quoi que ce soit pour y remédier. L'usine était autrefois leur gagne-pain à tous ; elle avait incarné leurs espoirs les plus chers. Tout le monde en connaissait l'histoire, ou du moins la version officielle. Les gens étaient capables de raconter comment, il y a trente ans, un consortium – il portait un nom précis, mais on le mentionnait toujours simplement comme le Consortium –, un consortium local et international de compagnies, agricoles et autres, avait commencé à fabriquer là divers produits, mais personne ne se souvient plus à présent, et apparemment personne ne savait vraiment à l'époque, quels types de produits chimiques on y fabriquait au juste, ni à quoi ils servaient. Le père de Morrison, James, avait travaillé à l'usine, et il affirmait qu'il s'agissait exclusivement de produits agricoles inoffensifs : fertilisants, pesticides, fongicides, accélérateurs de croissance ou retardateurs de pousse, chaînes complexes de molécules qui pénètrent la racine ou la tige d'une plante et en modifient la façon de pousser, l'époque de floraison ou la germination. D'autres gens disaient que c'était plus dangereux que ça : peut-être le plus gros de ce qui se conditionnait sur la presqu'île était-il innocent, mais il existait des installations spéciales, dissimulées au cœur de l'usine, où étaient fabriquées et entreposées des armes chimiques. Après tout, argumentaient les mêmes, il suffit de pas grand-chose pour transformer une substance en une autre ; rompre une chaîne de molécules par-ci, en ajouter une autre par-là, et ce qui était jusqu'alors un herbicide peu nocif devenait une arme de guerre ; modifier la température, la structure, la pression, et un produit autrefois en vente libre à la droguerie du coin était transformé en poison pour champ de bataille. Aujourd'hui encore, affirmaient-ils, il existe des bâtiments interdits où personne, pas même les inspecteurs de la sécurité, n'a jamais eu l'autorisation d'entrer.

Au bout d'un moment, quand les enfants ont commencé à disparaître, de nouvelles hypothèses ont été émises. Les garçons étaient tombés par hasard sur l'un de ces locaux secrets et avaient succombé à un nuage de gaz mortel ; ou bien ils avaient été enlevés en vue de tests, soit par des scientifiques officiels ultra-secrets, soit par des extraterrestres qui tenaient l'usine en observation depuis des décennies. Morrison sait depuis toujours que ce ne sont là que des suppositions oiseuses, bien sûr, car il connaît la vérité sur les disparitions. Ou, plutôt, il connaît la vérité dans *un* cas, étant donné que, par une froide soirée d'automne, sept ans plus tôt, il a eu la malchance de trouver Mark Wilkinson pendu à un arbre, à quelques mètres de l'endroit où lui-même se trouve à présent. À quelques mètres, pas plus, du carré broussailleux de fleurs et de verroterie colorée où il s'attarde à côté d'une tombe fantôme, en essayant de trouver quelque chose à dire. Ce n'est pas à une prière qu'il aspire, lors de ses visites, mais à une forme de communion : ce qu'il veut, ce n'est pas envoyer l'âme de Mark vers un heureux ailleurs, mais la retenir assez longtemps pour que le garçon comprenne et, de ce fait, pardonne.

Morrison n'a jamais trouvé très convaincante l'idée, qu'on lui a enseignée en instruction religieuse, que le pardon vient de Dieu ; il n'a jamais compris pourquoi Dieu avait besoin de nous pardonner nos offenses, puisque c'était Lui qui nous avait faits tels que nous étions. Pourtant, même enfant, il avait cru au pardon des morts. Quand il était petit, sa mère l'emmenait en promenade le dimanche jusqu'au cimetière situé à l'ouest de l'Intraville, non loin de l'endroit où vivaient les gens riches. James Morrison ne venait pas, il avait toujours trop à faire, mais sa femme conduisait le jeune John et sa petite sœur jusqu'au cimetière de l'Intraville, et ils s'asseyaient tous les trois sur l'un des bancs, dans leurs habits du dimanche, pour savourer à midi un pique-nique solennel à côté de la pierre tombale de la grand-mère. C'était un déjeuner silencieux, solennel, mais pas du tout morbide. Ensuite, par respect pour les morts, Morrison ramassait le moindre éclat de coquille d'œuf, le moindre feston de pelure d'orange. Les morts le fascinaient par leur manière de survivre, seuls sous leur nom, séparés les uns des autres, si bien qu'il avait envie d'effacer de leur domaine solitaire toute trace que sa famille ou lui risquaient d'y laisser. Une fois, quand il avait quinze ans, il était allé se promener dans le cimetière avec sa première petite amie, une fille plutôt banale mais drôle, au cœur généreux, qui s'appelait Gwen. Il avait prévu ça comme une simple promenade, sans plus, mais presque aussitôt après avoir franchi les grilles, Gwen s'était agrippée à son bras et l'avait embrassé, sur place, au beau milieu des tombes et des rhododendrons. Le baiser n'était pas très réussi parce qu'ils n'avaient encore jamais embrassé, timides l'un et l'autre, et Morrison pas certain d'apprécier Gwen pour son physique autant que pour sa personnalité. C'est pourquoi il avait hésité, probablement ; mais la vérité c'était qu'au début, il n'avait pas eu envie de continuer, avec les morts tout autour de lui, qui le regardaient depuis leurs dernières demeures respectives d'un bout à l'autre du cimetière. Il avait quand même réessayé, pour faire plaisir à Gwen, et cette fois ils s'en étaient très bien sortis, Gwen penchant la tête de côté comme dans les films, pour éviter que leurs deux nez ne gênent. Après ça, ils s'étaient longuement embrassés, quelque chose comme une minute, sans trop savoir comment s'arrêter maintenant qu'ils avaient commencé.

Dès qu'ils s'étaient éloignés l'un de l'autre, cependant, ce baiser avait commencé à le tracasser. Il n'avait pas envie de peiner ou d'insulter les morts, qui étaient seuls dans un ailleurs silencieux – raison pour laquelle, avait-il compris, ils pouvaient nous pardonner. Il n'avait jamais douté que les morts soient meilleurs parce qu'ils étaient morts : les petits soucis, les querelles insignifiantes, les inquiétudes qui perturbent les vivants ne les atteignaient plus. Ils respiraient avec Dieu. C'était ainsi que Morrison se les représentait, enfant : en train de respirer l'air de Dieu, mais sans jamais Le voir, toujours seuls. Il leur incombait de nous surveiller, objectivement, de loin, et ils nous pardonnaient d'autant plus facilement ainsi. Ce n'était pas le boulot de Dieu de nous pardonner, mais le leur. Ils voyaient et ils comprenaient, alors que Dieu ne pouvait comprendre, parce que ses critères étaient trop élevés et qu'Il piquait toujours des rognes terribles, faisant pleuvoir châtiments et coups dans tous les coins. Aussi, étant parfait, confiait-Il aux morts la tâche de pardonner. Ce qui était logique, tout bien réfléchi. Morrison aimait y voir une forme de délégation de pouvoir.

Il avait découvert le petit Wilkinson par hasard, au terme d'une succession d'incidents et événements ordinaires qui, l'un dans l'autre, n'auraient rien dû déclencher. C'était Halloween, aux alentours de dix heures du soir ; Morrison s'était rendu à l'ancien presbytère à propos d'une histoire de vandalisme sans gravité, à pied parce qu'il éprouvait le besoin de se dégourdir les jambes, et parce qu'à l'époque il pensait que les gens trouvaient rassurant de voir un policier en train de faire sa ronde. Il faisait un froid de chien, le temps était dégagé mais glacial pour la saison, et comme Morrison regagnait le poste de police pour s'y faire du thé, il était tombé sur un homme et deux jeunes garçons à l'entrée de West Side Road, la route du littoral ouest qui menait jusqu'à l'ancienne gare de triage et au petit bois que tout le monde, à l'Intraville, appelait le bois empoisonné parce que les arbres, pourtant encore vivants, y étaient curieusement noirs, d'un noir qui ne semblait dû ni au feu ni à la sécheresse, mais laissait plutôt supposer que dans ces arbres courait une mauvaise sève empoisonnée, noire mais teintée en son essence d'un soupçon de vert livide, un vert amer et primitif comme l'armoise ou la bile. Les garçons avaient l'air effrayés et malheureux, mais aussi gênés, si bien que Morrison avait d'abord nourri des soupçons. Il se disait qu'il était arrivé quelque chose qui leur avait fait peur, mais se demandait s'ils étaient aussi innocents qu'ils voulaient le paraître. Il n'était pas dans le métier depuis longtemps, et sa première défense dans la plupart des cas était le scepticisme. Pour lui, être un policier de quartier se résumait à ça, finalement, à ce sentiment contagieux de calme et cette aptitude immédiate à ne pas prendre les choses pour argent comptant. Pourtant, ces gamins avaient eu peur, aucun doute là-dessus ; mais au début il ne comprit pas grand-chose à leur récit, si ce n'est qu'il était question d'un gamin prénommé Mark, d'un vieux repaire non loin du bois empoisonné et d'une bobine de fil de coton.

De son côté, l'homme qui les accompagnait, un veuf entre deux âges du nom de Tom Brook, que Morrison connaissait un peu par le biais d'amis de la famille, n'était d'aucune aide. Vêtu d'un cardigan gris et d'un pantalon bleu en velours côtelé, et sans manteau malgré le froid, Brook avait l'air de quelqu'un qui vient juste de quitter son salon douillet, d'enfiler une paire de bottes et de sortir dans le noir sans réfléchir. Un air que Morrison avait appris à bien connaître, l'air de quelqu'un qui se voit singularisé, dans la banalité du quotidien, par le hasard, ou peut-être le destin. L'ennui, c'était que Brook avait déjà entendu une version confuse de l'incident et ne cessait de poser des questions qui, pour Morrison, semblaient sans fondement et ne faisaient donc qu'embrouiller les choses.

— Bon, finit par dire Morrison. On va tout reprendre, depuis le début.

Il parlait lentement, paisiblement, comme il s'y était entraîné, afin d'inspirer le calme aux autres. Il s'était entraîné à la placidité devant son miroir, tout en se répétant mentalement des formules qu'il estimait rassurantes. Il aurait aimé avoir l'air plus âgé. Ou plus expérimenté, à tout le moins. Les gens savaient qu'il n'y avait pas si longtemps, il exerçait en tant que modeste vigile – veilleur de nuit, en fait – dans l'un des immeubles que Brian Smith possédait dans l'Intraville. Son nouvel emploi, jusqu'alors, ne lui avait rien appris, mais Morrison avait pourtant retenu *une* chose, qui était que les gens ne font pas vraiment confiance aux jeunes policiers.

– Qui, au juste, est allé où, et il y a combien de temps?

À peine ces mots avaient-ils franchi ses lèvres qu'il s'agaçait déjà lui-même. Il venait d'enfreindre une de ses principales règles. Une seule question à la fois. En douceur. Maintenir le calme général, faire parler une seule personne.

Tom Brook regarda les garçons, puis secoua la tête.

– Ma foi, dit-il, je sais que ça a l'air bizarre. Ça ne fait qu'un petit moment, à vrai dire, qu'il est parti là-bas.

Il se tourna alors vers l'un des garçons qui, entre-temps, s'était mis à pleurer ouvertement.

– C'est bon, Kieran. Le policier est là. On va le retrouver…

– Retrouver qui, Tom?

Déjà, les pensées de Morrison repartaient vers un thé accompagné de biscuits, au poste de police. Ou peut-être un moment avec Alice, tous les deux tranquillement attablés dans la cuisine, au temps où rester avec Alice n'était pas une corvée. Cette affaire allait se révéler une fausse alerte, il le sentait. Il était peut-être nouveau dans la fonction, mais il avait un instinct pour les investigations policières. Ça ne serait rien de plus qu'une blague idiote, ou un malentendu. Il n'avait pas envie de passer le reste de la soirée à errer dans le bois empoisonné, à la recherche d'un quelconque fugueur disparu depuis à peine une heure et demie.

– C'est Mark Wilkinson, dit Tom Brook. Il paraissait déjà moins sûr de ce qui s'était produit. Le scepticisme inné de Morrison était visiblement contagieux. Ils disent qu'il est entré dans les bois et qu'il n'en est pas ressorti.

Morrison regarda les garçons. C'était curieux : ils avaient vraiment eu la frousse, c'était évident, mais le plus grand des deux semblait aussi gêné qu'effrayé. Le gamin que Brook avait appelé Kieran était plus petit, un peu râblé, mais avec un visage délicat, presque des traits de fille ; il accusait le coup, il était même à deux doigts de la crise de nerfs, et regardait tour à tour Morrison et Tom Brook comme s'il les soupçonnait d'avoir eux-mêmes fait disparaître son ami dans les airs.

— Bon, dit Morrison. Expliquez-nous précisément ce qui s'est passé. Depuis le début.

Malgré la différence de leurs réactions émotionnelles, les deux garçons firent des récits rigoureusement identiques. Apparemment, ils étaient allés jouer dans les bois, et comme leur jeu était un vieux rite d'Halloween qui remontait sans doute à l'époque païenne, Morrison ne tarda pas à soupçonner à nouveau qu'il ne s'agissait là que d'une tempête dans un verre d'eau, que la disparition était un genre de farce d'écolier, une mise en scène idiote tout simplement poussée trop loin. Peut-être le plus grand, qui s'appelait William, était-il complice de la farce depuis le début, mais il s'était ensuite passé quelque chose d'imprévu, si bien qu'il se retrouvait déchiré entre inquiétude et incrédulité — et aussi gêné, car leur jeu était un jeu de filles, dont Morrison ne connaissait l'existence que grâce à un article du genre "Le Saviez-vous ?" sur lequel il était tombé dans le journal la semaine précédente. Peut-être Mark, ou l'un des autres, avait-il lu ce même article qui racontait comment, jadis, les filles attachaient un fuseau à l'extrémité d'un fil de coton. Elles se rendaient ensuite dans les bois et, après avoir prononcé la formule magique appropriée, lançaient le fuseau le plus loin possible dans le noir en tenant bien fort l'autre extrémité. Le fuseau filait dans l'obscurité et atterrissait au loin, idéalement sans que le fil s'en détache, pendant que la fille attendait un signe quelconque — mouvement, vibration, quelque chose qui tire sur le fil, doucement ou avec insistance, qui l'appelle et l'invite à s'avancer dans le noir. L'article précisait que, lorsqu'elles remontaient le fil en direction de l'endroit où le fuseau avait atterri, ces jeunes païennes croyaient qu'elles allaient rencontrer leur futur amant sous la forme d'un esprit, et peut-être apprendre ainsi qui était celui qu'elles devraient épouser le moment venu. Mark avait affirmé aux deux autres qu'ils devraient jouer à ce jeu dans le bois empoisonné, histoire de le rendre plus réel ; il avait même eu l'air de croire que ce rite allait donner un résultat, qu'il y aurait vraiment quelqu'un qui attendrait dans le noir à l'autre bout du fil.

— Et alors, que pensais-tu trouver ? demanda Morrison à William. Tu es un peu jeune pour envisager de prendre femme.

William eut l'air encore plus gêné.

— On cherchait pas des *femmes*, répondit-il avec un dégoût évident.

Morrison lui adressa un sourire encourageant.

— Alors quoi ? demanda-t-il. William contemplait ses pieds, pour ne pas avoir l'air plus bête qu'il ne se sentait déjà. Morrison se tourna alors vers Kieran, qui se calmait peu à peu : et toi ? dit-il. Qu'est-ce que tu cherchais, là-bas dans les bois, fiston ?

Kieran décocha un regard à William qui hochait négativement la tête, le regard toujours rivé au sol.

— On cherchait le diable, dit-il au bout d'un moment. C'est Mark qui a eu l'idée. Il a dit que cette histoire de filles et de maris et tout, c'était n'importe quoi, qu'en vrai, c'était un truc pour trouver le diable.

Maintenant qu'il avait cessé de pleurer, il semblait en colère. Ou indigné, plutôt — et Morrison eut le sentiment que Kieran faisait partie de ces garçons qui allaient grandir en colère contre ce monde qui, de temps à autre, les mêlait, *eux*, à ses problèmes.

— Le diable ? répéta-t-il, avec son meilleur ton de policier sceptique.

Kieran le dévisagea.

– Ouais, répondit-il avec colère.

Morrison se tourna vers Tom Brook. Il voulait dire quelque chose de rassurant, leur expliquer à tous qu'il s'agissait d'un canular qui avait mal tourné ou d'un de ces mystères sans importance dont tout le monde rit ensuite, mais Brook prit la parole sans lui en laisser le temps. L'homme semblait à la fois triste et soulagé.

– Le diable, on ne va pas le chercher, fiston, dit-il. Les deux garçons levèrent les yeux vers lui. C'était le plus âgé des deux hommes, donc ils l'écoutaient. Personne ne te l'a jamais dit, ça? demanda-t-il. Il tourna la tête vers Morrison et esquissa un sourire triste mais complice. Ce n'est pas la peine d'aller chercher le diable dans les bois, répéta-t-il. C'est le diable qui *nous* trouve, hein, agent Morrison?

Voilà donc ce qui s'était passé. Se mettant lui-même au défi de regarder le diable dans les yeux, Mark Wilkinson avait jeté son fuseau dans les profondeurs noires du bois empoisonné puis, voyant que rien ne se produisait, il s'y était engagé seul, remontant le fil jusqu'à l'endroit où le fuseau était tombé. La dernière chose qu'il avait dite aux autres avant de disparaître dans l'ombre, c'était que s'il ne revenait pas immédiatement, ils ne devraient pas l'attendre. Puis, avec un rire, il était sorti du rond de lumière de la lampe torche et avait disparu parmi les arbres. William et Kieran avaient attendu son retour un long moment, mais ils avaient trop peur pour aller le chercher dans les ténèbres du diable. Au lieu de quoi, pris de panique, ils avaient détalé en laissant sur place leur unique lampe de poche. Morrison écouta patiemment leur récit et décida que le mieux – la seule chose à faire –, c'était d'expédier ces gamins au lit et de se rendre dans le bois empoisonné pour jeter un coup d'œil. Mais, d'abord, il allait faire un saut chez les Wilkinson, histoire de voir si le jeune Mark n'était pas dans son lit, en train de rigoler du tour qu'il avait joué à ses amis tout en se félicitant d'avoir pu échapper au diable. Ce n'était rien, cette histoire, juste un jeu de gamins, et Morrison s'étonnait de l'état dans lequel les deux garçons s'étaient mis à ce propos. Cela dit, le bois empoisonné était un endroit plutôt sinistre de nuit, même avec de la compagnie et une lampe torche.

— Bon d'accord. Voilà ce qu'on va faire, dit-il. Je vais aller jeter un coup d'œil là-bas. Je trouverai peut-être au moins votre lampe, à défaut d'autre chose. Mark est sûrement rentré chez lui à l'heure qu'il est, et en train de regarder la télé. Vous aussi, les garçons, filez chez vous. Il n'y a aucune raison de se faire du souci.

Il tourna la tête vers Tom.

— M. Brook pourrait peut-être vous raccompagner ?

Brook acquiesça.

— Ce n'est pas loin, dit-il. Et je n'ai rien de mieux à faire.

C'est alors que Morrison se rappela que ce soir marquait un anniversaire très particulier pour Tom Brook. C'était une histoire que tout le monde connaissait, une histoire que Tom allait traîner silencieusement dans son sillage jusqu'à la fin de ses jours, qui se résumait à un seul événement, une seule et douloureuse donnée. En effet, c'était vers cette même date, à Halloween l'année précédente, que la femme de Tom, Anna, était morte d'une énorme et inexplicable tumeur au cerveau qui avait fini par la rendre folle. Elle n'était plus, sur la fin, qu'une pitoyable créature désespérée qui, gisant au fond de son lit, croyait avoir été enterrée vivante. Pendant plusieurs jours avant de finalement rendre l'âme, elle avait frénétiquement labouré de ses ongles le cercueil imaginaire dans lequel elle se croyait enfermée ; comme il passait chez les Brook pour voir s'il pouvait faire quelque chose, Morrison s'était remémoré l'histoire de Thomas à Kempis, le saint qui avait *réellement* été enterré vivant, ce qui n'avait été découvert que des années plus tard, quand Thomas fut exhumé pour recevoir une sépulture plus distinguée après sa canonisation. Selon les descriptions de l'époque, le corps était ratatiné et

31

convulsé, les bras recroquevillés sous le couvercle du cercueil comme si l'auteur de *L'Imitation de Jésus-Christ* était mort en s'efforçant de se dégager, la pulpe des doigts hérissée d'échardes et de sang séché comme autant de chardons à force de labourer et de griffer le bois dans son ardeur désespérée à se libérer. Morrison avait entendu ce récit à l'école, alors que sa mère gisait sur son lit de malade ; quand elle fut morte, il prit l'habitude de se rendre au cimetière qui entourait l'église et de s'allonger sur la tombe, l'oreille collée au sol, pour écouter. Il était terrifié à l'idée que sa mère soit encore en vie tout au fond, prisonnière six pieds sous terre, en train de griffer et de hurler pour qu'on la libère. Quand il avait entendu parler d'Anna Brook, Morrison s'était efforcé d'imaginer ce qu'il aurait ressenti s'il avait entendu sa propre mère crier son nom du fond de ténèbres sanglantes enfouies sous terre, sans pouvoir faire le moindre geste pour aider la pauvre femme. Tel avait été le sort de Tom Brook : voir sa femme enterrée vivante, la regarder griffer le couvercle de son cercueil, l'entendre hurler à l'aide et être contraint de rester là, impuissant. Tom savait, de même que Morrison, qu'Anna n'avait pas réellement été enterrée vivante, que son calvaire était imaginaire, mais elle n'en avait pas moins véritablement souffert. Ç'avait été une période terrible et Morrison se dégoûtait d'oublier si facilement cet anniversaire.

– Merci, Tom, dit-il. Il voulut ajouter autre chose, quelques mots commémoratifs peut-être, mais ne sut les trouver. Il se tourna à nouveau vers les garçons. Il n'y a aucune raison de se tracasser, dit-il. Tout ira bien.

Au cours des quelques heures qui suivirent, Morrison s'acquitta de ses vérifications avec un sentiment d'irritation plus que d'inquiétude. Il s'arrêta chez Mark Wilkinson avant d'entreprendre quoi que ce soit car, comme il l'avait expliqué aux autres, y retrouver le garçon était le scénario le plus vraisemblable. Quand il arriva devant la maison, cependant, à onze heures juste passées, les Wilkinson regardaient la télévision et semblèrent plus contrariés qu'autre chose de cette interruption au moment crucial du film. Ils n'avaient certes pas l'air de s'inquiéter pour leur fils. Après avoir fait entrer Morrison dans le salon, ils n'avaient pas même éteint le poste de télé, la mère avait juste un peu baissé le son. Pour autant, tout au long de l'entretien, ils coulèrent des regards à la dérobée en direction de l'écran, pour voir ce qui s'y passait. Cela agaça Morrison, qui avait lui-même du mal à rester dans une pièce avec un poste de télé allumé sans se laisser absorber. Bien qu'il ne regarde pratiquement jamais la télé chez lui, ça lui paraissait une distraction assez innocente, et ça tenait compagnie à Alice quand il était par monts et par vaux. Ce soir-là, toutefois, il y avait quelque chose d'obscène dans ces images qui sautillaient sur l'écran et les voix des acteurs, ces dialogues débités juste assez intelligiblement pour que, même s'il se fichait éperdument de ce qu'ils racontaient, Morrison se surprenne à tendre l'oreille pour suivre. Pour cette raison, sans doute, ou peut-être parce que les parents semblaient si peu concernés, l'entretien ne dura pas longtemps. Apparemment le garçon n'était pas encore rentré mais les Wilkinson ne manifestaient aucune inquiétude.

— Mark rentre souvent tard, dit le mari en glissant un regard preste vers l'écran. Clint Eastwood pointait une arme sur quelqu'un.

— Il a carrément découché deux ou trois fois, ajouta sa femme. Elle avait l'air curieusement blasée, comme si les agissements du garçon, ou ce qui pouvait lui arriver, ne l'intéressaient guère. Tout en s'entretenant avec eux, Morrison se dit qu'il n'y avait rien d'étonnant au fait que Mark soit sorti dans le noir, parti errer dans le bois empoisonné, se livrer à des jeux idiots pour effrayer ses copains. Du reste, il réprouvait de plus en plus ces gens à mesure que la conversation se prolongeait. D'un autre côté, toutefois, il savait qu'il n'avait aucun droit de les juger. Il ignorait tout de leur existence. Il suffisait d'un regard pour comprendre que leur vie conjugale ne devait pas être des plus riantes.

— Il sort, voilà tout, sans rien demander à personne.

Elle jeta un coup d'œil à la télé.

— À mon avis, c'est sa manière à lui de nous donner une leçon.

— Je vois, dit Morrison. Il s'exprimait lui-même comme un policier de série télé, par moments. Et donc, verriez-vous une raison pour laquelle il aurait pu avoir envie de vous donner une leçon ce soir?

La femme lui lança un regard pénétrant. Elle avait perçu sa désapprobation et n'appréciait pas tellement. Elle tourna la tête vers son mari, dont la mine était aussi inexpressive qu'une pancarte immobilière; puis, faute d'y trouver quoi que ce soit, elle se rabattit sur Morrison qu'elle gratifia d'un sourire amer.

— Ça se trouverait, dit-elle. Rien ne pourrait m'étonner, venant de lui.

Morrison se donnait du mal pour dissimuler son exaspération.

— Bien, dit-il. Avez-vous la *moindre* idée de l'endroit où il aurait pu aller?

La femme ne le regardait plus, tenait les yeux insolemment rivés à l'écran.

— Il se pourrait qu'il soit allé chez ma sœur, dit-elle.

— Chez votre sœur?

— Oui, dit-elle. Chez Sally.

— Et où habite-t-elle?

— Oh, elle n'y est *plus*, maintenant, répondit la femme en le regardant d'un air curieusement triomphant. Sally est morte. C'est quelqu'un d'autre qui y habite, maintenant.

La femme semblait aussi indifférente à la mort de sa sœur qu'à la possible disparition de son fils.

— Il va juste là-bas de temps en temps, intervint le mari. Il adorait Sally, ajouta-t-il d'un ton un peu mélancolique, se dit Morrison.

– Elle le gâtait, reprit la femme. Elle n'avait pas d'enfants.

M. Wilkinson commença alors à s'intéresser à la conversation.

– Pardi, dit-il. Elle ne pouvait pas, hein!

Sa femme lui décocha un regard menaçant et il replongea dans sa quasi-torpeur.

– En tout cas, dit-elle, il va traîner là-bas, Dieu sait pourquoi.

Elle gratifia Morrison d'un nouveau sourire pincé.

– C'est vrai quoi, il *sait* qu'elle est morte.

Ce fut à peu près à ce moment-là que Morrison décida qu'il ne voyait aucune raison de continuer plus longtemps, aussi, après avoir noté l'adresse de la tante et quelques questions plus ou moins pour la forme, il se leva. Les Wilkinson restèrent où ils étaient, sur le canapé.

– Ma foi, à votre place je ne m'inquiéterais pas, dit Morrison. C'est sans doute juste les réjouissances d'Halloween.

La femme le regarda.

– Sans doute, dit-elle.

Morrison resta planté un long moment, puis l'homme finit par se lever.

– Je vais vous raccompagner, dit-il.

– Ne vous dérangez pas, répondit Morrison. Je trouverai tout seul.

L'homme eut l'air surpris, puis soulagé. Il se rassit et se tourna vers la télévision. Le temps que Morrison regagne la porte d'entrée, le volume du téléviseur était remonté à son niveau normal.

En fermant la grille de chez les Wilkinson, Morrison s'était demandé s'il ne ferait pas mieux de laisser reposer l'affaire pendant la nuit et de reprendre le lendemain matin – et s'il s'était écouté, il ne s'en serait trouvé que mieux, sans aucun doute. Si quelqu'un d'autre avait découvert le garçon, les choses auraient eu de grandes chances de se dérouler autrement, non seulement dans cette affaire-là, mais dans toutes celles qui suivirent. Un autre soir, peut-être, il serait retourné au poste de police pour rejoindre Alice et boire un thé, mais ce soir-là quelque chose le turlupinait, sans qu'il arrive à savoir quoi. Il était donc allé chercher la voiture et s'était rendu au bois empoisonné pour y jeter un coup d'œil. À ce moment-là encore, il était partagé et avait envisagé de tout bonnement rentrer chez lui et d'attendre le matin, en se disant qu'il était idiot de se donner tant de mal. Si les parents pensaient que leur fils ne courait aucun danger, pourquoi devait-il le croire lui, se demandait-il. Au bout d'une demi-heure de recherches toutefois, il trouva ce qui ressemblait à un petit repaire au milieu des arbres, un abri naturel au creux de broussailles et de caillasse, le genre d'endroit où un enfant solitaire pourrait aller se cacher. Pas un endroit pour une bande, mais un lieu secret et protégé où un garçon doué d'un peu plus d'imagination que d'amis pouvait s'attarder le soir, jouer à la vie sauvage. C'était, en tout cas, ce à quoi ça ressemblait à première vue ; ce fut seulement en regardant de plus près que Morrison s'aperçut que ce n'était en fait que le premier d'une succession de lieux clos du même genre, la première minuscule antichambre d'une suite de pièces dont l'une menait à la suivante, jusqu'au moment où, dans la quatrième, il trouva une étrange petite charmille où avait été réalisée une composition alambiquée, pleine d'éclats scintillants, multicolores, de verre et de porcelaine, les buissons ornés de lambeaux de tissu rayé, le sol constellé çà et là de ce qui semblait être des cheveux d'ange et des paillettes. C'était tout récent, un lieu particulier qu'on venait d'aménager – une *charmille*, pareille à ces structures compliquées que fabriquent certains oiseaux exotiques lorsqu'ils veulent attirer une partenaire. En même temps, l'endroit avait aussi une atmosphère de chapelle, de lieu spécial réservé à la prière, la contemplation, ou peut-être au sacrifice – et ce fut comme si cette pensée, cette impression fugace détournait le faisceau de la torche de Morrison, le faisait danser sur le sol froid et scintillant du repaire puis effleurer un mur de brindilles et de vieux bouts effrangés de nylon et d'anciens rideaux jusqu'au corps. Un corps de jeune garçon, le corps de Mark Wilkinson, suspendu à la branche du plus gros arbre; suspendu, totalement étincelant, immaculé et – ce fut ce qui troubla le plus Morrison, ce qu'il ne cessa de revoir par la suite – ridiculement paré, tel un cadeau, au cou et autour du torse et des chevilles, de cheveux d'ange et de longues bandes de tissu brillant, semblable à une décoration ou un petit cadeau accroché dans un sapin de Noël.

Morrison comprit tout de suite que c'était Mark Wilkinson, bien que rien ne lui permît d'en être aussi sûr : le visage était couvert de sang et de crasse, et de légers sillons couraient dans la terre dont ses joues étaient enduites, là où peut-être il avait pleuré – quoique Morrison n'en soit pas certain, car le visage du garçon semblait étrangement calme, même si ses yeux étaient ouverts et qu'il était suspendu dans l'arbre comme une silhouette dans quelque crucifixion improvisée. Sans savoir pourquoi, Morrison eut la conviction que ce qui s'était passé là venait tout juste de s'achever, peut-être à peine quelques minutes plus tôt. Pourtant, il n'avait pas besoin de tâter le pouls du garçon pour savoir qu'il était mort. Ce fut moins la réalité de la mort qui horrifia Morrison que sa propre réaction à la vue du théâtre du crime. Ça ne ressemblait pas au moment crucial d'un film, quand on voit quelqu'un hurler en découvrant un corps : il ne recula pas avec dégoût, il ne se mit ni à crier ni à courir pour aller chercher de l'aide. Pire encore, il ne se rappela pas qui il était pour mieux se mettre au travail. Non, tout son être se pétrifia, à tous les niveaux. Son esprit, ses nerfs, son sang se figèrent au point mort, il se retrouva soudain vidé de toute énergie, de toute volonté, fasciné par l'horreur et, en même temps – et ce fut ce qui le stupéfia –, par l'impression que tout ça avait une sorte de signification. S'il était arrivé sur place assez tôt pour intervenir, ou quelques heures plus tard – mettons, le lendemain matin –, ça aurait sans doute été différent. Il y aurait eu quelque chose à faire, des gestes prédéfinis à exécuter ; ou tout aurait été figé et vidé de la moindre couleur, une scène de crime, un ensemble d'éléments que quelqu'un, mais sans doute pas John Morrison, aurait été à même de déchiffrer comme un livre.

À première vue, il apparut que le garçon avait été brutalisé, qu'on lui avait délibérément et systématiquement infligé des blessures au cours d'un processus qui aurait aisément pu passer pour de la torture. Mais plus tard, une fois l'image de ce lieu gravée dans la moindre fibre de ses nerfs et de ses os, Morrison n'aurait pas appelé ça ainsi. Mark Wilkinson avait eu les mains liées – liées, certes, mais souplement, de façon presque symbolique – à l'aide d'une longueur de corde très blanche, presque soyeuse, et on lui avait retiré presque tous ses vêtements, le laissant si menu, si dépouillé, si humblement humain qu'il ressemblait plus à quelque nouvelle espèce d'animal qu'à un jeune adolescent. Sa peau était très blanche entre les zones couvertes de terre et les écorchures, mais ce qui frappa le plus Morrison ce fut l'expression dans les yeux du garçon, une expression qui révélait non pas de la peur, ou pas seulement, mais la reconnaissance. Ce fut ce qui le choqua le plus : le garçon avait dans les yeux une lueur révélant qu'il avait vu, au moment de sa mort, quelque chose qu'il connaissait, quelque chose qu'il reconnaissait – et il fallut un moment à Morrison pour se rendre compte de ce dont il était témoin, un moment pour tout comprendre, sans recourir à la réflexion, juste à ses perceptions, en fonctionnant juste comme une machine à remémorer et à relier, et alors il comprit que ce qu'il voyait n'était pas le résultat d'une séance de torture, mais d'une chose qui, pour lui, semblait bien pire.

Ce qu'il se remémora alors, ce fut un passage d'un livre qu'il avait lu, passage qui décrivait comment, quand ils procédaient à un sacrifice humain, les Aztèques prélevaient son cœur à la victime encore vivante, et il se rappela avoir frissonné à l'idée que tout un peuple, une civilisation entière, ait pu croire que c'était là l'unique façon de protéger les récoltes, ou de s'assurer la victoire au combat. Ça l'avait révulsé, que ces choses-là se soient réellement produites, que ce soit ainsi que les gens s'entretenaient jadis avec leurs dieux. Croire au sacrifice humain en tant qu'acte non pas occulte, immonde et pervers, mais glorieux; accorder le plus grand honneur au prêtre qui extrayait ce cœur vivant et le brandissait vers le soleil, non pas une fois, mais à maintes et maintes reprises, lors de cérémonies qui pouvaient exiger des dizaines, voire des centaines de victimes, lui avait semblé obscène à un point qui dépassait l'imagination. Mais, heureusement, loin dans le passé aussi, pratique ignoble, absurde, d'un peuple primitif et guerrier. À présent, en revanche, tandis qu'il contemplait le visage blanc souillé de terre de Mark Wilkinson, il comprenait que la mort du garçon avait eu un sens pour son assassin, un sens religieux, mystique même. Il ne savait pas *comment* il avait compris ça, simplement il l'avait compris. Ce ne fut pas le théâtre du crime qui révéla à Morrison les sentiments de l'assassin; ce ne fut rien de rationnel et certainement rien qu'il aurait pu verbaliser si quelqu'un était venu, à ce moment-là, l'interroger, ou le pousser à faire son boulot. Non: ce fut il ne savait quoi dans la disposition du corps du garçon qui le frappa, disposition en laquelle il percevait le profond respect d'un ultime instant. Si incroyable et répugnante que cette idée eût pu lui paraître à tout autre moment, Morrison perçut, l'espace d'un instant fugace et terrifiant, qu'il y avait eu là un grand respect, une tendresse effroyable, impossible – chez l'assassin comme chez sa victime –, pour ce qui disparaît au moment de la mort, une estime presque religieuse à l'égard de ce que le corps exhale, cette chose sublime et précise, équivalant exactement en substance à la présence d'une créature vivante: le poids mesuré d'un petit oiseau ou d'un rongeur, un mulot, disons, ou peut-être un genre de pinson.

Morrison dut alors lutter contre la tentation de détacher le garçon, d'anéantir le cérémonial du traitement qu'on lui avait infligé, de le couvrir et de ne laisser personne d'autre le voir ainsi. Il voulait nier ce sacrifice, il voulait l'annuler – puis il se rendit compte que ce qu'il voulait, en fait, c'était ramener le garçon à la vie, inverser le processus qui l'avait conduit à souffrir et mourir, or personne n'en était capable. Et ce fut alors que John Morrison comprit, avec une clarté soudaine et brutale, qu'au fond il n'était pas un vrai policier, parce qu'il n'avait pas le cran nécessaire pour se colleter avec ça. Déjà, il sentait une structure fragile s'effriter dans son esprit et, comme il se tenait là et contemplait cet enfant sacrifié, tous les espoirs qu'il avait conçus quand Brian Smith lui avait refilé inopinément le poste de policier de la ville s'effondrèrent comme un gâteau de mariage mal fait. En entrant dans la police, il ne s'attendait pas du tout à découvrir un corps. Du moins pas comme ça. Les gens mouraient à longueur de temps, à l'Intraville, comme on meurt ailleurs. Ils mouraient d'attaques, de vieillesse, de maladies pulmonaires. De temps à autre, ils se suicidaient, ou quelque accident imprévisible les rendait méconnaissables. Morrison avait déjà eu son lot de ces morts, et avait dû s'occuper des retombées, prendre des notes, ou se camper à la lisière de l'hébétude et du chagrin d'une famille, faire mine d'avoir une raison de se trouver là. La plupart du temps, toutefois, ses voisins mouraient dans l'intimité, sans qu'une présence officielle soit nécessaire, et Morrison restait aussi loin de ces décès que de leurs autres secrets. Certains mouraient de causes inconnues qui le resteraient à tout jamais, aucune instance sur terre ne tenant à en déterminer la nature. L'Intraville n'était pas un endroit sain où vivre; l'ennui, c'était que la plupart des gens n'avaient aucun autre lieu où aller. C'est pourquoi tant d'habitants mouraient aussi de choses qu'aucun médecin n'aurait su diagnostiquer : déception, colère, peur, solitude. Absence de contact. Absence d'amour. Silence. Autrefois, même les généralistes les plus endurcis parlaient de morts causées par un cœur brisé : aujourd'hui, la cause d'un décès se devait d'être un peu plus officielle. Personne, toutefois, n'avait jamais été assassiné dans l'Intraville, pas depuis l'entrée en fonction de Morrison, et de ça, au moins, il se réjouissait. Il avait peut-être toujours eu envie de devenir policier, mais jamais il n'avait souhaité faire partie de *ces* policiers-là, comme ceux qu'il voyait à la télé, qui trouvent des corps, traquent l'assassin, refusent le thé que leur propose une femme amicale, quoique un peu inquiète à présent, parce qu'ils s'apprêtent à lui apprendre que son enfant a été torturé à mort. Tout ça, c'était bon pour le cinéma ou les revues policières, mais Morrison n'avait jamais considéré qu'il s'agissait du véritable travail de la police. Son ambition, ç'avait été d'être agent dans une petite ville, de faire sa ronde, d'être un visage connu de tous, un individu en qui les gens pouvaient avoir confiance. Il voulait travailler dans le domaine du familier et du tendre ; il voulait être en mesure de savoir de quoi il retournait, d'apprendre chemin faisant jusqu'au moment où il posséderait un capital de connaissances et de compréhension qu'il pourrait transmettre à celui qui lui succéderait. Il voulait, en d'autres termes, faire partie de la communauté, être un homme aussi connu et fiable que l'horloge de la mairie. Il voulait tapoter le baromètre en sortant de chez lui le matin et savoir s'il risquait de pleuvoir dans la journée ; il voulait acheter un journal le lundi et y lire le compte rendu de la fête annuelle de la ville, ou d'une victoire sportive locale sans importance. Mais pas ça. Pas un enfant, pendu à un arbre comme une offrande sacrée.

Ce fut cet enchaînement de pensées, cette sensation d'effondrement dans sa tête qui le déstabilisa. Il éprouva un choc, par la suite, en constatant qu'il avait été capable d'une chose pareille, mais seulement plus tard, quand il fut en mesure d'éprouver autre chose que sur place. Sur le moment, dans la confusion et la terreur qui l'envahirent, dans cet épouvantable vide, ce qu'il fit ne semblait pas tant la meilleure chose à faire que la *seule*, son unique échappatoire possible. Il venait de comprendre qu'il était une âme trop sensible, un individu trop tendre pour mener à bien le travail qu'il avait choisi. Il venait de se voir lui-même totalement dépourvu de toutes les qualités qu'il pensait acquérir avec le temps et l'expérience, or ces qualités, il le savait désormais, étaient innées, au moins sous une forme fruste. Soit un homme *a* du courage, du bon sens et une certaine impénétrabilité, soit il n'en a pas. Morrison n'en avait pas. Il était faible, déficient, effrayé. Faute de pouvoir faire la seule chose qu'il souhaitait par-dessus tout – faute de pouvoir dépendre ce garçon et le ramener à la vie –, il n'aspirait plus qu'à fermer les yeux et s'enfuir en un lieu sûr, où personne ne viendrait plus jamais lui demander de faire quoi que ce soit. En y repensant par la suite, il se rendit compte qu'il avait eu conscience de commettre une terrible erreur alors même qu'il était en train de la commettre, et il se rendit compte aussi qu'il n'avait guère été coupable que d'un instant de frayeur, une simple hésitation. Il n'avait pas su quoi faire ; c'était aussi simple que ça. Il n'était pas vraiment policier, on lui avait refilé ce boulot à l'époque où l'agent Fox était mort subitement à la suite d'une chute de bicyclette. C'était Brian Smith, son employeur, qui avait suggéré à Morrison d'accepter cet emploi si on le lui proposait, et Morrison avait sauté sur cette occasion inespérée, mais il n'avait jamais eu confiance en ses propres compétences de policier et à présent, confronté à sa première véritable mise à l'épreuve, il était paralysé par la peur de commettre une erreur impardonnable. Il se dit, bien sûr, qu'il ne faisait qu'aller demander conseil. Que sa démarche était motivée par la simple courtoisie, qu'il ne faisait que témoigner du respect à l'homme qui, initialement, avait fait de lui un policier. Il voulait émettre une mise en garde, pour le cas où cet événement tragique aurait des répercussions qu'il faille traiter. Ce fut ce qu'il se dit ; mais il savait, en son for intérieur, qu'il mentait. En vérité, il n'avait pas la carrure pour s'occuper d'un enfant assassiné et redoutait ce qui risquait d'arriver s'il prenait ça en main tout seul – et ce fut ainsi que, dans sa crainte panique de faire une erreur, il se rendit jusqu'à la vieille cabine téléphonique rouge, sur la route extérieure, et fit la pire erreur qu'il pouvait commettre. Il appela Brian Smith.

CONNEXIONS

Quelques jours avant son onzième anniversaire, Brian Smith se mit à manifester une passion pour les casse-têtes, et plus particulièrement pour les puzzles. Il aimait le fait qu'ils soient fondés sur les connexions, qu'un énorme tas de quelque mille pièces sans queue ni tête puisse devenir, une fois trié simplement par formes et par couleurs, la parfaite reproduction de la scène de canal vénitien ou du jardin tropical luxuriant représentés sur la boîte. Ses parents, qui ne le croyaient pas particulièrement intelligent – ni, de fait, spécialement intéressant ou attachant –, se mirent bientôt à lui acheter tous les casse-têtes qu'ils pouvaient trouver, ravis de fournir à leur fils unique dépourvu de charme et plus ou moins superflu une distraction qui l'occupe pendant quelques heures et *leur* permette de se consacrer aux aspects les plus plaisants de la vie d'adulte tels que boire ou jouer au bridge avec les Johnston – un couple sans enfant, donc incroyablement chanceux, qui vivait deux maisons plus loin dans la même rue d'un des quartiers les plus calmes de l'Intraville. Ils ne s'inquiétèrent pas du fait que, en apparence tout du moins, leur fils, garçon robuste au visage inexpressif, n'ait aucun point commun avec les enfants éveillés et studieux qui se délectent habituellement des problèmes de logique. Pas plus qu'ils ne s'étaient jamais souciés outre mesure du fait qu'à mesure que le jeune Brian passait consciencieusement d'une classe à l'autre de l'école primaire, ses maîtres non seulement le déclarent au-dessous de la moyenne, paresseux et quasiment dénué de tout talent et de toute imagination, mais laissent également entendre qu'il était unanimement détesté, par le personnel comme par les élèves. À vrai dire, ça ne les étonnait pas du tout.

Ce que les bulletins scolaires ne mentionnaient pas explicitement, c'était que leur fils était soupçonné de jouer toutes sortes de farces cruelles et humiliantes aux autres enfants de sa tranche d'âge. Il était, semblait-il, particulièrement vicieux à l'encontre des filles. Il se débrouillait pour glisser du faux sang ou de vrais excréments dans le cartable d'une telle, ou coupait la boisson au cassis de telle autre avec une teinture spéciale qui colorait l'urine en rouge vif. Il cachait grenouilles et oiseaux morts dans les pupitres, envoyait des cartes de Saint-Valentin ou de Noël accompagnées de messages ou de légendes cruels – jamais manuscrits, toujours découpés dans des journaux ou des revues –, ou bien il expédiait à la plus grosse élève de sa classe, Carol Black, une fillette à l'air angoissé, des photos d'enfants squelettiques vêtus de pyjamas rayés comme dans les camps de concentration. Il mettait des aiguilles sur les chaises et fourrait dans les pommes et les caramels de minuscules débris de verre ou de fil de cuivre. Pendant plusieurs mois consécutifs, il prêta une attention particulière à Catherine Bennett, la beauté de la classe, qui trouvait régulièrement dans ses affaires des flaques de lait tourné, ou des amas gluants de colle blanche mêlée de crin. Un jour – le matin de son dixième anniversaire, pour être précis –, au retour de la récréation où on distribuait du lait, elle découvrit un œil de mouton et un paquet de ces pastilles en forme de cœur sur lesquelles sont inscrits des messages d'amour. Tout le monde savait qui les avait mis là mais, comme chaque fois qu'il commettait ce genre de petites malveillances gratuites, personne ne put prouver quoi que ce soit, si bien que les parents du garçon ne furent jamais informés. Les professeurs, pour la plupart, savaient bien que ça n'aurait eu aucun effet, de toute façon. Comme bien souvent, le comportement de l'enfant n'était qu'un symptôme par trop flagrant de l'indifférence parentale.

Ce côté odieux disparut, toutefois, quand Brian découvrit l'univers des casse-têtes. Jeux de logique, points à relier, puzzles, anagrammes, mots croisés, algorithmes… ces disciplines étaient moins pour lui une distraction qu'une planche de salut. En venant à bout d'un casse-tête, il constatait à quel point *tout* est connecté et il était en phase avec l'ordre secret qui sous-tendait cet univers quotidien jusqu'alors si déconcertant. Venir à bout d'un casse-tête vraiment *difficile* lui procurait une satisfaction profonde, quasi physique, qui se prolongeait des heures, voire des jours durant ; à un âge où les autres garçons s'enfermaient avec une poignée de mouchoirs en papier et un numéro tout corné de *Fiesta*, Brian, lui, montait dans sa chambre et sortait un puzzle de mille pièces, ou un casse-tête complexe en bois que sa mère avait chiné dans une brocante. À certains moments, pendant son adolescence, il sembla même disparaître : lors de rares sorties qu'il faisait en compagnie de ses parents, ou pendant les longues heures de classe, on eût dit que quelque chose s'éteignait dans son cerveau, si bien qu'il n'avait nullement l'impression d'être-avec-les-autres, ni même d'être présent, mais tout simplement l'impression de *rien* – et Brian s'en félicitait, car Brian *n'aimait pas* les gens. Dans un casse-tête, tout était fonction des connexions, des enchaînements logiques, de l'ordre intrinsèque qui attendait toujours d'être découvert ; alors qu'avec les gens, il n'existait pas de connexions, et pas de logique – ou tout du moins, rien de très élégant ou intéressant. À côté d'un casse-tête numérique, ou d'un puzzle compliqué, les gens ressemblaient à ces autos tamponneuses de fête foraine, qui tournent en rond et se rentrent dedans à grand bruit sans véritable but.

C'est donc ainsi qu'au cours des années où il était solitaire et méprisé, les casse-têtes avaient sauvé Brian Smith du monde et préservé son intégrité envers lui-même, malgré tout. Mais maintenant qu'il est adulte, il se moque bien des casse-têtes. Il perçoit toujours les connexions entre telle et telle choses, mais les connexions qu'il découvre sont plus vastes et plus gratifiantes, matériellement parlant, que celles qu'il établissait autrefois en assemblant une barrière de corail ou une parade militaire à partir de petites pièces impossibles en carton poussiéreux. Désormais, les connexions concernent exclusivement les gens et l'univers quotidien, ordinaire, étant donné que les gens et les événements sont les pièces qui composent ses puzzles, désormais – et *désormais* tout est différent, car les problèmes sont abstraits. Il n'y a rien qu'on puisse tenir au creux de la main, pas de point de départ d'algorithme ou d'anagramme sur lequel travailler. Ce sur quoi il travaille, désormais, ce sont les gens, or quand on ignore les sentiments et les besoins des gens, quand on les considère comme des objets dans *tous les sens* du terme, ils deviennent les pièces les plus intéressantes du puzzle le plus fascinant, le plus élégant qui soit.

Et les règles du jeu restent à peu près les mêmes qu'auparavant. Il n'existe qu'une seule solution acceptable à un casse-tête, et le boulot de Brian Smith consiste purement et simplement à la découvrir. Relier tous les points. Emboîter toutes les pièces. Chaque élément est connecté à l'ensemble des autres, si bien que tout est possible. Si ce qu'on recherche c'est la douleur, on découvre les schémas qui rendent la douleur possible ; si on cherche l'amour, alors c'est l'amour qu'on est voué à trouver, même dans les endroits les plus inattendus, les plus dangereux. Ce que recherche Brian Smith, ce qu'il est capable de voir là où les autres ne voient rien, ce sont les schémas qui mènent à l'argent. En fait, le don de Brian Smith, c'est de voir, là où les autres ne voient pas, que *tout* mène à l'argent. Le malheur de l'un, l'enfer d'un autre – dans n'importe quelle situation, si terrible qu'elle soit, on peut faire de l'argent, à condition de découvrir les connexions entre une chose et une autre. La preuve s'étale quotidiennement au vu de tout un chacun dans les journaux et à la télévision. Guerres. Atrocités terroristes. Catastrophes naturelles. Des milliers de gens meurent, ou perdent leur toit, des villes entières sont emportées par les eaux ou réduites en cendres, et les caméras sont braquées sur cet épisode de la vie quotidienne, cette tragédie, ces gens qui sortent en titubant de la fumée et des cendres sous l'œil de l'objectif, cette femme assise toute seule sur son toit au milieu des flots en crue. Anéantie, précise le journaliste. Ils emploient toujours le mot *anéanti*, parce que *anéanti*, ça passe bien à la télévision. En coulisse, toutefois, loin des caméras et des lumières, quelqu'un fait de l'argent. Quelqu'un qui voit les connexions pendant que le reste du monde est distrait par l'anéantissement. Brian Smith trouve ça fascinant, que les autres n'aient pas l'air de percevoir cette évidence. Parfois, quand il est détendu, il en parle à Jenner, son homme de main.

– Qu'est-ce que tu vois ? demande-t-il en levant les yeux de son journal ou de son écran d'ordinateur. Qu'est-ce qui te vient à l'esprit quand tu entends le mot "Afrique" ?

Jenner réfléchit un instant, puis hoche négativement la tête. Il ne voit pas grand-chose, c'est d'ailleurs sa qualité la plus remarquable. Grand, silencieux, totalement impassible, c'est un homme d'action, un type d'individus plus facile à exploiter que n'importe quel autre.

– Mentalement, dit Smith. Quelle image te vient ?

Jenner essaie. Il fouille sa mémoire bien rangée, plutôt spartiate, et y rassemble à grand-peine quelques vieilles images d'actualités.

– Des gosses, répond-il. Des gosses et des mouches. Le désert. Des camps de réfugiés.

Smith acquiesce.

– Exactement, dit-il.

C'est ce que tout le monde voit en pensant à l'Afrique. Ça, ou quelque vague indigène enjoué, souriant, malléable à merci, vêtu d'une cotonnade à motifs bariolés. Mais ce que Smith voit, lui, c'est de l'argent. Toutes les catastrophes, toutes les guerres civiles, toutes les famines enrichissent quelqu'un. On peut être l'un de ces indigènes souriants et malléables, ou un réfugié atteint du sida, maigre comme un clou, couché sur un lit de mouches dans un camp de transit. Ou bien on peut être riche. Du moment que l'un existe, l'autre est possible pour qui sait discerner la logique. C'est là une évidence pour tout le monde, bien sûr, même pour quelqu'un comme Jenner. Il ne s'agit pas d'une intuition ou d'un savoir particuliers que Smith est le seul à posséder. L'unique différence, c'est qu'il est le seul, tout au moins le seul dans son cercle immédiat de connaissances, qui soit disposé à se fier à cette logique car, pour lui, l'argent est une entité totalement abstraite. Pour Brian Smith, seule existe la logique de l'argent ; tout le reste est invisible.

Pourtant, il lui avait fallu quelque temps pour discerner cette logique, et quelque temps de plus pour comprendre qu'on pouvait l'appliquer à un endroit comme la presqu'île – et, par moments, il regrettait les premières années de sa vie d'adulte, une période morne, presque somnambulique, où il n'avait pas su percevoir son vrai potentiel. Avec le bénéfice du recul, bien sûr, il comprend que cette erreur est pardonnable. Tout au long de son enfance, pendant tous ces samedis après-midi pluvieux et ces soirées d'hiver auprès de la lampe poussiéreuse, dans le salon, il n'avait fait que préparer son talent, établir des connexions, rechercher la logique dans le fouillis apparent, mais les gens qu'il connaissait, ses parents, ses professeurs, les autres élèves de sa classe, avaient tous été totalement aveugles à ses capacités particulières – et leur attitude avait déteint sur lui. Ces gens-là le considéraient alors comme un simple tâcheron, voué à un boulot de gratte-papier sans avenir ou à une vague situation de cadre moyen à l'usine, et pendant un temps il s'était laissé absorber par ce triste petit scénario. C'est ainsi que fonctionne un endroit comme l'Intraville : il se cramponne à ses habitants, se cramponne et les engloutit et, la plupart du temps, ils se laissent tout bonnement couler, en faisant leur possible pour croire qu'il ne leur arrive aucun mal, car rien – *rien au monde* – n'est aussi contagieux que l'attente de l'échec. C'est ainsi que Brian Smith voit maintenant les choses, avec le recul. Il avait été contaminé par une maladie locale. Il avait été *infecté* – et, dans l'affaire, ses parents étaient plus coupables que les autres. C'est donc une source de satisfaction paisible, rétrospectivement, de savoir que ce furent ses parents qui l'engagèrent sur la voie de l'argent. Ce n'était pas leur intention, bien sûr, et si le jeune Brian avait pu prévoir l'accident qui les faucha tous les deux au cours de la brève marche qui les ramenait de chez les Johnston après une soirée de sherry et de bridge, il n'aurait pas souhaité qu'une telle mort s'abatte sur eux. Non parce qu'il les aimait beaucoup ou avait grand besoin d'eux, mais parce que leur mort fut vraiment désordonnée, vraiment aléatoire. Un chauffard ivre, deux piétons éméchés, des débris de verre, du sang, une fille qui hurle. Juste devant son domicile, le soir de son dix-huitième anniversaire. Nul n'irait appeler de ses vœux un gâchis d'une telle ampleur – et pourtant cet accident, malgré son apparence aléatoire et inélégante, avait fait de lui ce qu'il était. Tout ce qu'il possédait, tout ce qu'il avait accompli, il le devait à ce chauffard ivre, et à l'insistance des Johnston, après une dernière partie de bridge, pour que ses parents ne renfilent pas immédiatement leurs manteaux mais restent un moment et prennent un dernier verre pour la route.

Le montant de l'assurance-vie avait surpris Brian Smith, mais cette somme, jointe à ce qu'il tira de la maison, lui avait permis de se lancer. Trois mois après l'enterrement de ses parents, il avait définitivement renoncé à travailler pour d'autres et monté sa propre entreprise, la Compagnie Péninsule-Terre d'origine. À ce jour, personne ne sait vraiment ce que fait la Compagnie Péninsule-Terre d'origine, mais pratiquement dès la première semaine d'activité Smith prospéra. Pour commencer, il spécula, il transforma son petit pécule en grosse cagnotte si bien que, lorsque arriva le deuxième cadeau de sa carrière – la fermeture de l'usine –, il était prêt à en tirer parti. Personne ne voulait se charger du boulot de nettoyage derrière le Consortium, mais Brian Smith, lui, vit qu'il allait falloir mettre de l'argent dans ce projet spécifique. C'était de la politique pure et simple. Personne, de par le vaste monde, ne se souciait des habitants de l'Intraville, de l'environnement, ou des perspectives d'emploi qui pourraient être créées en attirant les fonds de nouveaux investisseurs dans l'est de la péninsule, mais il était dans l'intérêt de tous de disposer d'un type sur place – quelqu'un comme Brian Smith – qui se décarcasse pour développer et régénérer la région à l'aide des subventions mises à disposition. Ainsi, on mettait un peu d'argent sur le problème et quelqu'un d'autre endossait la responsabilité. Des sommes considérables affluèrent en effet dans les caisses de la Compagnie Péninsule-Terre d'origine, non pas parce que le Consortium se sentait coupable ou généreux, mais parce que les politiciens avaient besoin d'être vus en train d'agir. Ce qui enrichit Brian Smith, ce ne fut pas l'argent du Consortium mais l'argent public, or l'argent public a cela de formidable qu'il ne reste pas longtemps public. Personne ne vérifia si Péninsule-Terre d'origine était à même de rendre l'Intraville plus saine, plus propre; l'important, c'était que Brian Smith donnait l'illusion d'être diligent, d'être compétent. Et, par-dessus tout, c'était un visage familier. Il connaissait le problème sur le terrain, il était à l'écoute. Ce qu'il fallait aux gens, sur place, c'était quelqu'un qu'ils connaissaient, quelqu'un à qui ils pouvaient faire confiance.

Très vite, Smith fut impliqué, parfois ouvertement, d'autres fois discrètement, dans tout ce qui se passait sur la pointe est de la péninsule. Tout à coup, semblait-il, il avait des connexions jusqu'alors inconnues avec le monde extérieur, avec des politiciens et de vastes entreprises commerciales, et faisait des affaires avec toutes sortes de gens puissants et douteux – pourtant il ne quittait jamais la péninsule et passait le plus clair de son temps dans sa maison de l'Extraville, récemment acquise, à s'occuper de son jardin ou à veiller toute la nuit dans son bureau dont les immenses baies vitrées en saillie surplombaient l'ancien terrain de golf se déployant vers la mer, à passer des coups de fil, lire les journaux, surfer sur Internet. Il adorait Internet. On aurait dit un grand puzzle au sein de l'éther, un royaume abstrait où, quoi qu'il advienne dans *ce monde-ci*, une nouvelle logique régnait, un nouvel ordre était possible, où l'argent et l'information affluaient de toutes parts, à la portée de quiconque avait l'intelligence de les trouver. Pourtant, en dépit de son amour pour cet espace abstrait où, rien n'étant immuable, tout était possible, Smith n'ignorait pas la valeur des connexions qui s'établissent sur place, dans le monde réel. Sitôt sa propre affaire lancée, il s'était mis à établir des contacts au sein de sa communauté et à dresser mentalement une liste des gens susceptibles de se révéler utiles. Sa méthode était absolument démocratique. Pas un individu, si mesquin et mauvais soit-il, qui ne puisse servir ses visées. Pauvres, criminels, exclus – personne n'était dépourvu de potentiel. Après tout, c'était un chauffard ivre qui l'avait lancé dans les affaires. Un petit service qui ne lui coûtait presque rien représentait peut-être une perte de temps, mais pouvait tout aussi bien avoir des retombées inattendues. C'était cette logique qui l'avait conduit à adopter Jenner, un homme qui s'était révélé d'une loyauté inconditionnelle et totalement dépourvu de scrupules ou d'hésitations lorsqu'il fallait régler une situation épineuse – et cette même logique avait présidé à sa décision d'engager Morrison et sa pitoyable petite femme Alice, à un moment où ils n'avaient personne d'autre pour les aider dans les difficultés. Alice Morrison – autrefois Alice Taylor – avait été une jolie fêtarde un peu fofolle à l'adolescence mais, à la voir aujourd'hui, on aurait eu du mal à le deviner. Tout le monde fut étonné quand elle épousa John Morrison, cette bonne pâte lugubre qui s'apitoyait sur son propre sort, un type qui était passé d'un boulot à l'autre avant de finir vigile dans l'un des immeubles que Smith possédait dans l'Intraville, mais elle ne tarda guère à reprendre ses vieilles habitudes, se remit à boire et à sortir avec sa bande de jadis pendant que Morrison était au travail, et à faire les quatre cents coups habituels que font toutes les jeunes filles des petites villes où il n'y a pas d'avenir à proprement parler, où personne n'accorde grande attention aux autres. Mais finalement elle s'était trouvée mêlée à une histoire de conduite en état d'ivresse qui ne pouvait manquer d'attirer l'attention générale – et c'est alors que Smith était entré en scène. L'agent de police municipal précédent, Fox, avait été passagèrement un problème, puis il avait eu ce malencontreux accident de bicyclette et sa famille l'avait ramené chez lui, à Strabane, les pieds devant. Pendant ce temps-là, un peu abasourdie de l'avoir échappé belle, Alice était rentrée et restée chez elle, triste et seule, mais à peu près présentable, pendant que ses amis continuaient sans elle. Le poste de policier municipal étant vacant, Smith s'était arrangé pour faire engager Morrison comme successeur de Fox, et il fut satisfait de se dire qu'il avait atteint le stade où il avait le policier local dans sa poche, quand bien même les bénéfices potentiels de la manœuvre n'étaient pas immédiatement évidents. C'était ça le propre du potentiel : ça dépassait les prévisions. Ça restait dissimulé jusqu'au moment où ça se révélait, parfois de façon tout à fait surprenante, obéissant à une logique interne.

Et donc, cette nuit-là, quand le téléphone sonna et que son modeste investissement eut rapporté des fruits inattendus, Smith ne fut pas étonné outre mesure. Tout allait bien depuis quelque temps, mais l'abominable petite scène que Morrison avait découverte aurait fort bien pu être le grain de sable dans l'engrenage. Or la dernière des choses que souhaitait Smith, c'était du battage, une enquête de police plus professionnelle, la presse, une forme ou une autre d'investigation publique. Par moments, au cours de l'année et quelques qui venait de s'écouler, il avait envisagé de se servir de Morrison pour de petites choses, mais il s'était toujours ravisé et avait gardé le policier en réserve. À présent, grâce à sa patience, ce petit investissement de temps et d'efforts devenait archi-payant, et Smith ne put réprimer une petite bouffée de satisfaction quand il raccrocha le téléphone et tourna la tête vers Jenner.

– J'ai quelque chose pour toi, dit-il en se renversant contre le dossier de son fauteuil.

Jenner hocha la tête.

– D'accord, répondit-il. Il s'efforçait de ne pas avoir l'air content mais n'y parvenait pas tout à fait. Ça lui arrivait souvent, parce que les affaires, selon lui, c'était du sérieux, et il avait le sentiment qu'il ne serait pas correct de laisser voir à quel point il se délectait des tâches les plus répugnantes que Smith lui confiait. C'était touchant, ce petit scrupule, la véritable griffe d'un homme d'action. Plus touchante encore, cependant : la gravité de Jenner, la façon dont son attitude exprimait clairement qu'il était capable de *tout* pour servir Smith. Par moments, Smith percevait la déception qu'éprouvait Jenner de ne pas encore avoir été chargé de tuer – de vraiment *tuer* quelqu'un, de ses propres mains –, mais cette déception, qui n'affleurait qu'au travers d'allusions, était toujours tempérée par un accord tacite sur le fait que ce n'était qu'une question de temps, que leur collaboration irait jusque-là. C'était une éventualité que non seulement Smith n'écartait pas, mais qu'il trouvait tout aussi satisfaisante, pour des raisons personnelles. Pour l'heure, cependant, si exagérée que puisse paraître la gravité de Jenner, Smith comprenait qu'il fallait la respecter, aussi adopta-t-il la mine sérieuse qui s'imposait.

– Il s'agit d'une chose qu'il faut traiter *discrètement*, dit-il.

Seigneur, quel privilège d'être Brian Smith ! Le pur plaisir de confier à un type comme Jenner un travail dont il puisse se délecter, et la résonance ridiculement cinématographique de sa remarque à propos de la discrétion. L'espace d'un dangereux instant, il faillit s'autoriser un sourire satisfait, quoique ironique – mais cela aurait gâché le moment pour Jenner, qui se faisait une telle joie, somme toute, à l'idée du sale boulot à venir, sous quelque forme qu'il se présente.

Plus tard, Morrison se dit qu'en appelant Smith il avait bel et bien commis une erreur de jugement comme on n'en commet qu'une dans sa vie. Mais ce n'était pas tout à fait vrai. Les erreurs ne surviennent pas lors d'un instant isolé, décisif, elles se déploient lentement tout au long d'une vie. Elles poussent, invisibles, sous la surface, se développent des années durant dans le noir comme les filaments d'une patiente moisissure jusqu'au jour où quelque chose fait irruption en surface, une masse lisse, humide, féconde, emplie de spores noires qui se répandent au vent et voyagent sur des kilomètres, altérant tout ce qu'elles touchent. Ce fut ce qui se passa avec Morrison : sa grosse erreur avait été, dès le départ, de devoir un jour traiter avec Brian Smith, mais il lui fut impossible d'éviter ça. De fait, il était tenu vis-à-vis de Smith par des liens qu'il n'avait même pas encore commencé d'entrevoir et, ce soir-là, qu'il en viendrait à considérer comme *cette soirée fatidique*, il ne faisait guère que ce que Smith attendait depuis le début qu'il fasse. Il suivait sa nature.

Ce fut un homme qui décrocha, mais pas Smith. Morrison connaissait la voix de Smith, or cet homme-là était complètement différent, il parlait d'une voix calme, très officielle, qui n'avait rien à voir avec le ton enjoué, presque jovial de Smith. Morrison ne connaissait pas son interlocuteur mais, qui que ce soit, il servait à l'évidence de tampon entre Smith et le monde extérieur, et le policier avait dû insister un peu pour être mis en relation avec Smith. Tandis qu'il attendait en entendant des voix échanger quelque part à l'arrière-plan sans pouvoir discerner nettement ce qu'elles disaient, il se rappela la visite que Smith lui avait faite, la toute première soirée où il venait d'emménager au poste de police. Le gars du coin qui avait réussi s'était montré aussi amical qu'à l'accoutumée, mais Morrison savait que la bouteille de whisky apportée par Smith, de même que tout le travail que ce dernier avait effectué en coulisse, d'abord pour solder les problèmes d'Alice puis pour présenter Morrison comme le seul candidat possible au poste de policier, étaient des services qu'il faudrait rendre un jour. C'était ainsi que ça fonctionnait et Morrison le savait, mais il savait aussi qu'à cheval donné il ne faut pas regarder les dents. Si on voulait réussir à l'Intraville, il fallait accepter toute l'aide qu'on pouvait obtenir, de la part de qui était prêt à en donner – et généralement, c'était Brian Smith. D'ailleurs, Morrison n'avait pas eu d'autre choix que de sourire aimablement, d'accepter le whisky – Smith devait pourtant savoir qu'il ne buvait pas, qu'il ne touchait pas une goutte d'alcool à cause d'Alice – et, ce faisant, l'invitation qui allait avec. Rien ne fut pourtant formulé. Smith ne demandait pas de services, il en proposait. Il suffit pourtant d'un sourire et d'une poignée de main amicale pour que Morrison comprenne qu'on lui réclamait son âme, et dès lors qu'il eut accepté cette bouteille de whisky et retourné ce sourire plein de sous-entendus, il n'était plus question de reculer. Le fait que le cadeau de Smith soit inutilisable pour Morrison n'avait, bien sûr, rien d'un hasard.

— Passez me voir quand vous voulez, avait dit Smith, planté dans la nouvelle entrée de Morrison, au poste de police. Il ne s'arrêtait qu'un petit instant, en rentrant chez lui après une réunion. Du moins, c'est ce qu'il avait dit.

— Merci, avait répondu Morrison qui se sentait tout petit face à ce grand gaillard au luxueux manteau noir et aux chaussures coûteuses. Morrison n'était dans les murs que depuis deux jours. Mais je ne suis pas vraiment censé accepter des cadeaux…

– N'importe quoi, avait rétorqué Smith. On est tous dans le même bateau et on va tous œuvrer ensemble pour rendre cette ville plus agréable à vivre. Entreprises, écoles, police. On devrait se considérer les uns les autres comme des amis et des collègues. Et comment mieux témoigner son amitié qu'en offrant un petit cadeau de félicitations et…

Il avait alors souri, parce qu'il venait de découvrir le point faible de son ancien veilleur de nuit.

– … de respect.

Et aujourd'hui, confronté à une crise dont, en aucun cas, on ne pouvait attendre qu'il la règle seul, Morrison devait supplier pour qu'on lui passe son soi-disant ami et collègue.

– C'est urgent, dit-il. Une affaire policière. Je ne saurais en exagérer l'urgence et l'importance.

L'homme hésita un instant, puis s'entretint avec son patron. Morrison entendait les voix dans cette pièce tiède et lointaine, et attendait, en se demandant s'il lui restait beaucoup de monnaie. Finalement, Smith prit la communication.

Il n'avait pas fallu longtemps au grand homme pour saisir la situation.

– Bon, dit-il. C'est bien que vous m'ayez appelé. C'est l'indice d'un esprit clair. Attendez sur place, je vais envoyer quelqu'un.

– Envoyer quelqu'un ?

– Il faut qu'on règle ça sans tapage, dit Smith. Dieu sait ce qui arrivera si ça vient à se savoir. On ne peut pas laisser ça entraver notre grand projet. Et on n'a certes aucune envie que le reste du monde nous tombe dessus. Pensez aux parents du gamin. Mieux vaut pour eux qu'ils croient que leur fils a mis les bouts plutôt que d'apprendre cette abominable…

Il réfléchit un instant, comme un chargé de communication venant de trouver le bon feuillet.

– … Cette abominable, abominable tragédie. Vous ne croyez pas, agent Morrison ?

Morrison ne savait que croire. Il avait cru déceler un semblant d'ironie, lui semblait-il, dans la façon dont Smith avait formulé la question. *Agent Morrison.*

– Je pense, lança-t-il. Il eut envie de dire que *ça* viendrait forcément à se savoir, qu'il n'y avait pas d'autre moyen, qu'une enquête devrait être menée avant qu'un autre enfant soit assassiné. Il eut envie de protester, d'annuler son appel. Il eut envie de hurler. Mais il garda le silence, incapable de dire quoi que ce soit. Il n'était pas policier, il n'était qu'un employé de Péninsule-Terre d'origine. L'uniforme de police aurait aussi bien pu être une livrée.

Smith coupa très vite.

– On n'a vraiment pas besoin d'une grosse enquête là-dessus, dit-il. Les gens de l'Intraville ont assez de soucis comme ça, et on ne tient pas à réduire à néant leurs espoirs vis-à-vis du projet Terre d'origine. C'est la dernière des choses à leur faire.

Il écouta un instant, tentant de jauger la qualité du lointain silence de Morrison. Il parut satisfait.

– Je pense que nous sommes d'accord sur la meilleure façon de traiter ça, dit-il. Vous allez simplement rester sur place. Mes gars vous rejoignent tout de suite.

Vingt minutes plus tard, un type en qui Morrison reconnut vaguement Jenner arriva dans une fourgonnette noire. Il portait un costume et une cravate, mais il avait l'air d'un terrassier avec ses mains comme des battoirs et son nez écrasé. Il gara son véhicule à côté de la cabine téléphonique et en descendit.

– Vous devez être Morrison, dit-il. Il avait cet air d'amabilité calculée à la vue duquel on comprenait tout de suite qu'il se foutait éperdument de son interlocuteur comme du reste du monde.

Morrison acquiesça.

– Je crois vraiment que M. Smith…

Jenner s'esclaffa.

– M. Smith ne traite pas ce genre d'affaires, dit-il. C'est pour ça qu'il emploie des gens comme nous.

Il toisa Morrison de la tête aux pieds dans la pénombre.

– Ou en tout cas, des gens comme moi.

Morrison ne se formalisa pas. Il avait l'estomac retourné, à cette heure, et commençait à comprendre ce qu'il avait fait. Se faire insulter par un cantonnier en costard était le moindre de ses problèmes.

– Écoutez, dit-il, il faudrait peut-être qu'on prenne un peu de recul…

Jenner l'empoigna par le bras.

– C'est bon, dit-il. Vous n'avez qu'à me montrer où se trouve le gosse, et je vais me charger d'arranger ça.

– Et qu'est-ce qu'on raconte à sa famille ? demanda Morrison en essayant de se dégager.

Jenner serra plus fort.

– On ne raconte rien à personne, dit-il. M. Smith m'a demandé de bien bien vous expliquer que tout ça doit rester strictement entre nous *ad vitam æternam*.

Il se rapprocha encore. Morrison percevait maintenant son après-rasage, et se sentit plus nauséeux que jamais.

– Est-ce que c'est *bien bien* clair ? insista Jenner.

Morrison acquiesça. Il tentait de se rappeler ce que signifiait *ad vitam æternam*.

– Tout à fait, dit-il enfin en dégageant son bras d'une secousse à l'instant même où l'autre le lâchait.

– Bon, dit Jenner d'un ton enjoué. Et maintenant. Il est où, ce corps ?

Une fois que Morrison lui eut montré le repaire au milieu des arbres, Jenner déclara qu'il n'avait plus besoin de lui, si bien que l'unique policier à plein temps de l'est de la péninsule regagna la route à pied dans un brouillard d'épuisement et d'appréhension. Il ne se retourna pas. Deux jours plus tard, il avait appelé Smith, pour savoir ce qu'il était censé faire ensuite, mais la secrétaire annonça que Brian Smith était en voyage d'affaires.

– Quand rentrera-t-il? demanda Morrison. Il savait qu'elle mentait, et il savait qu'elle savait qu'il savait.

Il y eut une brève hésitation à l'autre bout du fil, puis la femme répondit. Il reconnut sa voix, c'était une femme qu'il avait connue au lycée, mais il dut réfléchir quelques secondes avant de la resituer. Elaine Harris. C'était ça. Une fille banale, avec des taches de rousseur grisâtres très marquées sur les bras et le visage.

– Il vous rappellera dès son retour, dit Elaine d'une voix plate et légèrement dure. À son ton, Morrison comprit qu'elle regardait quelqu'un – sans doute pas Smith, peut-être Jenner – en attendant des consignes.

– C'est très important, dit Morrison. C'est une affaire de police.

À peine ces mots prononcés, il se sentit idiot, comme s'il proférait une menace stérile et, du même coup, jouait un rôle pour lequel il n'était pas vraiment taillé.

– Il ne manquera pas de vous rappeler dès son retour, dit Elaine Harris, sur quoi, sans laisser à Morrison le temps de trouver que répondre, elle raccrocha.

Par la suite, Morrison avait longtemps eu envie de démissionner. Son petit monde s'était désagrégé et il ne savait pas comment le reconstruire. Il avait l'impression que quelqu'un s'était immiscé de nuit à l'intérieur de son corps et avait tout calé au plus bas régime: son sang, son cœur, son système nerveux… tout ça ne faisait plus que fonctionner, mécaniquement. De temps à autre, quand il était seul, assis à son bureau ou allongé, tout éveillé, en pleine nuit, seul alors même qu'Alice était juste à côté de lui, il lui venait à l'esprit qu'il allait sans doute vivre comme ça encore trente ou quarante ans, puis mourir sans que quiconque s'en aperçoive seulement. Il perdit tout intérêt pour le travail, pour son jardin, pour Alice. Elle semblait avoir envie d'aider mais, comme elle le lui répétait régulièrement, elle en était incapable tant qu'elle ne savait pas quel était le problème, or il n'osait pas le lui dire. Au bout d'un moment, tranquillement, avec à peine un peu d'amertume, ils avaient atteint une sorte de point mort qui avait duré étonnamment longtemps, puis Alice s'était remise à boire. Peu après, elle eut le premier de ses petits *incidents*, comme elle aimait appeler ça.

Entre-temps, les autres garçons commencèrent à disparaître, un par un, à environ dix-huit mois d'intervalle. Le premier à y passer fut William Ash, le garçon qui était avec Mark ce fameux soir d'Halloween. Ensuite, deux ans s'écoulèrent, puis Alex Slocombe se volatilisa, très vite suivi par un petit gosse italo-écossais du nom de Stewart Riva. Enfin, quelques mois plus tôt, Liam Nugent était sorti faire une promenade dont il ne revint jamais, bien qu'on l'ait vu avec un sac de sport à l'épaule et qu'il ait notoirement entretenu des relations difficiles avec son père alcoolique, ce qui permit aux gens de Smith de laisser entendre qu'il avait tout bonnement renoncé et pris la fuite. À chaque nouvelle affaire, Morrison prenait la décision de s'y remettre, de recommencer. Il se disait qu'il accepterait son châtiment pour avoir contribué à étouffer l'affaire si cela pouvait aider à mettre un terme à ce cauchemar. Mais il n'était jamais passé à l'action et avait constamment conscience que Smith – et Jenner – l'observaient du fond de la pénombre chic de l'Extraville. Peu à peu, par paliers qui n'étaient pas immédiatement visibles, Morrison s'était installé dans un petit enfer brumeux dont il ne pouvait s'extraire. Tout ce qu'il lui restait, c'était ce sanctuaire, lui-même en marge, tel un coupable secret. Et pendant ce temps-là, il devait attendre en compagnie des parents qui remplissaient les déclarations de disparition, il devait mentir aux gens à propos de ce qui était arrivé, selon lui, à leurs enfants. William Ash. Alex Slocombe. Stewart Riva. Liam Nugent. On ne retrouva jamais aucune trace de ces garçons, si bien qu'on pouvait sans peine affirmer qu'ils s'étaient tout simplement enfuis, quittant une vie sans perspectives pour rallier les lumières vives et la grande ville. En récompense de son silence prolongé, si tant est qu'on puisse appeler ça une récompense, Morrison fut plus ou moins admis à titre honorifique dans le cercle le moins huppé de Smith, non pas à titre d'égal, mais en tant que laquais, chargé des petits boulots que Jenner lui apportait : souriant et ironique, Jenner, qui savait que tout ça n'était qu'une manière de l'amadouer, un moyen de le garder occupé et, du même coup, de tester sa loyauté. Morrison savait que s'il refusait ne serait-ce qu'un de ces petits boulots, Smith lâcherait Jenner contre lui, et l'issue ne faisait aucun doute.

Aujourd'hui, huit ans plus tard, il est en enfer, et totalement habitué à cet état de fait. Tout ce qu'il a, c'est ce petit jardin, un mètre carré de fleurs, de débris de porcelaine et de verre. C'est toujours quelque chose, tellement mieux que rien et, tard dans la journée, beaucoup, beaucoup trop tard, c'est presque honorable. Morrison a toujours été convaincu qu'en dépit de ses ennuis, en dépit de son passé, l'Intraville, en réalité, n'est qu'une bourgade à l'ancienne avec son poste de police et sa bibliothèque, de douces journées d'automne où les feuilles balaient la grand-rue et où les jeunes filles jouent au hockey dans la brume, des kermesses d'été et des noëls blancs, les enfants qui grandissent et ont à leur tour des enfants. C'est une ville qui se souvient de ses morts, une ville où tout le monde se souvient ensemble, veillant encore les ancêtres dans leur antique solitude lorsqu'ils auraient eux-mêmes pu se croire oubliés depuis longtemps. En d'autres termes, c'est une bonne ville, une ville où les gens entretiennent des souvenirs détaillés et soigneusement alimentés. Là, une vieille femme cueillera des fleurs dans son jardin un matin en semaine et les portera dans un cabas au cimetière où elle les déposera sur la tombe d'une amie d'école morte depuis longtemps. Elle n'y voit qu'un simple geste de souvenir, rien de plus : elle ne s'attardera guère, faisant peut-être une courte halte pour ramasser quelques papiers de bonbons oubliés ou arranger le gravier avant de rentrer chez elle pour y retrouver sa radio et le gâteau qu'elle prépare. Ou bien un homme d'âge mûr, époux et père, se surprendra, par une froide et humide soirée d'octobre, à lire l'inscription banale sur la tombe d'une jeune fille qu'il a connue au lycée. Il n'est pas sûr du tout de la raison pour laquelle il se trouve là ; quelqu'un d'autre parlerait de nostalgie, de sentimentalité, de crise de la quarantaine, mais c'est une explication beaucoup trop simpliste. La jeune fille qu'il se rappelle aujourd'hui n'a jamais existé ; pendant la majeure partie de sa courte vie, c'est à peine s'il l'avait remarquée, ou peut-être serait-il plus juste de dire qu'elle l'avait à peine remarqué – mais un jour, par une chaude soirée d'été au bal du lycée, ou par un après-midi brumeux de fin de trimestre, elle lui avait souri, et ils étaient allés faire un tour à pied ensemble, ou bien ils avaient discuté un moment au foyer du lycée, et il avait découvert à quel point elle était miraculeuse. Deux jours plus tard, elle était morte : une tumeur, une infection rare, un trou dans le cœur. Ça n'avait rien d'exceptionnel, à l'Intraville, qu'une fille comme ça meure jeune, mais celle-là avait vécu assez longtemps pour laisser son empreinte, pour élire domicile dans l'imagination du garçon. Pour l'habiter. Désormais, à travers elle, il pleure et célèbre tout ce que la vie lui a refusé, toute la beauté, toute la magie. C'est ainsi que ça se passe : les morts s'en vont dans leur solitude, mais les jeunes morts restent avec nous, ils colorent nos rêves, ils nous poussent à nous interroger, à nous étonner d'être assez malchanceux, maladroits, ou platement ordinaires pour continuer sans eux.

Pourtant, plus qu'aucun de ces aimables habitants, Morrison est passé maître dans l'art du deuil – même s'il n'a jamais compris ce qu'il pleurait. Les garçons, oui ; mais il ne les pleure pas assez pour exiger que justice soit faite en leur nom. Il pleure son couple, surtout maintenant qu'Alice et lui se sont détournés l'un de l'autre et ont décidé, presque sans bruit, de poursuivre leurs vies distinctes et silencieusement désespérées.

Ça, il ne le comprend pas. Ça pourrait sembler un cliché, maintenant, mais dès leur première rencontre Morrison avait compris qu'Alice était la seule femme qu'il aimerait jamais. Elle avait cette capacité qu'ont certaines personnes, sinon pour tout le monde, au moins pour un seul être magique, de donner à l'existence un goût de promesse. Et elle avait paru si proche, au début, amie aussi bien qu'épouse, même s'ils n'avaient jamais beaucoup discuté. À l'époque, ils n'en avaient pas éprouvé le besoin. Elle était là, il était là. Alors que plus tard, quand il avait eu besoin d'un contact, qu'il venait à elle dans un brouillard de nostalgie inexprimée – la nostalgie muette d'être touché et, par ce contact salutaire, pardonné d'un péché qu'il était incapable de confesser –, elle s'était tout simplement effondrée sur elle-même, comme une de ces plantes délicates qu'on faisait pousser à l'école, si bien qu'il ne restait plus rien, aucun point de contact. Elle n'aimait même pas qu'il la regarde trop longtemps, comme si un simple regard était une exigence impossible qu'il lui imposait. Dans ces moments-là, elle devenait objective, presque brutalement analytique. "Je ne peux pas t'aider, disait-elle, si tu refuses de me dire ce qui ne va pas." Comme si c'était de *l'aide*, qu'il demandait.

Chaque fois que ça lui arrivait, chaque fois qu'elle s'effondrait intérieurement comme ça, il repensait à cette plante. *Mimosa pudica*, elle s'appelait. Vert pâle, légèrement duveteuse, avec des feuilles délicates en forme de doigts et des tiges parfaitement agencées qui se repliaient au moindre contact jusqu'à se faire quasiment absentes. Le bout d'un doigt, la plume d'un stylo, voire une simple goutte d'eau. Il n'en fallait pas plus pour que la plante tout entière s'effondre. Un seul effleurement et tout s'évanouissait, on ne se retrouvait plus qu'avec une absence indifférente, infiniment patiente. Parfois, Morrison a le sentiment que c'est ça qu'il pleure par-dessus tout : que c'est là la véritable source de son chagrin. Il s'était attendu à un contact, il s'était dit que c'était ce que faisaient les gens mariés : ils se touchaient. Par ce simple moyen, ils se guérissaient mutuellement. Il n'a jamais compris pourquoi Alice n'a pas les mêmes attentes. À présent, ça fait des années qu'il n'a touché personne et que personne ne l'a touché. Quand Alice s'est mise à avoir ses crises, il a eu l'espoir que ça change quelque chose, il a eu l'espoir qu'elle et lui soient enfin égaux, dans le besoin faute de mieux, et qu'ils puissent recommencer. C'est presque risible, à présent, de penser qu'il a pu être un jour aussi bête.

ALICE

Dans le logement du poste de police, Alice fait sans cesse le même rêve : des poissons roses mous aux bouches comme festonnées de dentelle, avides, se pressent autour de son visage, palpant et tâtant ses lèvres, ses yeux, la dévorant, une cellule après l'autre, tandis qu'elle gît, à demi nue et seule, sur ce qui aurait dû être son lit conjugal. Seulement ce n'est pas un rêve, puisqu'elle ne dort pas, et elle n'est pas non plus tout à fait sûre d'être seule ; depuis quelques minutes, elle a l'impression que quelqu'un est là, dans la pièce, quelqu'un ou quelque chose dont la présence évoque celle d'un enfant en train de dire ses prières dans un coin qu'elle n'arrive pas à situer. Il y a eu un orage dans la soirée, mais elle ne l'a que vaguement perçu, allongée sur le lit, gainée d'un étroit fourreau de comprimés et de vodka. Elle avait bien caché cette réserve, et pour une fois Morrison ne l'a pas trouvée – elle l'appelle toujours par son nom de famille, maintenant, même lorsqu'il n'est pas là, même dans ses pensées intimes, muettes, parce qu'elle ne veut surtout pas que son mépris puisse passer ou décroître. Elle n'a aucune intention de le laisser s'en tirer à bon compte vis-à-vis de quoi que ce soit : les années d'indifférence, les compromis qu'il a faits avec les gens bien de l'Extraville, ou le rôle qu'il a joué dans ce qu'elle s'est mise à considérer, en son for intérieur, comme une maladie incurable. C'en est le symptôme principal, cette lente prise de conscience, tandis qu'elle retrouve ses esprits et que les poissons roses refluent dans les brumes de son cerveau, du fait que son rêve éveillé, de même que la voix basse, enfantine, qu'elle distingue tout juste dans un coin éloigné de la maison, sont les premiers signes de ce que Morrison et elle préfèrent appeler "la tremblote". C'est le mot qu'ils ont toujours employé pour les crises de delirium d'Alice ; c'est le mot de Morrison, en fait : elle se rappelle l'avoir entendu l'employer le premier, et ça l'agace encore que cet usage persiste. Maintenant, dès qu'elle boit, même très peu, elle est terrassée par la tremblote ; c'est chaque fois pareil et pourtant elle n'arrive pas à s'arrêter. En temps normal, elle doit dissimuler les flacons de cachets et les bouteilles de bibine quand Morrison est à la maison, et elle prend toutes les précautions possibles pour tout planquer alors que, la moitié du temps, elle meurt d'envie de laisser tomber, de se laisser interner et, avec l'aide de quelqu'un ou de quelque chose, de faire une tentative honnête pour soigner l'insoignable.

Le plus souvent possible, Morrison reste à la maison et veille sur elle, sans doute en attendant qu'elle dise quelque chose qui lui permette d'apporter de l'aide. La veille au soir, cependant, il est rentré tard, probablement retenu par quelque chose en rapport avec l'orage, une tâche mineure pour laquelle Smith et ses copains ne manquent pas de l'employer et dont il est trop content de se charger. Il sait que c'est plus dur pour elle le soir et il fait ce qu'il peut, même si sa sollicitude n'est pas la bienvenue. Ces derniers temps, en revanche, avec ces disparitions toujours pas élucidées – cinq garçons, maintenant, et pas la moindre explication à leur soudaine absence –, plus tout ce qui arrive par ailleurs, il sort beaucoup pour ce qu'il aime appeler des affaires policières, ce qui signifie qu'en rentrant il la trouve parfois en train d'écouter des voix dans sa tête ou de fixer des yeux des choses dont *lui* sait qu'elles ne sont même pas là, et le plus curieux c'est qu'elle le méprise d'être aussi normal, elle méprise le fait qu'il sache, sans l'ombre d'un doute, que tout ce qu'elle voit et entend dans ces moments-là n'est qu'hallucination. Elle se moque bien qu'il rentre à la maison pour la trouver inconsciente, ou en train de finir une bouteille sur la véranda, derrière, où au moins il fait frais. Elle a appris à vivre pour l'occasion qui se présente, pour l'instant de chance. Ce qui la contrarie, c'est la facilité avec laquelle il chasse les fantômes qui peuplent son univers à elle, lesquels devraient, au contraire, être tout aussi réels pour lui. Après tout, ce sont aussi ses enfants à lui, les seuls que leur mariage a engendrés.

Morrison dirait que la tremblote est due à la boisson et aux cachets, et puis voilà, mais Alice, elle, n'en est pas si sûre. Qui peut affirmer que ce n'est pas la tremblote qui vient en premier, sous une forme silencieuse et cachée, et la pousse à s'infliger elle-même ces choses, dans le seul but d'être en paix ? Elle n'aime pas perdre conscience sous l'effet de l'alcool, elle n'a jamais souhaité faire ça de sa vie. Elle se rappelle l'époque où Morrison et elle se sont rencontrés, comme il était gentil et attentionné, cette façon d'être bien à lui qu'il avait, avant de frayer avec Brian Smith. À une époque, il avait voulu faire son travail en fonction de ses propres critères, il était décidé à prendre un nouveau départ. Quand il ne travaillait pas, il s'occupait au jardin, à faire pousser des trucs, il prenait un plaisir de gosse, sans chercher à le dissimuler, à rapporter des légumes frais et à les étaler sur la table de la cuisine, carottes orange bien fermes auxquelles adhéraient encore des croûtes de terre noire, avec leurs vigoureuses fanes frisottées, radis, navets, salades, le tout composant une célébration mineure, l'homme heureux de son travail, le produit bon, propre, plein de goût, en dépit de l'endroit où il avait poussé. En ce temps-là, Morrison était optimiste, et elle avait eu envie de l'aimer pour ça. De fait, elle avait longtemps eu envie de l'aimer, mais n'y était pas arrivée. Avant même qu'il devienne distant et commence à frayer avec les gars de Smith, elle n'arrivait pas à l'aimer. Il était trop étriqué, trop passe-partout. Il n'y avait tout bonnement pas assez chez lui à aimer.

Maintenant, elle a envie d'aller dans le vaste monde, de s'en aller. Ou juste de *marcher*, plutôt que s'en aller, sans même cette précision de direction. Un de ces jours, elle va prendre trop de cachets, ou son corps va tout simplement lâcher, et elle mourra pendant que Morrison sera parti on ne sait où faire les quatre volontés de Brian Smith. Elle mourra seule dans son petit logement oppressant du poste de police, sans personne pour lui dire au revoir; quoique, à en croire Morrison, tout le monde meure seul car peu importe qui se trouve là lorsqu'on s'en va, le départ effectif est forcément solitaire, et quelle que puisse être la destination, on est seul à pouvoir l'atteindre. Mais, d'un autre côté, admettons que ça se passe autrement. Que penser de toutes ces histoires de gens qui ont franchi un cercle de lumière éblouissant et ont vu d'autres corps, d'autres visages autour d'eux, des visages bienveillants, accueillants, qui les accompagnaient chez eux? Et si, en mourant, on ne s'enfonçait pas dans la suprême solitude, la suprême séparation, mais qu'au contraire on retournait à quelque autre état, un état qu'on aurait connu auparavant? Si la mort n'était pas un phénomène solitaire, après tout, mais un moment où tous ceux qui ont un jour été séparés, tous ceux qui ont erré leur vie durant, isolés mais s'efforçant d'établir un lien avec quelqu'un ou quelque chose d'autre, retrouvaient l'unité radieuse, communautaire dont ils étaient tous issus, minuscules fragments de lumière et de conscience fusionnant en un tout? Elle avait lu des choses là-dessus; il y avait des gens – des millions de gens en Asie ou dans un endroit du même genre – qui y croyaient. Ils pensaient qu'il existait un esprit unique dont nous faisions tous partie et que nous le retrouvions dans la mort, pour ne plus jamais en être dissociés et pour prendre part à la seule, l'unique pensée éternelle que tous, nous avions, et étions. Cette pensée n'était autre que l'univers, ou l'être, quelque chose comme ça. C'étaient les bouddhistes, il lui semblait se rappeler, qui croyaient en cette idée – les bouddhistes ou peut-être les hindous –, et ils y croyaient comme si ça allait de soi, de même que d'autres gens croyaient en la gravité ou la médecine. Par moments, le seul volume de cette croyance, tant de millions de gens, la persuadait presque que c'était vrai, et pendant quelques secondes vertigineuses, elle restait là, à se demander si quelqu'un, parmi ces millions de gens, avait jamais entrevu qu'en vérité c'était une idée terrifiante.

Ego.

Encore là et déjà parti en même temps. Ici et là, perdu et trouvé, dans le présent éternel.

Je ne peux pas m'empêcher de penser que, si on veut rester en vie, il faut aimer quelque chose. J'avais un ami, un garçon du nom de Liam Nugent, et je crois que je l'aimais, mais il n'est plus là, et je ne sais pas si j'aime qui que ce soit. Pas mon père, ça c'est sûr. Dans le temps, oui, mais plus maintenant, parce que maintenant il n'est plus vraiment *là*. Il est dans son lit, muet, lointain, et c'est comme s'il était déjà mort. Je pourrais peut-être aimer Elspeth, mais je n'arrive pas vraiment à y croire. Par moments, je crois que je ne la supporte même pas, mais ensuite elle fait un truc marrant, ou elle dit juste quelque chose d'énorme, et je pense alors que je pourrais presque être *amoureux* d'elle, comme un personnage de livre. Pourtant tout le monde dit qu'il y a une grosse différence entre le fait d'être *amoureux* et le véritable *amour*. Là, ça devient compliqué à suivre, et moi je n'aime pas quand les choses se compliquent sans qu'il y ait une bonne raison pour ça. Complexe, d'accord ; je sais faire, complexe. Le monde est complexe, il s'y passe toutes sortes de trucs. Certains bouquins sont vraiment complexes. Mais l'amour n'est sans doute pas si complexe que ça, juste compliqué. D'ailleurs peut-être que l'amour n'est pas le mot qui convient ici, de toute façon, du moins en ce qui concerne les gens. Les gens sont durs à aimer, même quand on fait l'amour avec eux ou qu'on a de bonnes conversations marrantes comme celles qu'Elspeth et moi on

75

a quelquefois. Les gens sont compliqués, ils sont faits comme ça, voilà tout.

Pourtant, si on veut rester en vie, ce qui n'a rien de facile dans un endroit comme celui-ci, il faut aimer *quelque chose* et la seule chose que moi j'aime, c'est l'usine chimique. Enfin bon, ça et les livres. J'aime les livres. Dans un endroit comme ici, c'est presque aussi dingue que de dire qu'on aime l'usine, mais au moins c'est à peu près normal. Alors qu'on n'est carrément *pas* normal, on est carrément *dingue* si on aime l'usine.

En fait, je sais que tout le monde dit qu'elle est dangereuse, qu'elle nous rend tous malades, qu'on aurait dû la raser il y a des années et nettoyer tout l'est de la péninsule au lieu de le laisser pourrir sur place – et tout ça c'est vrai, je sais, mais il faut quand même admettre que c'est beau. Il y a sans doute des endroits d'une beauté plus évidente au Canada ou en Californie, où il y a des jardins et des parcs avec des lacs transparents et de vrais arbres vivants, sans histoires, avec des feuilles d'automne et tous les trucs qu'on voit à la télé, mais nous on n'a pas ça. Tout ce qu'on a, c'est l'usine. On n'est pas censés y aller et j'imagine que la plupart des gamins n'y vont pas, mais il y en a plein qui le font quand même.

Je crois que personne ne passe autant de temps là-bas que moi, par contre. Quand les orages arrivent, j'y vais et je me plante à l'entrée d'un des anciens fours, pour regarder tomber la pluie. Ou bien je m'installe au sommet d'une grue abandonnée au-dessus des quais et je contemple la mer, un point de l'horizon qui semble sorti non seulement d'un autre endroit, mais aussi d'un autre temps, le passé peut-être, ou alors l'avenir, quand les bâtiments abandonnés finiront de pourrir et que le poison qu'il y a dans le sol, le poison que personne ne peut voir, perdra son pouvoir mortel. Je ne suis pas censé aller là-bas – personne n'est censé y aller –, mais ça ne me fait pas peur et ça ne fait pas peur non plus à certains autres gamins, puisque je les y vois de temps en temps, qui se déplacent comme des ombres au milieu des ruines, de façon à ne pas être vus et à ne pas voir que quelqu'un d'autre est là avec eux. Je suppose qu'ils y vont pour les mêmes raisons que moi : parce que c'est tranquille et que ça n'appartient à personne, et peut-être parce que c'est l'unique beauté qu'ils connaissent. C'est curieux de dire ça, mais c'est vraiment, *vraiment* beau, beau comme les vieux films d'horreur qui passent à la télé, ou comme Annette Crowley de 3ᵉB, avec sa cicatrice blanche qui lui barre la joue et le cou à l'endroit où un accident de voiture lui a ouvert le visage.

Ce bel endroit s'appelle l'usine chimique parce que c'en était une autrefois, alors que maintenant c'est juste des centaines de bâtiments abandonnés et tout un réseau de voies ferrées désaffectées qui passent en bordure de l'Intraville en direction de ce qu'il reste du vieux port. S'il fallait dessiner une carte de cette extrémité de la péninsule, on aurait d'abord l'Extraville, tout en villas de faux style élisabéthain, ou imitation ranch, avec de vastes haies et des pelouses miraculeusement vertes. Puis il y a l'ancien terrain de golf, idéalement situé de façon à séparer les gens bien dans leurs belles maisons des spectres et des voyous de l'Intraville, qui n'est plus aujourd'hui qu'un ghetto pour ouvriers empoisonnés, au rebut comme mon vieux. Et enfin le reste, sans quasiment rien pour l'isoler de la ville : une friche industrielle là où s'étendait l'usine. On l'appelle l'usine chimique, parce qu'elle n'a jamais eu d'autre nom, même le terrain sur lequel elle se dresse n'est presque jamais nommé, une étendue de nulle part que les gens appellent parfois la presqu'île, bien que les adultes en parlent rarement, et quand ça leur arrive ils se contentent en général d'y faire allusion en disant *là-bas*. Si on écoute certaines personnalités de la région, tout ça forme un seul ensemble, qu'ils ont baptisé Terre d'origine, et ils ont de grands projets pour nous tous, ce qu'ils appellent un "programme de régénération". Mais ça, c'est le secteur de Brian Smith, alors tout le monde sait que ce n'est pas pour demain.

L'usine chimique est toujours belle, même quand elle fait peur ou qu'on remarque à quel point l'endroit est triste, quand tous les petits scintillements de ce qui existait avant – les bois, l'estuaire, les plages – transparaissent et qu'on se rend compte que ça devait être incroyable, autrefois. Par moments on arrive encore à le sentir. Par exemple de bonne heure les matins d'été : demi-jour, les bâtiments en ruine qui se dressent hors des ombres, les derniers oiseaux nocturnes s'appelant d'une haie à l'autre sur la route de l'ancienne ferme qui longe les bois de l'est et descend jusqu'à la mer. Une heure de plus, et c'est complètement différent. La route de la ferme est aussi droite qu'une barre de fer et d'un blanc cendreux, encore fantomatique à cette heure, floue et vague, comme si elle n'était pas encore tout à fait remise du clair de lune. Les haies sont ponctuées de fleurs blêmes de vaillante allure. De temps à autre, on distingue un bateau dans le chenal, loin au large, et, parfois, ce sera un bateau transportant des passagers, au lieu des habituels navires utilitaires qui sillonnent la mer dans les deux sens, acheminant leur chargement de déchets industriels ou de combustible usagé vers les villes heureuses qui se succèdent plus loin sur la péninsule. On ne voit personne sur les ponts, mais ces navires sont en bon état et ont de petits hublots ronds tout le long du flanc, là où se trouvent peut-être des cabines. Peut-être que les gens sont tous endormis là-bas dedans, ou assis par petits cercles joyeux dans la salle à manger, en train de prendre leur petit-déjeuner en planifiant la journée à venir. Notre extrémité de la péninsule n'est pas un endroit qu'ils auraient envie de voir, même par curiosité. S'ils venaient à scruter la côte quelque part – plus loin sur la presqu'île, supposons, au-delà de la dernière jetée en béton –, ils pourraient voir de la fumée dans les bois de l'est, de fines volutes jaunâtres parmi les feuillages, comme les signaux de fumée dans les vieux westerns. Ça pourrait être moi, ou un autre garçon de l'Intraville, qui passe la nuit dehors pour ne pas entendre son père respirer, allongé dans la pièce voisine, chaque souffle à un doigt de l'absence totale, nouveau motif de peur mais aussi de célébration.

Il y a plein d'endroits où aller sur la presqu'île : le bois empoisonné, les quais, les entrepôts, les fours. Les anciennes usines de conditionnement, où l'odeur est encore tellement forte qu'on sent presque le goût du poison qu'on respire. Il y a des endroits où aller, et il y a des endroits silencieux où on ne peut pas pénétrer, des salles à l'intérieur d'autres salles dont on n'est pas sûr de l'emplacement ni de la fonction, tout en sachant qu'il y a *quelque chose*. J'aime les franges de terre entre un lieu et un autre, et tous les endroits où on peut aller sans jamais voir personne, l'odeur d'huile et de vase à l'extrême bout, les anciennes zones de chargement avec leurs grues qui rouillent et cet unique bateau paralysé, rongé par des années de vent et d'eau salée, déserté bien sûr, bien que j'aie toujours le sentiment qu'il pourrait y avoir quelqu'un à bord, pas un fantôme ou je ne sais quoi du même genre, mais pas un homme non plus, ou pas un homme venant d'un quelconque endroit de *ma* connaissance. Il devait être gigantesque, autrefois, ce bateau ; aujourd'hui, ce n'est plus qu'une carcasse brisée, aux ponts mangés de rouille, les niveaux inférieurs réduits à un amas d'échelles et de passerelles pourrissantes, dangereuses et instables sous mes pieds, plongeant dans des ténèbres rougeâtres où dorment les immenses citernes stagnantes, alourdies de sel et de nickel. C'était là que tout menait autrefois : la route, les voies ferrées, les allées – leur unique fonction étant de remplir d'énormes navires comme celui-là de quantités inimaginables de poison, fertilisants et sombres liqueurs huileuses qui parcouraient un demi-tour du monde dans la cale scellée pendant que de formidables océans faisaient rage autour. Quand un de ces navires d'aspect anodin se brisait sur les rochers ou sombrait dans des eaux difficiles, on imagine bien tous les types du gouvernement et les chargés de communication, au pays, en train de calculer sous quel angle aborder la chose – quels mensonges ils vont

79

raconter, dans quelle mesure ils arriveront à s'en tirer, ce qu'ils sont sûrs de pouvoir nier. Et jusqu'au fond, dans de belles eaux grouillantes d'équipes de tournage pour documentaires sous-marins, le navire va s'engloutir, fendu en deux comme une noix de coco, en déversant des litres et des litres de son chargement vénéneux.

Parfois je pense que la presqu'île est au summum de sa beauté en hiver, quand tout ce à quoi on est habitué, tout ce qu'on ne prend pas la peine de regarder pendant le reste de l'année, tous les angles et recoins cachés, les tuyaux et les champs de gravats que le regard ne perçoit pas, reparaissent comme neufs, redéfinis par la neige et, dans le même temps, plus achevés, abstraits, comme une esquisse du monde. Tout a l'air plus étroitement rapproché et, en même temps, on dirait qu'il y a plus d'*espace* qu'en automne. Quand arrive la première neige, on commence à voir des choses nouvelles, et on se rend compte de tout ce qui, dans le monde, est invisible, ou sur le point d'être vu, si seulement on arrivait à trouver le type d'attention qu'il faut y prêter, comme en tournant le bouton d'une radio vers la bonne station, celle où tout est plus clair et où quelqu'un parle dans une langue qu'on comprend tout de suite, quand bien même on sait que ce n'est pas la langue qu'on croyait connaître. Et puis il y a aussi la manière dont tout est transformé, l'air tellement innocent que ça prend, comme si ça ne pouvait nous faire aucun mal même des millions d'années après, tous ces barils d'effluents durcis et tournés, toutes ces fosses où subsistent des traces de poison ou de radiations, ou ce que diable les autorités veulent y enfermer hermétiquement, en même temps que la masse dangereuse de nos corps pollués. Sous la neige, tout ça semble pur même quand une coulure sanglante de rouille suinte au travers, ou qu'une traînée de bleu cobalt ou de vert-de-gris remonte et émerge de plusieurs centimètres de blanc, c'est beau. On devrait envoyer un peintre là-bas, vraiment, un artiste qui n'ait pas l'estomac trop délicat et qui ne se borne pas non plus à découper des requins en deux. Un peintre de guerre, peut-être. Parce que, si ça ressemble à quelque chose, c'est bien à une zone de guerre. Enfin bon, une zone de guerre, c'est beau aussi non, pour peu qu'on y regarde bien ?

Il y a des années de ça, la voie ferrée fonctionnait encore le long de la côte, elle acheminait des wagons pleins de matières premières la nuit, pendant que les gens dormaient, si bien que le bruit des trains de marchandises et des manœuvres d'aiguillage se mêlait à leurs rêves, courant sous-jacent de frottements et de sifflements qui se poursuivait de jour, leur rappelant qu'ils appartenaient à ce lieu, qu'il était dans leurs veines, dans leurs nerfs. C'est ce que j'imagine, en tout cas : depuis que j'existe ou à peu près, l'usine est fermée – pas simplement fermée, en fait, mais condamnée, décrétée par le gouvernement zone de contamination irréversible dans laquelle nul n'est officiellement censé entrer. Personne ne se donne pourtant beaucoup de mal pour nous en empêcher. Ça impliquerait de trop attirer l'attention sur l'endroit en question, et les gens pourraient s'inquiéter de nouveau de ce qui est susceptible de traîner là-bas. Parce que en réalité, personne ne sait ce qui traîne là-bas. C'est bien ce qui rend la chose intéressante, pour moi, et pour les autres comme moi : aussi loin que remontent mes souvenirs, j'ai connu cette usine vide et silencieuse, immense labyrinthe de couloirs et de salles désaffectées, certaines à ciel ouvert, d'autres pourvues de toitures en verre ou en métal et, au-dessus de chaque four – on appelle ça des fours, mais il n'y a aucune preuve tangible qui permette de dire à quoi ils servaient –, une cheminée géante s'élève jusque dans les nuages, une grosse cheminée en briques qui, pendant les mois humides, se remplit d'immenses cataractes de pluie, de même que les toits de verre et les plaques de tôle ondulée qui couvrent les hangars de stockage produisent une musique qui semble répétitive la première fois qu'on l'entend, mais ne tarde pas à se révéler une trame infiniment complexe de modulations à peine perceptibles et d'harmoniques

81

lointaines, qui ne cesse de changer à chaque instant. On devrait peut-être envoyer un musicien là-bas, plutôt qu'un peintre. Mettre ça en musique. Ça serait quelque chose. Je vois d'ici les gens branchés dans leurs lofts industriels, les gens qui font dans les relations publiques ou ce genre de choses, assis sur leurs tapis de prière en train de méditer avec en fond sonore la pluie qui martèle le toit en tôle ondulée d'un ancien hangar de stockage, le tout soigneusement samplé et filtré par une centaine de synthétiseurs ou je ne sais quoi, avec quelques bols chantants tibétains et un dulcimer en prime.

Ils ne se mettent plus en quatre pour empêcher les gens d'entrer, mais ce n'est pas vraiment la peine, hein ? Au début, on a eu des pillards et autres récupérateurs, des nettoyeurs de plages industriels en quête de choses à vendre, mais ils ont vite laissé tomber. Aujourd'hui, plus personne ne vient là mis à part quelques gamins, et je sais qu'on ressent tous la même chose quand on se trouve là, sur la presqu'île, tout seuls. Il m'arrive de tomber sur d'autres de temps en temps, et je sens alors quelque chose se rompre, pas seulement dans mon esprit, mais dans le leur aussi : la sensation de faire partie du silence, d'être hors du temps et, plus difficile à exprimer par des mots, impossible à transmettre à quelqu'un, un sentiment de déférence vis-à-vis de l'endroit, que ce soit pour les touffes de fleurs et d'herbes sauvages qui poussent au milieu des débris de verre et des gravats, ou pour le calme qui peut régner là les après-midi d'été – un tel calme qu'on dirait qu'il n'est jamais rien arrivé, ni là ni ailleurs, où que ce soit. Un tel calme qu'on dirait que nul n'a jamais existé et que le temps est sur le point de commencer. Ça a peut-être l'air idiot de parler de déférence, mais cet ensemble de bâtiments en ruine et de voies ferrées à l'abandon qui s'étend dans toutes les directions aussi loin que je puisse aller à pied, que ce soit le long de la côte ou vers l'intérieur des terres à travers bois broussailleux et champs d'ajoncs, ce terrain apparemment vague est l'unique église que nous ayons, et je sais, quand je rencontre quelqu'un là-bas, un gamin avec un cerf-volant ou une boîte d'allumettes, une fille que j'ai déjà vue au bahut, je sais que j'interromps, non pas un vague jeu d'enfant ou un de ces actes de vandalisme supposé dont les adultes se plaignent sans arrêt. Non : ce sur quoi je tombe par hasard, c'est une cérémonie secrète, un rituel intime. Quand ça arrive, je constate que l'autre, ce garçon ou cette fille, est perturbé, déconcerté, comme si il ou elle s'était fait surprendre, d'une certaine manière : il arrive qu'on s'arrête et qu'on discute, qu'on échange quelques mots sans importance avant de poursuivre notre chemin ; le plus souvent, on échange des regards timides, presque coupables, puis on file, on regagne en hâte la sécurité des hautes herbes ou d'un hangar de stockage froid et humide, à l'écart du temps qui passe, loin du regard des autres.

Je venais souvent là avec Liam. Avant qu'il disparaisse – avant qu'il *s'en aille*, comme disent toujours les adultes, mais je sais qu'ils cachent quelque chose. Je sais qu'il lui est arrivé un sale truc, tout comme je sais – comme on sait *tous* – qu'il est arrivé un sale truc aux autres garçons qui se sont volatilisés. Cinq, maintenant : tous des garçons d'à peu près mon âge, avec des parents, des amis et un pupitre en classe, volatilisés dans les airs, sans rien laisser d'autre que des draps en boule ou un livre ouvert retourné sur une table de chevet, pour prouver qu'ils avaient un jour été présents. Cinq garçons de l'Intraville, un endroit dont tout le monde se fout, une ville polluée, décolorée, tout au bout d'une péninsule dont la plupart des gens ignorent l'existence sur les cartes. Cinq garçons : Mark Wilkinson, William Ash, Alex Slocombe, Stewart Riva... et Liam Nugent, le dernier à disparaître, perdu quelque part entre son domicile et la salle omnisports, sans rien qui indique où il était parti, ni quand il s'était trouvé là pour la dernière fois. Aucune trace, aucun indice, aucun signe de lutte, aucun message, aucune coloration de l'air à l'endroit où il avait bifurqué et s'était éloigné – si, comme nous l'affirment les adultes, il a *choisi* de s'en aller, de son propre chef, fatigué, comme l'étaient les autres, de cette ville mourante au bout d'une péninsule désolée, un endroit où rien de bon ne pourra jamais arriver, où des garçons comme Liam, Alex, Stewart, n'ont rien à attendre. Liam était mon meilleur ami. C'était un long type mince, bon nageur, pas beau ni rien, mais certaines filles l'aimaient bien pour sa personnalité. Il était complètement déjanté, pour dire les choses franchement, et il n'avait pas vraiment de vie de famille, mais bon, il n'y en a pas beaucoup, parmi nous, qui ont une vie de famille. Son père était et reste à ce jour le poivrot numéro un de la péninsule, et le seul changement qu'a apporté la disparition de Liam dans sa vie c'est que, de temps en temps, au club, quelqu'un lui paie un verre de solidarité dont sinon il n'aurait sans doute jamais vu la couleur. Ce vieil enfoiré est passé maître dans l'art d'exprimer le chagrin : humble, stoïque, mais foncièrement brisé, il ne décroche pas du bar où il attend que s'amène le naïf. Il ne trouvait jamais deux mots gentils à dire à Liam ou de Liam quand il était encore là. Il lui volait même l'argent de sa tournée de journaux pour s'acheter de la vodka. Ça mettait Liam en rogne, d'ailleurs il ne supportait plus grand-chose de la part du vieil enfoiré, mais s'il avait envisagé de s'en aller, il m'en aurait parlé. Il aurait voulu que je parte *avec lui*, bon sang. C'est comme ça que ça se passait entre nous : je ne me rappelle pas avoir passé une seule journée sans le voir ; lui et moi, on avait des secrets dont personne d'autre n'était au courant ; on faisait tout ensemble. S'il avait décidé de s'en aller, jamais de la vie il ne serait parti sans moi.

D'ailleurs il n'est pas parti. Personne ne s'en va. Les gamins parlent sans arrêt de le faire, mais en vérité aucun de nous ne sait ce qu'il y a là-bas, à trente, soixante-quinze ou cent cinquante kilomètres d'ici, par la route côtière, vu que personne n'est jamais allé aussi loin. Les gens de l'Intraville ne s'en vont pas, pas même pour aller en vacances ou voir des parents éloignés. Ils parlent à longueur de journée de s'en aller, bien sûr, mais ils ne se mettent jamais vraiment en route. Alors, quand les adultes ont sorti cette histoire comme quoi Liam était parti tenter sa chance dans le vaste monde, tout comme les autres garçons avant lui, j'ai compris que quelque chose clochait. Liam n'avait pas quitté l'Intraville, il n'était pas à mi-parcours de la péninsule, en train de marcher sous la pluie du soir, il n'était pas planté sur le bas-côté d'une route à cent cinquante kilomètres de là, à faire du stop en direction d'une ville qu'il avait vue à la télé. Il n'avait pas tout bonnement délaissé sa table dans la salle 5A, il n'était pas tout bonnement absent de l'équipe de football à cinq, pas en train de nager quelque part dans une grande piscine olympique ou au large de je ne sais quelle plage en Grèce, il avait totalement quitté le monde. Disparu. Je le savais, parce que je le sentais. Ça faisait comme quand la neige fond, et qu'après on a l'impression qu'il manque quelque chose. Une pièce essentielle du dispositif du monde, une présence nécessaire s'est évanouie en une nuit dans le crépitement tranquille de la pluie et le vent qui s'engouffre par la vitre cassée du palier. C'est l'impression que ça m'a fait quand Liam a disparu: quelque chose d'essentiel s'en était allé, et ça ne semblait pas normal que tout le reste puisse continuer, comme avant. Sa voix me manquait, et aussi la façon qu'il avait de me faire des grimaces dans la glace du vestiaire, tout comme le scintillement blanc de la neige sur les rambardes de la bibliothèque publique: c'était la même chose, le même défaut local du monde qui aurait dû faire effondrer le système entier. Je pense à lui tout le temps, et je sais qu'il ne se serait pas enfui sans moi. Il ferait beau voir ça, comme disait mon père au temps où il parlait encore. Mais ce n'est pas *si beau* que ça.

Quand je dis que l'usine est belle, ça ne signifie pas qu'à mon avis elle ait jamais été une bonne chose pour la ville. Je sais qu'elle a rendu les gens malades, et je ne pense pas que le nombre d'heures que j'ai passées là-bas me fera grand bien quand je serai plus vieux. Mais bon, qui sait si seulement je deviendrai plus vieux. Certains gamins n'atteignent même pas vingt ans, et quand ils meurent, personne ne sait ce qu'ils ont eu. Je suis donc obligé d'être réaliste. Ça fait quatorze ans que je vis ici. Quatorze ans et huit mois. Je respire cet air depuis plus de cinq mille jours. Je respire, j'avale et je digère les salissures, la poussière noircie et la pluie brune de la presqu'île depuis environ sept millions de minutes. Ça fait combien d'inspirations en tout? Combien de pintes d'eau? Combien de kilos de pain? Combien d'œufs? À chaque inspiration, je fais entrer le monde dans mes poumons, chaque fois que j'avale, non seulement à manger et à boire, mais tout ce que ça contient, toutes les traces, les traînées, les pluies de suie, tous les filaments de cuivre, nickel, 2, 4, 5-T et je ne sais quoi encore. Les gens disent qu'on est comme on est, que l'avenir est inscrit dans notre sang – et on est bien obligé de reconnaître qu'il est impossible d'éviter la chimie. Celui qui vivrait par ici, je ne pense pas qu'il dirait le contraire.

Une forte proportion des gens qui travaillaient à la production, à l'usine, sont soit malades, soit morts, aujourd'hui. Mon père, par exemple. Mon père est malade depuis presque aussi loin que mes souvenirs remontent. Je ne pense pas qu'il ait jamais été très bavard, mais maintenant il ne dit plus rien, plus un mot. C'est sûr, les gens de l'Intraville n'aiment pas parler, de toute façon, à moins qu'ils soient professeurs, mais au moins ils échangent un salut, un "bonjour" par-ci, un commentaire sur la météo par-là, les petites bribes de conversation qui permettent aux gens de se côtoyer en paix. Mon père ne fait rien de tout ça. Au début de sa maladie, il restait dans la cuisine à écouter la radio, ou il sortait dans le jardin s'il faisait chaud et regardait pousser les mauvaises herbes. Mais quand ma mère est partie, il s'est tout simplement recroquevillé sur lui-même. Ces jours-ci, il passe la majeure partie du temps dans sa chambre, dans le silence le plus complet. Parfois il dort toute la journée, mais bien souvent il se contente de rester allongé sur le lit et de fixer le plafond.

Quand il lui arrive de se lever, c'est juste pour s'asseoir dans la cuisine en attendant que la bouilloire se mette à siffler. Mais elle ne siffle jamais parce qu'il oublie tout le temps de la brancher. Quand Elspeth passe à la maison, on va dans ma chambre et on joue à des jeux qu'on invente au fur et à mesure, mais on fait doucement pour qu'il n'entende rien. Je ne pense pas qu'il apprécierait s'il savait ce qu'on fait. Ce n'est pourtant pas qu'il se doute de quoi que ce soit, pour autant que je puisse le constater, d'ailleurs il aime bien Elspeth. Il lui arrive même de sourire quand il la voit. Ça fait du bien quand il sourit. J'aimerais que ça soit plus souvent, et de préférence pas juste quand ma mignonne copine passe à la maison.

Mais je suppose que je devrais me réjouir qu'il ne parle pas beaucoup étant donné que, dans le cas contraire, il ne ferait sans doute que rabâcher des trucs sur ma mère et le chagrin qu'il a eu quand elle est partie. Ou, pire, ressasser à quel point il l'aimait et combien elle était merveilleuse. C'est ça qu'il ferait, en fait, je le sais. Ma mère n'était pas vraiment concernée quand elle était là, pour autant que je m'en souvienne, mais au moins elle était dans le coin. Je me rappelle quand elle est partie, elle m'a assis à la table de la cuisine et elle a essayé d'expliquer ce qu'elle faisait. Elle n'a pas cherché à s'expliquer vis-à-vis de mon père, elle a juste jeté quelques affaires dans un sac et elle s'est cassée pendant qu'il dormait à l'étage, mais elle a pris quelques minutes pour me rancarder sur les difficultés qu'elle avait.

— Je vais m'en aller quelque temps, elle a dit. Alors, il va falloir que tu jettes un œil sur ton père à ma place.

Elle prenait le ton de voix qu'elle employait depuis mes deux ans, sauf que j'en avais maintenant dix et que je comprenais exactement ce qu'elle était en train de faire.

— Tu pourras te charger de ça pour moi? elle a demandé. Tu pourras surveiller ton père quelque temps, jusqu'à ce que je revienne?

J'ai secoué la tête.

— Tu ne reviendras pas, j'ai dit.

Son visage s'est un peu contracté. J'imagine qu'elle espérait que je n'allais pas lui compliquer un peu plus la tâche.

— Pourquoi tu dis ça ? elle a demandé, toute piteuse.

— Parce que c'est vrai, j'ai dit. Tu t'en vas pour de bon.

Elle s'est alors mise à pleurer. Bon sang, elle en *bavait* tellement à longueur de journée, à s'occuper de mon père, à s'occuper de moi, jamais une minute pour elle. Elle était encore jeune, elle avait la vie devant elle. Je l'avais entendue dire ça à la mère de Jenny Allison, une fois, devant le Spar, alors je savais exactement ce qu'elle mijotait.

— Mais non, elle a dit. J'ai juste besoin de m'en aller un peu.

Elle a souri entre ses larmes.

— Tu comprends ça, non ? elle a ajouté.

J'ai répondu sans sourire :

— Bien sûr.

Elle a hoché la tête et posé la main sur mon épaule.

— Évidemment, que tu comprends, elle a dit.

— C'est vrai quoi, tu es encore jeune, j'ai dit. Tu as toute la vie devant toi.

Je me suis alors demandé quel âge elle avait. Je ne pense pas que je le savais.

Elle m'a regardé comme si je venais de la gifler.

— Quoi ? elle a fait, l'air innocent. D'où sors-tu *ça* ?

— C'est toi qui l'as dit, j'ai répondu.

Je l'ai regardée droit dans les yeux. Elle avait cessé de pleurer à présent et ne souriait plus. Elle s'est levée. C'est parti, j'ai pensé. Allons-y pour le grand jeu à la coriace style l'amour-n'a-rien-à-voir-là-dedans. Cette femme était capable de passer des larmes douces-amères à la dureté la plus impitoyable en trente secondes chrono.

— Bon, elle a dit. Je pensais que tu comprendrais. C'est vrai, tu n'es plus un petit gosse.

— Je n'ai jamais été un petit gosse, j'ai dit. C'est toi qui aimais *croire* que j'en étais un.

Elle a gardé le silence. Comme sa valise était dans l'entrée, elle est allée la chercher, en garce inflexible que personne ne comprend, alors d'accord, puisque c'est ça elle va faire ce qu'elle a à faire et puis voilà. Elle a enfilé son manteau, les fameux gants en cuir fantaisie que mon père lui avait offerts, puis elle a ouvert la porte d'entrée et empoigné la valise. La dernière chose qu'elle a dite, avant de disparaître à tout jamais, ç'a été :

– Laisse ton père dormir. Il lui faut du repos.

Traduction : ne va pas réveiller ce salaud avant que je sois loin, je n'ai pas envie qu'il vienne me chercher et qu'il fasse une scène monstre. Incidemment, je n'en avais aucune envie non plus. Je n'avais pas envie qu'il se fasse humilier, dans la rue ou je ne sais où, en présence d'un tas de gens. Pas par cette garce égoïste. Elle n'a même pas refermé la porte derrière elle, s'est contentée de gagner la route et puis voilà. Je ne l'ai pas revue depuis.

En fait, quand j'y repense, je me souviens de l'allure qu'elle avait, debout sur le seuil, et je me souviens qu'elle était jolie. Plus jolie que ça ne lui était arrivé depuis longtemps. Elle s'était mis du rouge à lèvres, et elle portait ce joli manteau d'hiver qui me faisait penser à Ewa Krzyzewska dans *Cendres et diamant*. Comme, en plus, elle avait relevé ses cheveux, elle avait l'air carrément canon. Je dois reconnaître que, sur le moment, elle sortait de l'ordinaire. Une jeune femme avec le restant de ses jours devant elle. Si elle n'avait pas été ma mère, elle m'aurait vraiment tapé dans l'œil. Mais elle était *bel et bien* ma mère, et en train de prendre la porte, et j'ai compris je ne la reverrais plus jamais. La seule chose qui m'est venue à l'esprit, c'est qu'elle était drôlement jolie, même si elle se comportait comme une garce inflexible. Je ne lui ai pas adressé un mot pendant qu'elle s'en allait. Je ne voulais pas qu'elle pense que j'acceptais quoi que ce soit. Quand la porte s'est refermée, j'en étais à mettre de l'ordre dans mes idées pour passer à autre chose. Il faut passer à autre chose. Au bout d'un moment, je me suis levé et je suis allé jusqu'à l'évier. Il y avait un petit tas de vaisselle sur la paillasse et un cendrier qui contenait un mégot taché de rouge à lèvres. Elle devait avoir oublié de le laver avant de faire sa valise. Et moi je restais planté là, à fixer le petit tas de cendres et ce rouge à lèvres, et les paroles d'une vieille chanson me sont venues à l'esprit. Je ne sais pas où je l'avais entendue :

Laura c'est le visage dans la lumière embrumée,
Les pas que tu entends dans l'entrée,
Le rire, qui flotte un soir d'été,
Que tu n'arrives jamais à te rappeler tout à fait.

C'était son nom. Laura. Je ne pouvais pas la sacquer, putain.

Au bout d'un moment, je suis monté et j'ai glissé un œil dans la chambre pour voir mon père. Il dormait comme un bébé ; je m'apprêtais à le laisser quand j'ai vu l'enveloppe sur la coiffeuse. Sans bruit, concentré pour marcher à pas de loup, je suis allé l'enlever de là. Je ne savais pas vraiment ce que je comptais en faire, mais je voulais regarder ce qu'il y avait d'écrit avant de laisser mon père voir ça. Je suis descendu en refermant la porte derrière moi pour qu'il puisse dormir en paix. En regagnant la cuisine, j'ai ouvert l'enveloppe le plus soigneusement possible. Je pourrais facilement la remettre dans une autre enveloppe, j'ai pensé, avant qu'il se réveille. Mais quand j'ai lu les idioties qu'elle contenait, je n'ai pas pu m'en empêcher : je l'ai déchirée en petits morceaux. Le message disait : *Partie, je ne sais pas où. J'enverrai quelqu'un chercher mes affaires.* C'était tout. Deux pauvres petites phrases. Elle n'avait même pas eu la politesse de lui rédiger un paragraphe.

Il paraît que je suis né très vite, que tout était fini avant même qu'on ait amené la brave Laura jusqu'au service de maternité. Ça ne m'étonne pas vraiment. Sitôt compris dans quel ventre il se trouvait, mon cerveau de tout-petit a sans doute décidé de dégager de là et de tenter sa chance dans le vaste monde froid et sauvage. L'ennui, c'est que le vaste monde froid et sauvage se compose principalement de deux choses pour lesquelles je ne suis pas très doué: les autres gamins, et l'école. Enfin bon, ce n'est pas que les autres gamins m'insupportent tant que ça, juste que la politique des relations, c'est franchement chiant. X est copain avec Y mais il n'aime pas Z, or Z est le pote d'Y. Cathy a envie de sortir avec Tommy sauf que *lui* veut sortir avec Kerry, qui est la meilleure amie de Cathy. De son côté, Kerry a envie de sortir avec *lui*, mais elle ne veut pas faire souffrir Cathy. Dieu sait comment on peut avoir envie de sortir avec Tommy, déjà, vu qu'il n'a vraiment pas inventé l'eau chaude, mais bon voilà, c'est ça les gamins. De petits adultes, pleins de susceptibilité et sentiments froissés. Puis, tout à coup, voilà qu'ils pètent tous les plombs, tout le monde baise ou castagne tout le monde et, avant même de comprendre, on a maille à partir avec toutes sortes de gens à qui on ne donnerait même pas l'heure si on pouvait éviter.

En tout cas, c'est comme ça que moi je vois les choses. Mais bon, les gamins ça ne m'emballe pas trop. M. O'Brien m'a dit un jour que j'étais misanthrope, et les autres gamins de la classe se sont tous marrés, pourtant je n'arrive pas à croire qu'un seul de ces connards ait seulement su ce que ça voulait dire. Je ne me rappelle pas pourquoi il avait lancé ça, ce que j'avais dit ou fait pour provoquer un tel éclat de sa part. D'ordinaire, il était super positif, débordant de JOIE DE LA DÉCOUVERTE, DÉTAILS INCROYABLES, et LA NATURE N'EST-ELLE PAS SACRÉMENT MERVEILLEUSE? Assez ironiquement, s'il se trouvait un seul gamin dans la classe pour être de son avis sur tout ça, ç'aurait été moi. Jusqu'à un certain point, en tout cas.

— Vous n'êtes qu'un sale petit misanthrope, Wilson, a-t-il lancé, penché sur moi, scrutant mon visage avec un dégoût soudain et étonnant. J'étais plutôt interloqué. Vous savez ce que c'est qu'un misanthrope, Wilson ?

C'était son truc à lui, de toujours mentionner nos noms. À la fin de sa phrase quand il posait une question, au début s'il voulait qu'on arrête de faire quelque chose. C'était un type costaud, très grand, avec des cheveux grisonnants qui pendouillaient et un long visage pensif, comme un acteur suédois. Genre Max von Sydow dans le rôle du chevalier du *Septième Sceau*. La seule chose qui lui manquait, c'était l'accent.

J'ai hoché la tête.

— Un misanthrope, j'ai dit, c'est quelqu'un qui, pour une bonne raison, ne tient pas la race humaine en grande estime. C'est aussi une pièce de Molière, le dramaturge français.

M. O'Brien a lâché un reniflement.

— Que vous avez lue, bien sûr, a-t-il ajouté.

Je lui ai répondu d'un air supérieur :

— En fait, j'ai dit, il se trouve que oui.

— Bien, il a dit. Nous voilà *très* malin aujourd'hui, n'est-ce pas, Wilson ?

— *Moi,* c'est tous les jours que je suis très malin, j'ai dit.

Certains gamins ont ri. Du coin de l'œil, je voyais Liam qui secouait la tête en faisant mine de se trancher la gorge avec le doigt.

— Ah oui ? a relevé O'Brien. Eh bien, puisque vous êtes si malin, Wilson, vous pourriez peut-être me faire une longue et belle rédaction sur… voyons voir… "Les grands philanthropes de l'histoire". Que pensez-vous de ce titre, Wilson ? *Moi,* je trouve qu'il sonne plutôt bien.

— C'est d'accord, j'ai dit en m'emparant de mon stylo.

O'Brien s'est esclaffé d'un rire triste et rauque.

— Oh, que non, il a dit. Pas pendant mon cours. Je dois m'occuper d'instruire votre petit cerveau si brillamment développé.

Il a souri aimablement.

— Vous me remettrez ça demain, il a dit. Vous aurez jusqu'à l'heure du déjeuner.

Il a jeté un coup d'œil à la ronde.

— Quelqu'un parmi vous sait-il ce qu'est un philanthrope ? Cunningham ?

Il est allé se planter devant le garçon le plus petit de la classe, le dominant de toute sa hauteur. On voit ça chez les profs : dès qu'ils ont une prise de bec avec quelqu'un, ils foncent droit sur le mal nourri de la portée. C'est comme ça qu'ils rétablissent l'ordre. Exactement comme les hyènes.

Cunningham a levé vers lui un regard plein d'espoir.

— Quelqu'un qui collectionne les timbres, m'sieur ? il a dit.

Au début, je ne savais pas quoi écrire pour la rédaction d'O'Brien. Je n'avais pas envie de faire ce qu'il attendait de moi, rédiger tout un merdier sur Andrew Carnegie et je ne sais quoi. Je voulais bien faire ce qu'il fallait pour ne pas écoper d'un nouveau devoir supplémentaire, mais je tenais à glisser autre chose en prime. Quelque chose de détourné. Puis je me suis rappelé la vieille histoire des trois frères. Peut-être même qu'ils étaient sept. L'un après l'autre, l'aîné d'abord, ils quittent leurs parents et s'en vont de par le vaste monde voyager sur les routes parfumées d'ajoncs en quête de fortune et de renommée, ou accomplir quelque tâche, retrouver un cheval qui galope plus vite que le vent, ou un oiseau aux plumes d'or. Les aînés sont forts et pleins d'assurance mais, en fin de compte, ils échouent. Peut-être sont-ils à deux doigts de réussir, peut-être attrapent-ils l'oiseau, ou découvrent-ils que le cheval est dissimulé dans quelque vallée lointaine où nul ne va, mais ils ont tous une faille fatale, moins un vice qu'un défaut d'attention, une tendance à se laisser détourner de leur chemin par le bruit et la chaleur d'une taverne animée, ou le sourire d'une jolie fille. Seul le plus jeune s'en sort. Il est plus petit et plus faible que ses frères, mais il est malin, modeste et assez avisé pour savoir que ce sont les situations les moins prometteuses qui engendrent la bonne fortune. Il comprend que, lorsqu'on rencontre un animal qui parle, on a tout intérêt à écouter ce qu'il nous raconte. Il sait comment passer devant la porte d'une taverne sans se laisser entraîner à l'intérieur, badiner avec une jolie fille puis repartir indemne. À la fin de l'histoire, il capture l'oiseau d'or et parvient à garder le cheval magique ; il lui arrive même d'épouser la princesse – et du fait de l'ingéniosité dont il a fait preuve et de son empressement à accepter la chance que le monde offre à qui se montre prêt à l'accepter, il en vient à aider ses frères égarés. Il arrache l'un à une ignoble taverne, l'autre à la prison du roi, il règle des dettes, calme des pères outragés et, en dernier lieu, il ramène ses frères au bercail pour qu'ils partagent son bonheur. Ce qui ne leur plaît pas du tout. Ils se sentent humiliés, ils veulent enlever la princesse, ils se demandent pourquoi le gringalet de la famille a raflé toute la chance. Peut-être essaient-ils de le trahir, mais ils n'y parviennent pas, et il leur pardonne même ce péché-là, comme il leur a pardonné tous les autres. C'est la seule chose qu'il sache faire par ses *propres moyens*, pardonner. Tout le reste, il l'a reçu en don : il était né petit, ingénieux, modeste, et, tout en traversant les aventures mêmes qui avaient causé la perte de ses frères, il ne faisait que suivre sa nature profonde. En dehors de sa capacité à pardonner, rien ne venait véritablement de lui. C'était une grâce, pure et simple. Une grâce que, pour une raison ou une autre, ses frères, eux, ne connurent jamais.

C'est donc le sujet de ma rédaction. La grâce. J'ajoute ensuite quelques trucs sur l'Intraville et ses problèmes, sur le peu de mal que se donnent les philanthropes autoproclamés de l'Extraville pour nous venir en aide. J'explique que les gens qui vivent ici sont pris au piège, qu'ils sont incapables d'imaginer une quelconque autre existence. Je brosse un petit historique de l'endroit, en disant que deux générations plus tôt il n'y avait pratiquement rien ici, à peine une ou deux fermes et quelques maisonnettes le long de la côte. Que la plupart des gens qui vivent ici sont les enfants, tout au plus les petits-enfants, de gens venus d'ailleurs. Je souligne que c'est une communauté plutôt récente, que Morrison, par exemple, n'est que le quatrième agent qui habite le poste de police, du moins à plein temps. On devrait être reliés au monde de toutes sortes de façons, et pourtant ce n'est pas le cas. L'Intraville est une jeune bourgade devenue vieille avant l'heure, vieille et fatiguée, dont les habitants sont liés à ce sol non pas par le travail, la famille, une affection plus générale pour la lumière ou le climat, mais par l'inertie. J'insère même un zeste de mysticisme en disant que, par moments, on a l'impression que la presqu'île possède une sorte de pouvoir caché, qu'elle attire les gens sans vraie raison et les retient là pendant ce qui semble une éternité. Le temps d'en finir, l'Intraville commence à avoir des airs d'enfer. Mais ce n'est quand même pas une mauvaise rédaction, d'ailleurs elle dit quelque chose, je trouve. Pas sur les philanthropes, bien sûr, étant donné que je ne crois pas à ce genre de conneries. Les types comme ça, ceux qui passent leur vie à devenir riches, ils n'aiment pas les autres. Pour eux, il n'est question que de défiscalisation et de communication. En tout cas, quoi que ma rédaction ait pu dire, si défectueuse qu'en soit la logique, O'Brien ne m'en a jamais reparlé. Quand je la lui ai remise, il l'a prise et a fait un commentaire hypocrite comme quoi j'allais retenir la leçon, mais je ne sais pas vraiment quelle leçon il voulait que je retienne. Il ne m'a pas mis de note et ne m'a pas rendu ma rédaction. En fait, il n'y a plus fait la moindre allusion. Je me demande s'il l'a seulement lue. Non pas que j'y attache de l'importance, simplement je suis curieux. Ça en dirait long sur un professeur, qu'il soit capable de faire écrire quelque chose comme ça à un élève, puis se contente de flanquer le travail à la poubelle parce qu'il avait juste donné ça en guise de punition pour une insolence ou je ne sais quoi. Comme s'il avait lancé un défi qu'il avait la flemme de relever lui-même. Comme s'il n'était qu'un branleur de merde, pour dire les choses franchement, et que toutes ces histoires de JOIE DE LA DÉCOUVERTE n'étaient rien que du pipeau. Un truc comme ça, ça pourrait rendre un gamin cynique à vie. Pourtant ça ne m'a pas dérangé, moi. Après tout, j'avais rempli ma part du contrat.

S'il y a un truc que les gamins savent faire, c'est parler. Par ici, ils parlent de toutes les conneries habituelles, mais aussi de ce qui arrive aux garçons qui disparaissent, et ils se perdent en suppositions sur l'endroit où sont ces cinq garçons. Les mecs deviennent tout chose, et les filles prennent un ton sentimental pour parler des disparus. Ou bien ils discutent des heures de la manière de quitter cette petite ville empoisonnée. C'est la discussion que Liam et moi on avait tout le temps, avant sa disparition : il m'exposait divers projets qu'il avait faits pour qu'on s'en aille dans le vaste monde et qu'on y fasse notre chemin, mais moi je me contentais de secouer la tête en rigolant pendant qu'il continuait, qu'il échafaudait de plus en plus d'histoires incroyables sur les possibilités que le monde extérieur pourrait présenter, si seulement on osait aller voir par nous-mêmes. Honnêtement, les histoires qu'il débitait me démoralisaient un peu : je n'arrivais pas à comprendre qu'il puisse croire à des trucs pareils, toutes ces conneries naïves, le genre de trucs qu'on voit à la télé.

— On ne peut aller nulle part, je disais. Pas sans argent.

— On en *trouverait*, de l'argent, il disait.

— Et comment on s'y prendrait ?

— On pourrait demander aux gens de nous aider, il répondait. Comme pour les randos vélo sponsorisées. Ils pourraient nous sponsoriser pour voir jusqu'où on arriverait.

Il avait réfléchi un moment et décidé que cette idée lui plaisait.

— Ouais, il avait dit. Une évasion sponsorisée. On pourrait aller faire du porte-à-porte, poser des affiches, tout le bordel.

D'un geste, il décrivait les contours d'une banderole.

– Sponsorisez une nouvelle existence, il avait dit. Lancez ces garçons dans le monde et assistez à leur réussite.

Je l'ai encouragé en ajoutant :

– Rendez possible l'impossible.

– Rendez le possible impossible, il a dit.

– Rendez le probable invraisemblable, j'ai dit.

Il a tiqué.

– Ça veut dire quoi, ça ? il a demandé.

– J'en sais foutre rien, j'ai dit. De toute façon, on ne touche l'argent des sponsors qu'après. La rando vélo, il faut la *faire* d'abord, c'est comme ça que ça marche. D'abord on *fait*, ensuite ils paient.

– Alors ça ne marcherait pas, il a dit. On ne pourrait pas inverser ?

– Ça ne serait plus vraiment du sponsoring, dans ce cas, j'ai dit. Comment les gens sauraient-ils qu'on va faire le truc pour lequel ils nous sponsorisent ?

– Pourquoi on ne le ferait pas ? il a dit. Pour quoi d'autre on aurait besoin de cet argent ?

– Mais ça, ils ne le savent pas.

Je l'ai regardé. Il semblait véritablement contrarié, comme si son idée l'avait vraiment motivé jusque-là et qu'à présent je lui gâchais tout.

– Ils ne le savent pas, hein ? j'ai répété.

Il a gardé un instant le silence, puis a secoué la tête.

– Tu sais quoi, il a dit. Par moments, je te regarde avec une admiration teintée d'étonnement.

C'était une citation tirée d'un film qu'on avait vu à la télé. *Les Soldats de l'espérance.* Juste une petite plaisanterie qui se répète tout au long du film, entre les mecs du Centre de contrôle des maladies, joués par Matthew Modine et un de mes acteurs préférés, Saul Rubinek. On l'avait un peu reprise à notre compte, Liam et moi. D'habitude c'était marrant, mais cette fois ça faisait un peu triste. Deux semaines plus tard, il avait disparu.

Ce que j'ai éprouvé, quand il a disparu, c'était du chagrin. Mais ça n'a pas commencé avec son départ, ça avait commencé longtemps avant, peut-être ce jour-là, ou au cours d'une autre conversation où on parlait de s'en aller. Après sa disparition, j'avais envie que les gens fassent quelque chose, quelque chose de visible, disent quelque chose qui ne soit pas déjà dans le scénario. Mais, d'un autre côté, je ne pouvais pas supporter toutes ces démonstrations publiques. Parce que ce n'est pas du chagrin et que ça n'aide personne. Ce n'est pas du chagrin, pas de la colère, c'est juste s'acquitter des convenances, faire tous les trucs qu'on estime devoir faire. La colère aurait pu susciter quelque chose, ça aurait pu apporter un changement, mais là, tout n'était qu'incertitude et anticipation permanente, ce sentiment qu'on a que c'est sûrement quelqu'un qu'on croise dans la rue qui commet ces horreurs, un pervers peut-être, qui a tout l'air d'un pauvre détraqué, ou peut-être d'un type ordinaire, peut-être un des habitants de l'Extraville, quelqu'un qui a une femme, des gosses, une grosse voiture et un bureau quelque part. Peut-être Brian Smith. Parce qu'on est bien obligé de se demander comment fonctionne un faux cul pareil. Pour se tirer blanc comme neige du genre de merdier dont il se tire depuis si longtemps, soit il faut être très malin, soit il faut avoir je ne sais quel pouvoir. C'est comme ça que marche le monde. Les méchants gagnent et les autres font semblant de ne pas avoir remarqué ce qui se passe, histoire de sauver la face. C'est dur d'admettre qu'on n'a aucun pouvoir, mais il faut s'habituer à cette idée. Ça sert à ça, l'école, bien sûr. C'est là pour nous former à la discipline vitale de l'impuissance.

Évidemment, le contraire de l'école c'est les livres. Moi, j'adore les livres, mais je n'ai pas les moyens de m'en acheter. Personne n'a les moyens, par ici, sauf peut-être les gens qui sont dans les affaires, là-bas, dans l'Extraville. Cela dit, les gamins de l'Extraville vont tous à l'université je ne sais où, alors qu'ils ne lisent sans doute pas, de toute façon. J'ai entendu dire que

Suzie Machintruc fait des études commerciales maintenant, ou quelque chose du genre, et que le petit Steven Michmoll dont le père a la belle Mercedes bleu nuit est parti dans je ne sais quel bahut chic où on porte des costumes bizarres et où on fait griller des muffins à longueur de journée. Dans un cas comme dans l'autre, je ne pense pas que ça nécessite de lire beaucoup. C'est vraiment typique de la façon dont marche le monde : les gens qui adorent les livres, ou autre, n'ont pas les moyens de s'en acheter, pendant que les gens bourrés de fric font des études commerciales pour pouvoir gagner encore plus d'argent et maintenir les liseurs de livres dans l'impuissance. Tout ce qu'on a, nous les pauvres gens, c'est la bibliothèque municipale. Je continue pourtant de lire dans les journaux que Brian Smith et les autres grosses légumes ont donné des tas de fric – déductibles des impôts – pour ça, alors j'imagine que finalement, elle fonctionne la théorie à la con comme quoi la richesse des uns profite à tous. C'est vrai, il ne se passe quasiment pas un jour sans que je remercie mes bonnes étoiles que les Brian Smith de ce monde aient assez d'argent disponible pour entretenir la bibliothèque municipale de l'Intraville. Il ne se passe quasiment pas un jour sans que les gens se demandent comment les Brian Smith de ce monde ont mis la main sur tout ce pognon, pour commencer, mais *ça*, tout un écosystème de marges de financement et de comptabilité est en place dans le but d'éviter qu'on le comprenne. Et pour maintenir notre bonne humeur, ils construisent des bibliothèques et sponsorisent des organisations caritatives.

Ils ont donc construit une nouvelle bibliothèque munici-pale, juste à côté de l'ancienne salle de snooker – et un sacré beau bâtiment avec ça, compte tenu des critères de l'Intraville. J'imagine qu'ils ont même acheté quelques livres neufs mais pendant longtemps je n'en ai pas vu la couleur. La plupart des livres de la bibliothèque sont des merdes, romans d'amour, thrillers, trucs de cow-boys, parce que c'est ça que les gens de l'Intraville aiment, d'accord, des bouquins débiles qui parlent de cow-boys, d'infirmières et d'espions, des vieux bouquins tout esquintés. Et les quelques livres neufs sont encore pires : des manuels d'autoperfectionnement à la con et des romans pleins de gens riches qui ont des liaisons follement passionnées avec leur prof de tennis et tout le merdier, des bouquins sur la décoration d'intérieur – très utiles pour nous, gens de l'Intraville, avec tous les revenus disponibles qu'on a –, sur la broderie à jours traditionnelle ou je ne sais quoi. Comment faire une couette en patchwork à partir de vieux pulls. Romans d'anciens politiciens qui n'ont jamais été très bons en tant que politiciens, ou de célébrités du petit écran cherchant un à-côté pour pouvoir régler leurs pensions alimentaires. Livres de cuisine écrits par des stars réformées du rugby ou des mannequins, manuels sur la méthode Pilates par d'anciens acteurs de feuilleton, guides touristiques pour visiter la France ou la Bolivie à dos d'âne ou à moto, livres sur la chirurgie plastique, livres sur la manière dont on finit par se détester soi-même alors qu'on devrait s'aimer quand, comme le célèbre auteur, on en est arrivé à contracter une dépendance à la cocaïne et une dette à sept chiffres. Ce sont les livres qu'on a à la bibliothèque de l'Intraville, pour la plupart, parce que c'est ce que les débiles comme nous aiment lire. C'est ce qu'on a besoin de savoir. Comment, après dix ans de barbituriques et de vodka, telle célébrité a eu l'illumination. Comment je ne sais quel milliardaire à la con a amassé son pognon. Comment tel ministre en place s'est battu pour sortir des quartiers défavorisés afin de mieux s'adonner à la corruption avec tout un chacun.

La plupart, mais pas tous. En ce moment, il y a un biblio-thécaire fou du nom de John, un grand type corpulent avec des cheveux moches et des lunettes encore pires, qui de temps en temps fait rentrer en douce des trucs bien, ni vu ni connu. John ne m'a pas plu la première fois que je l'ai vu. Maintenant je le trouve plutôt bien – quoique, à mon avis, tirer un coup dans les cinquante années à venir, ça ne lui ferait pas de mal. C'est vrai, moi j'adore les livres, mais John est un lecteur maladivement frénétique, ce qui signifie surtout qu'il est capable de se pointer au boulot le matin avec du jaune d'œuf sur la cravate et les cheveux hirsutes façon film de Godzilla, sans même s'en rendre compte. Au début, je le trouvais un peu trop coincé pour l'Intraville, mais maintenant je l'apprécie plutôt. Il adore les livres et il sait tout ce qu'il faut savoir en matière de musique. C'est tout ce qu'il a comme vie personnelle.

La première fois que je l'ai vu, par contre, je dois reconnaître qu'il m'a tapé sur le système. J'avais écumé les rayons pour y trouver quelque chose de nouveau, sans résultat. J'avais lu tous les Dostoïevski qu'ils avaient, les œuvres complètes, putain, dans une vieille édition avec des jaquettes rouge et jaune qui donnaient aux bouquins l'air de boîtes de bonbons à trois ronds. J'avais lu *La Promenade au phare* de Virginia Woolf, le seul titre de cet auteur qu'ils avaient réussi à acheter. Il ne s'y passait pas grand-chose, mais sa façon de voir me plaisait bien, et j'aurais aimé lire d'autres trucs d'elle. Ça m'aurait fait plaisir de connaître son opinion sur l'Intraville : ça aurait fait un bouquin incroyable. Après avoir lu *Nostromo*, *Au cœur des ténèbres* et *Lord Jim*, j'essayais d'imaginer quel effet ça pouvait faire d'avoir Joseph Conrad comme copain, ou peut-être comme oncle, quand on était gamin. J'avais lu *Gatsby le magnifique* de Francis Scott Fitzgerald et j'avais presque pleuré à la fin, à peu près au moment où le père de Gatsby se pointe. J'avais lu *L'Adieu aux armes* de ce foutu Hemingway et je m'étais demandé pourquoi personne n'avait jamais acheté de dictionnaire à ce mec. J'avais lu *Journal d'un homme sans importance* et tous les trucs qu'ils avaient de Charles Dickens, et c'était super, mais Trollope, je n'ai pas pu. J'avais lu l'anthologie de la poésie de 1400 à 1945. J'avais lu quelques livres d'histoire, quelques biographies et un bouquin sur la musique traditionnelle anglaise qui avait l'air d'avoir servi à caler une porte pendant une cinquantaine d'années. Quand John est arrivé à la bibliothèque, j'étais presque à court de trucs à lire, l'étape juste avant les sniffs de colle et la délinquance juvénile. Ou, pire encore, les mémoires de célébrités.

C'est alors que j'ai découvert Marcel Proust.

C'était une belle édition, presque flambant neuve avec de belles couleurs, une super jaquette, qui sentait encore l'imprimerie. Du bleu sur la couverture, comme je ne sais plus quelle chanson française sur *la mer**. Des titres bizarres. Quand j'ai vu la rangée complète sur le rayon, j'ai failli me mettre à pleurer tellement c'était beau. J'ai attrapé les quatre premiers volumes, le maximum que je pouvais emprunter avec ma carte, et je les ai apportés au comptoir de prêt. C'est là que j'ai fait la connaissance de John. Il venait d'arriver, de succéder à la vieille peau prétentieuse qui était bibliothécaire en chef avant lui, et il faisait en sorte d'employer le peu de budget qu'il avait pour le Plus Grand Bien de tous. C'est ça qui est génial avec les grosses têtes : ce sont des passionnés. Ne pas avoir de vie personnelle signifie qu'on en vient à aimer les choses avec passion sans que personne ne nous casse les pieds. Et de temps à autre, on arrive à transmettre quelque chose.

John m'a toisé d'un air un peu prétentieux, la première fois, quand je me suis amené au comptoir de prêt en serrant contre moi mon butin. Je crois que c'était un peu un snob ; il s'imaginait sans doute qu'il avait échoué à la bibliothèque de l'Intraville à la suite d'un cruel caprice du sort.

— Tu ferais mieux de lire ces ouvrages un par un, il a dit en s'emparant du premier volume, bizarrement intitulé *Du côté de chez Swann*. Ça se lit lentement, mais c'est un plaisir. Pas du tout le genre Rider Haggard.

Évidemment, je n'avais jamais entendu parler de Rider Haggard, bien que ce soit plutôt un beau nom pour un écrivain. Trop beau, en fait. Peut-être qu'il l'avait inventé.

— C'est bien ? j'ai demandé.

---

* Les mots en italique suivis d'un astérisque sont en français dans le texte. (*NdT*)

– Bien?

Il m'a regardé par-dessus ses lunettes tremblotantes.

– Oui. C'est bien. Mais c'est mieux en français, il faut bien le dire.

– En français?

– Oui.

– Vous l'avez, en français?

– Pourquoi ça?

Il a eu un léger sourire.

– Tu lis le français?

– Pas vraiment, j'ai dit.

Je faisais langues vivantes au lycée, mais j'étais à peu près sûr que les cours de français de Miss Lemmon ne m'avaient pas encore assez formé pour *ça*.

– *Un petit peu**, j'ai ajouté, plein d'espoir.

– Alors, ce n'est pas vraiment la peine, il a dit.

Ça m'a un peu agacé.

– Et *vous*, j'ai dit, vous l'avez lu en français?

Il a hoché la tête. Sale connard prétentieux.

– Ah oui, tout entier?

– Ça se lit vraiment d'une traite.

– Je croyais vous avoir entendu dire que ça se lisait lentement?

– Définition de lire d'une traite, il a dit. Puis il a eu un grand sourire et j'ai compris qu'il me faisait juste marcher, du coup je l'ai plutôt bien aimé à partir de ce moment-là. C'est John, après tout, qui m'a fait relire Herman Melville. J'avais dévoré je ne sais quelle version pour enfants de *Moby Dick* disponible à la bibliothèque junior, mais pas le vrai livre. Pour une raison obscure, les autorités ont décidé voilà des années que *Moby Dick* est plus ou moins un livre pour enfants, si bien qu'elles l'ont publié dans toutes sortes d'éditions bizarres, toutes abrégées, illustrées et réduites au squelette d'un "roman d'aventures". Pire encore, ils ont ravalé Melville au rang de prodige d'un seul ouvrage, si bien que je n'avais même pas entendu parler du *Grand escroc*, de *Bartleby le scribe* ou de *Billy Budd, gabier de misaine* avant l'arrivée de John. Nul ne devrait jamais oublier la dette de gratitude éternelle contractée à l'égard de la personne qui, pour la première fois, l'a amené à lire Herman Melville dans de bonnes conditions. À en croire John, la vraie version de *Moby Dick* se lisait d'une traite aussi – et il avait raison là-dessus, tout comme il avait raison à propos de Proust et de tous les autres. La définition d'un ouvrage qui se lit d'une traite devait être, en réalité, que le bouquin est tellement bien qu'on ne peut pas s'arracher à sa lecture alors que la page suivante est là et qu'elle risque d'être tout aussi captivante que celle qu'on dévore. Ou quelque chose du même genre. Évidemment, bien qu'il ait eu entièrement raison sur tout ce qui touchait à la littérature, John se trompait sur à peu près tout le reste.

Après cette première rencontre, je me suis mis à passer le plus de temps possible à la bibliothèque. Jusqu'à l'arrivée de John, je me contentais d'y faire un saut, d'écumer les rayons, de prendre quatre ouvrages et de les faire enregistrer, puis je filais chez moi. Une femme de l'âge de mon père, avec le même teint gris que lui, mais debout, elle, et qui se déplaçait sans l'aide de personne, tamponnait les livres pour moi avec l'air d'avoir plutôt envie d'appeler la police que de me laisser emprunter ces putains de bouquins-là. Une fois, elle s'était interrompue en plein milieu et m'avait regardé bien en face, sans doute pour la première fois.

— Tu apprécies *vraiment* Henry James ? elle a demandé.

J'ai acquiescé.

— Je m'en lasse pas, j'ai dit.

— Tu sais, il y a quelques ouvrages très bien pour les adolescents dans le rayon Jeunes adultes, elle a dit.

J'ai secoué la tête.

— Pas franchement mon truc, j'ai dit.

Elle s'est renfrognée et a tamponné mon exemplaire du *Tour d'écrou*.

– J'espère que ça te plaira, elle a dit. Henry James risque d'être *un peu* trop mûr pour toi.

Je lui ai adressé un sourire joyeux.

– Vous savez, j'ai dit, je le lis juste pour les scènes cochonnes.

Je pensais qu'elle se fendrait d'un sourire, mais non.

J'étais donc plutôt content que cette vieille peau prenne brusquement sa retraite et que John s'amène. J'essayais de me représenter sa vie : l'endroit où il vivait, ce qu'il faisait. Je me disais qu'il devait écrire des livres pendant son temps libre. Si c'était le cas, je ne peux pas croire qu'ils valaient grand-chose. Il aimait trop les livres. Quoique, par moments, je me demandais pourquoi il les aimait tant. Un soir, par exemple : je suis arrivé en retard et John était installé derrière le comptoir, en train de lire un livre à la couverture bariolée, tape-à-l'œil. Le calme régnait, et il était complètement absorbé dans ce qu'il lisait. Ça m'a intrigué, alors je me suis approché et j'ai tenté de jeter un coup d'œil en douce à la couverture, histoire de voir le titre. Mais dès qu'il m'a vu, John a posé le livre à plat sur le comptoir et s'est mis à lire à voix haute.

– *En combattant corps à corps,* il a dit, *on met toujours sa vie en jeu. Le combat n'a qu'un but, qui consiste à tuer l'ennemi. N'affrontez jamais un ennemi dans l'intention de simplement le neutraliser. Il est plus que probable que lui vous tuera. Lorsque aucune arme n'est disponible, il faut recourir au plein usage des armes naturelles dont on dispose. Ces armes naturelles sont…*

Il a alors levé les yeux vers moi.

– Quelles sont les armes naturelles, Leonard ? il a demandé.

J'ai secoué la tête. Je ne voulais pas interrompre cette lecture.

John a secoué la tête à son tour et poursuivi.

– *Un,* il a dit, *le tranchant de la main. Deux : les doigts repliés au niveau de la deuxième articulation ou phalange. Trois : la pointe saillante du majeur replié. Quatre : la base de la paume.*

Il m'a adressé un regard éberlué mais joyeux.

— C'est génial, Leonard, non ? Voilà un livre qui explique vraiment comment tuer des gens à mains nues.

— Putain c'est quoi, ce bouquin ? j'ai demandé.

— *Le Livre de recettes anarchistes*, il a dit. Écoute ça.

Il s'est replongé dans la lecture du livre.

— *L'attaque est un facteur primordial. Jamais un affrontement n'a été remporté au moyen d'une stratégie défensive. Attaquez avec toute votre force. À un moment ou dans une situation donnés, un point vulnérable du corps de votre ennemi se trouvera exposé.*

Il a tourné la page, puis poursuivi. Visiblement, il lisait ce livre depuis un certain temps.

— Ce passage-là est bien, il a dit. *Le corps comporte un grand nombre de points vulnérables. Nous allons à présent les passer en revue. Les yeux : index et majeur disposés en fourchette, attaquez avec un mouvement d'extraction. Le nez (extrêmement vulnérable) : frappez sur l'arête à l'aide du tranchant de la main, ce qui entraînera fracture, vive douleur, aveuglement passager et, si le coup est assez puissant, la mort. De même, assener un coup à l'aide de la base de la paume selon une trajectoire ascendante enfoncera l'os dans le cerveau, ce qui entraînera la mort. La pomme d'Adam : cette zone est en général très protégée, mais si l'occasion se présente, frappez fort à l'aide du tranchant de la main. Le coup devrait sectionner la trachée, auquel cas c'en sera terminé en quelques minutes.*

Il m'a adressé un grand sourire.

— Et cetera, et cetera, il a dit. C'est fantastique, non ?

— Et à quoi ça sert ? moi je demande.

Il m'a regardé.

— Ce livre enseigne comment tuer et mutiler les gens, il a dit. C'est vrai quoi, enfin un livre véritablement utile.

Il a cité, à nouveau :

— *Les oreilles : s'approcher d'un ennemi par-derrière et lui assener une gifle sur les deux oreilles à la fois peut le tuer sur-le-*

champ. Les vibrations causées par le coup lui feront exploser les tympans et entraîneront une hémorragie interne.

Il était réellement enthousiasmé.

— Je ne *savais pas* ça, il a dit. Tu le savais, toi, Leonard?

Je n'ai pas répondu. Je ne m'étais pas rendu compte que John vouait un intérêt aussi profond et durable aux différentes manières de niquer les gens.

— Voilà un bon passage, il a repris. Écoute: *Il existe bien d'autres façons encore de tuer ou de blesser un ennemi, mais les méthodes indiquées ci-dessus se révéleront plus efficaces pour l'individu moyen. Ces indications ne sont données qu'à titre d'information et je n'en recommande pas l'utilisation au cours d'une simple bagarre de lycée. N'utilisez ces méthodes que si vous estimez que votre vie est en danger. Toutes ces méthodes sont susceptibles de tuer ou de provoquer des dégâts irréversibles.* (Il était tout content.) Ce type explique comment tuer des gens, et ensuite il recommande de ne pas le faire.

— Eh bien, j'ai dit, voilà qui est très *responsable* de sa part.

John a lâché un ricanement.

— Bon Dieu, ce n'est pas ça qui changera grand-chose, il a dit. Une fois que tu sais ces trucs sur le bout des doigts, tu t'en sers non?

— Je ne sais pas, j'ai dit. Sur qui tu vas t'en servir, toi?

Il a ri.

— Ma foi, il a dit, j'ai commencé à rédiger une liste. J'en suis à vingt-sept personnes, pour le moment.

— Et *moi*, je suis dessus?

John a eu l'air peiné.

— Pourquoi est-ce que je voudrais te tuer, Leonard? il a demandé. Surtout *toi*, enfin. L'unique autre bibliophile de la ville?

— Edmund Hillary, j'ai dit.

J'avais un peu le moral en berne, pour parler franchement.

— Edmund Hillary?

John avait l'air perplexe.

— Parce que je suis là, comme il disait, j'ai dit.

Je savais, bien sûr, que ce qu'on lit dans un livre ne compte pas vraiment, parce qu'il faut avoir la volonté de tuer quelqu'un pour en arriver à le faire vraiment et que, la volonté, ça ne se potasse pas dans les livres. Les techniques qu'on maîtrise, ça ne compte pas, il faut être vraiment prêt à passer à l'acte. Le truc étonnant chez la plupart des gens, compte tenu de la haine qu'on se voue les uns aux autres, c'est qu'on n'est pas prêts à ça. On fantasme là-dessus à longueur de journée, mais on ne pourrait pas le *faire*. À un niveau enfoui, cette donnée-là régit tous nos échanges. C'est aussi simple que ça. Même dans les endroits où on respecte le plus la loi, ce qui fait la différence c'est qu'un homme est capable de tuer et un autre, pas. On met ces deux hommes dans la même pièce, et peu importe les autres facteurs qui entrent en jeu. C'est la différence qu'il y a entre s'en foutre et ne pas s'en foutre. Si mal que ça aille, la plupart des gens continuent de tenir à quelque chose. C'est ce qui les rend si tristes, putain, et c'est ce qui les rend beaux. Mais je ne dis rien de tout ça à John. Je me contente d'attendre sa réponse.

— Je n'irais jamais te tuer *toi*, Leonard, il a dit. Il avait l'air malheureux. Comme blessé par ma question.

— Bon, alors tout va bien, j'ai dit.

Il m'a adressé un sourire en coin.

— Connerie de *Livre de recettes anarchistes*, il a dit.

— Moi, ma bible, ça serait plutôt le livre de recettes de Mme Beeton, je dis.

Il acquiesce.

— Ouais. Elle a une excellente recette de crumble à la rhubarbe, d'après ce qu'on m'a dit.

J'ai fait la grimace.

— Ça c'est un bon moyen de tuer quelqu'un, j'ai dit.

Or donc. Un personnage plutôt douteux, tout compte fait. Un curieux mélange. Pourtant, c'est en partie grâce à John que j'ai rencontré Elspeth. Après son arrivée, j'ai obtenu l'autorisation de traîner des heures à la bibliothèque et c'est exactement ce que j'ai fait, un peu par curiosité vis-à-vis de lui, mais surtout parce qu'il serrait là-bas toutes sortes de secrets, dans des salles de réserve, à l'intérieur de cartons oubliés qu'il avait sortis et commencé d'inspecter. Il était parfois trop occupé pour discuter, mais quand il était libre, il sortait des trucs des archives ou du rayon des ouvrages de référence pour que j'y jette un coup d'œil. Certaines fois, il se contentait de sortir une pile de bouquins et me laissait les parcourir pendant qu'il travaillait. Et donc, un après-midi, après la classe, j'étais assis depuis un moment le nez dans un dictionnaire de citations – c'est parfois *comme ça* qu'il faut lire, par petites bribes, se nourrir l'esprit façon sushi –, quand tout à coup je lève la tête et je me rends compte qu'il fait déjà presque nuit. J'aperçois le vert tendre des arbres dans le soir et les éclaboussures orange entre les feuilles. J'éprouve alors une sensation incroyable, une sorte de bonheur muet, à l'idée que tout – le parc, les lampadaires de la rue, la petite station-service au coin, en face – vient juste de surgir de nulle part, éphémère, comme un décor de cinéma. Puis je regarde devant moi et c'est alors que je la vois : une fille de mon âge, qui semble pourtant plus vieille, avec son blouson en cuir et son jean, les cheveux coupés court, comme un garçon, et la chemise à carreaux, sous son blouson, déboutonnée de façon à laisser voir la fine chaîne d'or autour de son cou. Au bout d'un moment, elle me surprend en train de l'observer et me décoche un regard interrogateur.

– Je peux t'aider ? elle demande. Ce n'est pas qu'elle fasse la prétentieuse : elle conçoit ça comme un défi. Ce qui me donne à penser qu'elle devait me regarder avant que je la remarque et qu'elle attendait juste que je m'en aperçoive.

– Quelle heure est-il ?

C'est le mieux que je trouve à demander.

Elle se retourne vers la pendule, sur le mur du fond, puis me répond :

– Eh bien, la grande aiguille est sur le 6, et la petite…

– C'est bon, je dis.

Elle rit.

— Quel est le problème ? elle dit. Tu dois aller quelque part ?

Je hoche négativement la tête.

— Il n'y a aucun problème, je dis.

J'essaie de la situer. Pour moi, elle ressemble à quelqu'un du lycée, une fille de troisième, mais en même temps elle n'a pas la même allure. Puis je trouve.

— Toi, tu sortais avec Jimmy Van Doren, je dis.

Ma phrase a un peu l'air d'une accusation.

Elle sourit.

— Ah mon Dieu, elle dit, quelle vie de patachon je mène !

Ça me fait rire, mais je n'ajoute rien.

— En fait, elle dit, je ne sors plus avec Jimmy Van Doren. Il est *classé aux archives.*

— Ah ouais ?

— Exactement.

— Et qu'est-ce que tu fais ici ? je demande.

À bien y réfléchir, la question est plutôt grossière, mais la fille ne bronche pas.

— Je te regarde lire, elle dit.

— Ça doit être intéressant.

— Oui, elle dit. J'aime la façon dont tes lèvres remuent quand tu tombes sur un mot compliqué. C'est très touchant.

— Ha ha, je dis.

— Ha ha, elle répond. Bon, alors maintenant que je suis libre et tout, tu veux bien sortir avec moi ?

— Pourquoi je ferais ça ? je demande.

— Parce que je suis très bandante et très très belle.

— Ah oui ?

— Exactement, elle répond. Alors. Qu'est-ce que tu en dis ?

— Je ne sais pas.

— Tu ne *sais pas* si ça te dirait de sortir avec moi ?

— Ne me bouscule pas, je dis.

— On pourrait rester à l'intérieur, si tu veux, elle dit. Je ne suis pas difficile.

– Je viens de te le dire : ne me bouscule pas.

– Bon, elle dit. Fais comme tu veux.

– Je n'y manquerai pas.

– Tu ne sais pas ce que tu perds.

– J'imagine sans peine, je réponds.

– Oh, non, sûrement pas, elle dit. Et là, elle m'adresse un super beau sourire et je comprends que je perds mon temps à faire semblant.

– Je n'ai pas dit non, je reprends. J'ai dit ne me bouscule pas.

– Eh bien, tu ferais mieux de te décider en vitesse, elle dit, sans quoi tu le regretteras toute ta vie.

– Ah ouais ? je fais. Qu'est-ce que tu en sais ?

– *Crois-moi*, elle dit. Je le sais.

Je suis obligé de sourire. Elle est jolie, ça c'est sûr.

– Bon ? elle dit. Qu'est-ce que ce sera ?

Je ne réponds pas. Peut-être qu'en cet instant précis je suis amoureux. Sentimentalement, je veux dire.

– Je te sucerai, si tu veux, elle dit.

Je suis un peu décontenancé par sa remarque, mais je m'efforce de ne pas le laisser voir. Ou pas trop.

– Ah ouais ? je dis, en tâchant d'avoir l'air détaché.

– Exactement, elle dit.

– Quand ça ?

Je sens un grand vide à l'intérieur de moi, comme si quelqu'un venait de me retirer les entrailles.

– Maintenant, elle dit.

– Où ça ?

– On peut aller dehors, elle dit. Derrière la bibliothèque.

Elle regarde du côté de John, qui fait mine de ranger des livres dans le rayon Décoration d'intérieur, mais qui en réalité nous observe.

– Là où John va fumer ses joints, elle dit, juste assez fort pour qu'il entende.

Elle est maintenant quasi sûre de me tenir, et elle me tient, mais pas pour la raison qu'elle croit. Elle croit que je ne me suis encore jamais fait sucer, et pourtant si. Une vieille femme m'a arrêté une fois que j'avais pris la West Side Road en direction de la plage. Elle était en voiture et s'est rangée juste à côté de moi pour me demander si je voulais faire un petit tour. Je ne l'avais jamais vue, ni elle ni sa voiture, chose surprenante étant donné qu'on ne croise guère de touristes sur la West Side Road. Je lui ai donc demandé ce qu'elle entendait par là et elle a répondu qu'elle me donnerait un billet de dix si je la laissais me sucer.

Franchement, je ne savais pas trop. Elle était plutôt vieille, et pas belle du tout ; d'ailleurs elle avait davantage l'air d'un mec que d'une femme, avec des tonnes de maquillage et du rouge à lèvres foncé. Mais bon, je me suis dis que dix livres c'est dix livres. Alors je suis monté dans la voiture et elle m'a conduit jusqu'à la plage, où j'allais de toute façon. Ça n'a pas duré très longtemps, et elle a eu l'air assez contente. Elle m'a dit que j'étais un gentil garçon et elle m'a donné les dix livres. Puis elle m'en a donné cinq de plus.

– C'est pour ton petit frère, elle a dit. Tu as un petit frère ?

Je n'avais pas de petit frère, mais je ne comptais pas le lui dire.

– Ouais, j'ai dit. J'en ai deux.

– C'est bien, elle a dit. Comment s'appellent-ils ?

– Liam et Benny, j'ai dit. Les premiers noms qui me sont venus à l'esprit.

– Très joli, elle a dit, mais elle ne m'a pas donné un sou de plus et je dois dire que j'étais un peu déçu pour le petit Benny. Bon, eh bien. J'espère que tu ne m'en voudras pas si je te dépose ici, mon chéri.

J'ai hoché négativement la tête.

– C'est parfait, j'ai dit.

– Merci, mon grand, elle a dit. Elle a attendu que je descende, sans cesser de sourire gentiment, puis elle a enclenché une vitesse et s'est éloignée. Je ne l'ai plus revue.

Évidemment, c'est seulement plus tard qu'il m'est venu à l'idée que je n'aurais pas dû monter dans cette voiture, ou que la femme avait peut-être quelque chose à voir avec les garçons perdus. C'est ainsi que la ville appelait les garçons qui avaient disparu. Les garçons perdus. Comme dans *Peter Pan*. Cela dit, je ne sais pas si, par ici, quelqu'un d'autre a lu ce bouquin – je dis bien *lu ce bouquin*, pas vu le film –, mais je ne le trouve pas si bon que ça. Toutes ces histoires sur Wendy qui leur sert de mère, c'est un peu écœurant, si on veut mon avis. Et il y a tous ces gens qui passent leur temps à s'entretuer, mais comme on n'a jamais aucun détail là-dessus, on ne peut pas s'empêcher de penser que c'est du faux. Comme dans *Le Petit Chaperon rouge*, quand le bûcheron ouvre le ventre du loup et que la grand-mère en ressort fraîche comme une rose, prête à finir son rang de tricot. Où est-ce qu'on va, là? Les gens ne devraient pas raconter aux gamins des histoires pareilles, où il se passe de sales trucs et où tout se termine bien en fin de compte une fois que maman a fait une bise qui guérit tout. Ils devraient raconter les choses telles qu'elles sont vraiment dans le vaste monde, à savoir: quand on est baisé, on est baisé. Un genre d'*Anna Karénine* pour enfants.

En tout cas, je ne crois pas qu'Elspeth soit prête à s'exécuter, mais si. Juste là, derrière la bibliothèque, à côté des poubelles. Et c'est super bon, en plus, pas comme avec la vieille. Après ça, j'ai envie de faire autre chose, mais elle rigole et dit qu'il va falloir que j'attende la prochaine fois. Et c'est comme ça qu'on en vient à sortir ensemble. Pas très romantique, mais de toute façon les histoires d'amour ça ne nous intéresse pas vraiment. Je trouve que, dans l'ensemble, une histoire d'amour, ça doit se réserver pour plus tard, quand on est assez vieux pour y faire face. En attendant, il reste la baise. Les gosses sont plus doués pour ça que pour les histoires d'amour et toutes ces conneries compliquées.

Ça fait maintenant un mois qu'on sort ensemble et, sans exagérer, c'est une révélation. J'avais baisé deux ou trois filles avant, mais rien de comparable. Elspeth et moi, on joue à des petits jeux, toutes sortes de trucs, des choses dont je n'avais jamais entendu parler. C'est Elspeth qui les invente la plupart du temps, parce que moi, ce n'est pas vraiment mon truc. Si on m'écoutait, ça se limiterait aux pipes et aux grosses baises de bourrin, vu que je suis assez direct en ce qui concerne les affaires de cœur. Pourtant j'apprécie les petits jeux la plupart du temps. Ça peut paraître un peu artificiel, mais quand c'est bon, c'est super, et quand c'est vraiment bon, ça fait peur.

Au début, c'était juste de petites choses, puis Elspeth a lu dans une revue porno un article sur ce que certains gamins français pratiquent et elle s'est dit qu'on pourrait essayer. Ça s'appelait le *jeu du foulard*. La première fois, elle a caché le foulard dans sa poche et ne l'a sorti qu'une fois loin de mon père et en sécurité dans la chambre ; c'était un long foulard d'aspect soyeux, rouge coquelicot et bleu foncé, qu'elle avait trouvé dans les affaires de sa mère. Moi, j'étais censé le lui serrer autour du cou jusqu'à ce qu'elle perde connaissance faute de pouvoir respirer. C'était censé faire une impression dingue, elle a dit. Je trouvais que ça paraissait un peu dangereux, mais comme c'était aussi excitant, on a fait ça deux fois. Je le lui ai fait d'abord, puis elle me l'a fait. Ça déclenchait vraiment une sensation dingue quand on s'évanouissait, mais pas ce à quoi je m'attendais, parce qu'on n'avait pas simplement l'impression de perdre connaissance et de sombrer dans le noir, il y avait cette lumière incroyable, une lumière blanche pure qui a surgi dans ma tête juste avant que je perde conscience. L'évanouissement proprement dit n'a pas duré très longtemps, et c'était un peu désagréable au moment où le foulard serrait, mais Elspeth a voulu que je le lui refasse et, la deuxième fois, on a fait l'amour après. C'était magnifique. Elle a gardé le foulard autour du cou pendant qu'on faisait l'amour.

J'ai toujours aimé Elspeth, au lit. Je ne pensais pas que ça allait me plaire à ce point, au début, mais avec elle c'est vraiment magnifique, vraiment excitant et agréable. Elle aime faire ça aussi souvent que possible, dans ma chambre la plupart du temps, mais aussi dehors, dans les bois, ou là-bas, à l'usine. Le plus souvent, elle porte sa grande robe et elle se contente de s'asseoir sur moi puis de déployer la robe autour de nous, comme ça personne ne pourrait voir ce qui se passe au cas où on nous surprendrait par hasard. Un jour qu'on se promenait dans les bois, elle a soulevé sa robe et elle n'avait rien en dessous. Elle l'a maintenue autour de sa taille et a blotti ses fesses contre moi. En tournant la tête, elle m'a alors fait un super beau sourire, genre le bon Dieu sans confession. "Tu peux me la mettre dans le cul, si tu veux", elle a dit. Je trouvais ça un peu risqué, en plein air sur le sentier, tout ça, mais on a essayé un petit moment, puis on a dû renoncer. Plus tard, par contre, on a trouvé la bonne façon de s'y prendre, et on fait ça de temps en temps.

Évidemment, si mon père apprenait tout ça, il serait drôlement inquiet. Il penserait sans doute qu'on est trop jeunes, ou qu'Elspeth risque de choper le ballon. Mais il se tromperait. On a fait ça plein de fois, de tas de façons différentes, et il n'est rien arrivé. Elspeth pense que c'est peut-être parce qu'un tas d'hommes, par ici, ont du sperme mort, à cause de ce que contient le sol autour de l'usine. Elle dit qu'il se pourrait que j'en fasse partie, ce qui signifie que je n'aurai jamais d'enfants, mais ça ne me dérange pas, vu comme tout débloque dans la région. Elle précise bien clairement aussi qu'elle ne s'intéresse pas à l'amour, ni à quoi que ce soit du même genre. Ça ne me dérange pas non plus, du moins quand c'est elle qui le dit. Moi, par moments, je me dis que la véritable astuce c'est de faire en sorte que les choses comme l'amour et tout restent abstraites. Abstrait, ça peut être difficile mais, tout compte fait, ce n'est pas compliqué.

Je ne sais pas si ce que dit Elspeth est fondé, à propos des petites cellules blanches, mais il se pourrait qu'il y ait du vrai là-dedans. Les autorités se donnent beaucoup de mal pour bien faire comprendre qu'on ne court aucun danger à vivre à côté de l'usine, mais continuent à soumettre les gens à toutes sortes d'examens – quand ils vont voir le médecin, par exemple. Certains, comme mon père, sont vraiment malades pour des raisons que personne n'est capable d'expliquer alors qu'il a subi toutes sortes d'examens. Une semaine et quelque après qu'Elspeth et moi, on a découvert le *jeu du foulard**, j'ai reçu une lettre du centre de santé contenant trois bâtonnets en bois, comme de très fins bâtons d'esquimaux, une enveloppe plastifiée sur laquelle était écrit STRICTEMENT CONFIDENTIEL. SUIVEZ ATTENTIVEMENT LES CONSIGNES, une carte avec des inscriptions en couleur et un fascicule imprimé qui expliquait comment prélever des échantillons de selles. Les étapes étaient très clairement énumérées, si bien que n'importe qui pouvait comprendre ce qu'il fallait faire, et le paquet était adressé à mon nom, pas à celui de mon père, donc quelqu'un quelque part pensait visiblement que je courais des risques. Ça m'a un peu effrayé pendant quelque temps, parce que ça signifiait sans doute que des gens savaient des choses qu'ils ne disaient pas à la population. Je n'en ai pourtant pas parlé à mon père pour ne pas l'inquiéter. Je n'ai pas non plus fait le test. Ça m'intriguait un peu, mais quand j'ai lu la consigne SUGGESTIONS POUR PRÉLEVER VOTRE ÉCHANTILLON : FEUILLES DE PAPIER HYGIÉNIQUE PLIÉES, VOTRE MAIN PROTÉGÉE D'UN PETIT SAC EN PLASTIQUE, OU TOUT AUTRE RÉCEPTACLE PROPRE ET JETABLE, je n'ai pas pu aller plus loin.

Maintenant, par contre, je me demande bel et bien s'il n'y a pas quelque chose en moi. Quelque chose d'embusqué. Une trace chimique, un cancer. Parce que après avoir reçu ce nécessaire à prélèvement par la poste, j'ai commencé à avoir toutes sortes de symptômes sans gravité : brusques saignements de nez, ou des gencives, doigts engourdis, articulations enflées, mal au bide. On aurait dit que mon corps attendait juste une allusion à la maladie et qu'à peine cette allusion faite, la maladie était déjà là, prête à se développer.

Je n'ai pas parlé de tout ça à Elspeth, bien sûr. Elle a l'air de croire qu'on est tous contaminés d'une façon ou d'une autre et qu'on ne peut rien y faire. On n'a pas tous les mêmes maladies, mais il y a des récurrences anormales, d'après elle

— des groupes statistiquement rares de problèmes affectant le système nerveux, ou l'appareil respiratoire, des cancers du côlon. Certains, parmi nous, sont encore en bonne santé, mais ce n'est qu'une question de temps. Elle n'a pourtant pas l'air trop abattue. Elle en parle de façon très pragmatique, comme si elle parlait d'attraper un rhume. C'est sa façon d'être dans tous les domaines, j'imagine. Rien n'a l'air de l'affecter. Mais bon, elle n'est pas comme tout le monde. Elle est en bonne santé et se fout de tout. Elle a juste envie d'engranger le plus de vie possible dans le temps qui lui est imparti, et ensuite, que ça tourne comme ci ou comme ça, inutile d'en faire un plat. Elle n'est pas sentimentale, ni là-dessus ni sur le reste. Par moments j'aimerais pourtant, pour être franc. Elle est tellement coriace et terre-à-terre qu'il m'arrive de me demander si elle a le moindre sentiment, en dehors du fait qu'elle est toujours plus ou moins assoiffée de sexe. Ce n'est pas que je m'en plaigne. Simplement, j'aimerais qu'elle soit un peu plus douce, de temps en temps.

Mais il faut accepter les cadeaux que nous offre le monde. Il n'y a rien de pire, chez les gens comme nous, que l'ingratitude.

Pendant un certain temps après la disparition de Liam, Elspeth a été ma seule amie. Vu qu'avec ça, je devais m'occuper de mon père depuis bien longtemps, j'avais pris l'habitude de n'avoir pas d'autre compagnie que moi-même, ou à peu près. D'ailleurs, quand on perd quelqu'un comme Liam, on se méfie un peu des nouvelles rencontres. On n'a pas envie de se lier avec la première mauviette venue et de tout endurer de nouveau. Pourtant, une ou deux fois, j'avais aperçu des gamins là-bas, près de l'usine, ou sur la décharge, et ça m'avait intrigué. Le seul que je connaissais était Jimmy Van Doren, l'ancien petit ami d'Elspeth, et je ne le connaissais que de vue. Pour autant que je sache, lui et sa petite bande étaient les seuls à se rendre en groupe à l'usine. Les autres gamins du gang n'avaient rien de spécial, mais Jimmy m'intriguait, parce qu'il avait couché avec Elspeth. C'est toujours difficile d'imaginer la fille qu'on baise maquée avec quelqu'un d'autre, même s'il est passé de l'eau sous les ponts. Ça paraît toujours de mauvais goût, comme si elle n'avait pas su attendre le meilleur et avait dû perdre son temps avec des médiocres jusqu'à ce qu'on se pointe.

Ma rencontre avec Jimmy s'est passée comme ça. On sortait d'une assemblée au lycée où le proviseur, M. Swinton, avait tout à coup piqué un coup de sang et s'était embarqué dans un délire à propos du livre de Job, à nous lire directement la Bible, dans la version du roi Jacques, rien de moins, ce qui est toujours une erreur avec des gamins, vu que, s'il y a un livre qui se prête aux grosses conneries, c'est bien la Bible. Surtout dans la version du roi Jacques. Et voilà le père Swinton qui nous bassine avec les enfants morts et les ulcères de Job, et la façon dont Dieu l'a tout bonnement livré au diable pour qu'il en fasse ce qui lui plairait, alors même que Job a toujours été un peu du genre cul-bénit. On finit par se demander si Dieu ne serait pas un gros connard, à Ses moments perdus.

Toujours est-il que je sors de ce bordel et me voilà en train de déambuler, un peu perplexe, en me disant que M. Swinton fait peut-être sa crise de la cinquantaine, quand j'avise Jimmy Van Doren qui marche à côté de moi en calquant exactement son pas sur le mien, tête basse, parfaite imitation de moi plongé dans mes réflexions. Je m'arrête net et attends, prêt à encaisser tout ce qui peut arriver – il cherche peut-être à s'en prendre à moi à cause d'Elspeth, quoiqu'il ait attendu bien longtemps –, mais il se contente de faire deux ou trois pas de plus avant de se tourner vers moi et de me sourire. À ce moment-là, un autre garçon surgit à côté de lui, plus trapu, pas aussi carré, mais assez semblable à Jimmy, à première vue, pour qu'on les prenne pour des frères. Ce qu'ils ne sont pas, en fait, d'ailleurs à y regarder de près, on voit que la ressemblance est plutôt superficielle. J'ignore le petit mec et je regarde Jimmy. Lui se contente de sourire.

– Bon sang, ce Job, finit-il par dire, toujours le sourire aux lèvres. Comme il prononce ces mots, je perçois deux membres de sa bande, postés en retrait sur ma droite et ma gauche, dont un que j'ai déjà dû voir dans les parages. L'autre, que je connais plus ou moins, est une fille dégingandée genre un peu manouche, que tout le monde appelle Eddie. Plein de gamins la connaissent, dans le coin, elle a la réputation d'être un peu cramée du ciboulot. L'autre mec est gros, plutôt vilain, et il n'a pas l'air trop futé. Jimmy remarque que j'examine sa petite bande, même si je m'arrange pour que ça reste très discret, mais il continue de discuter quand même, toujours très amical.

– Ouais, il dit. Dieu l'a vraiment *niqué*, ce gars-là.

– Et pas qu'un peu, ajoute le petit mec à côté de lui. Il ne sourit pas. Il a une tête à avoir envie de m'inciser délicatement les parties au lieu de rester ici à papoter.

– Pire que de vivre par ici, dit Jimmy.

– Au moins, nous, on n'a pas le Tout-Puissant de mes deux sur le dos, ajoute le petit mec.

Les autres ne parlent pas, ils sont juste spectateurs. On voit qu'ils ont une foi totale en Jimmy. Il parle pour eux. Quoi qu'il puisse leur demander, si barjo que ce soit, ils le feront sans doute. Tout ça pour un mec qui porte un nom de guignol. Il s'appelle Jimmy Van Doren parce que son père a fait les démarches pour changer de nom. Il s'appelait O'Donnell. Patrick O'Donnell. Moitié irlandais, moitié manouche, mais comme il a sa propre petite entreprise de paysagisme, le voilà qui change son nom pour s'appeler Earl Van Doren, plus classe. Il fait imprimer ça sur des cartes à en-tête qu'il envoie dans toute la péninsule en espérant que quelqu'un trouvera que ça fait aristo. Apparemment, les aristocrates marchent bien dans le milieu du design de jardins paysagers, ce qui est triste pour plein de raisons auxquelles je ne veux même pas penser. C'est sûrement pour ça que Jimmy est à cran. Il cherche tout le monde, il pousse plus loin que n'importe qui, c'est un meneur né et à lui, on ne lui cherche pas de crosses. Là, on campe un peu sur les plates-bandes du *Boy Named Sue* de Johnny Cash.

Le voilà alors qui regarde le petit mec avec une admiration teintée d'étonnement, comme s'il était surpris non seulement par l'esprit et la sagesse de ses remarques, mais par le simple fait qu'il puisse parler. Il le regarde juste assez longtemps pour lui faire savoir que sa prouesse est dûment remarquée, puis il tourne à nouveau la tête.

— Hé, il dit, d'un air faussement étonné, comme s'il venait à l'instant de se rendre compte de ma présence, ton père, c'est pas le type qui a une maladie que personne connaît?

Il me fixe du regard et reste là, un grand sourire aux lèvres. Je lui souris à mon tour. Ils ne font que s'amuser, je le sais. Ils ne m'agacent pas du tout. C'est peut-être une bande de quatre, mais en fait il n'y a que Jimmy, et je pense que je ferais sûrement le poids. Je me contente donc de m'asseoir sur mes talons et j'attends de voir ce qui va se produire. L'idée me vient qu'un peu de dépense physique me ferait sans doute du bien.

— Ouais, je dis. C'est bien lui.

— Ouais.

Il jette un regard à la ronde, comme s'il était sur le point de révéler un grand secret aux autres.

— Il va voir le médecin-chef et le médecin-chef dit: gardez le moral. Ce n'est pas tous les jours que quelqu'un donne son nom à une maladie.

Tous les autres gamins rigolent, sauf le petit mec. Il lâche un reniflement sarcastique et lance à Jimmy un regard écœuré.

— J'imagine que tu te figures l'avoir inventée, celle-là, dit-il.

— Bien sûr que je l'ai inventée, Tone, dit Jimmy. Le petit mec s'appelle Tone, apparemment. Un nom à la con, totalement adapté à ce petit crétin bas du cul.

— Eh ben non, cette connerie-là tu l'as pas inventée, dit Tone. Je l'ai lue dans le bouquin de blagues de mon frère.

120

– Ton frère a un livre?

– Ouais, dit Tone. Et quand il est de bon poil, ça m'arrive de lui faire la lecture.

Ils continuent comme ça, Jimmy et Tone, à se renvoyer des répliques comme des balles de ping-pong, Jimmy débonnaire et indulgent, Tone tâchant de voir jusqu'où il peut pousser le bouchon, et moi je reste là, à regarder, à écouter, comme les autres. Puis, tout à coup, en plein milieu, ils arrêtent de plaisanter et la bande tout entière me fixe des yeux.

– Alors, Leonard, dit Jimmy, qu'est-ce que tu penses de cette histoire de Job?

– C'est juste une histoire, je dis.

– Putain non, dit Tone, indigné. C'est la *Bible*, Leonard. C'est la vraie vérité de Dieu, bordel, voilà ce que c'est.

Je prends un air sérieux.

– Bon, je dis, alors si c'est ça, Dieu a sacrément de comptes à rendre.

– Ah ouais?

Je hoche la tête.

– Ouais. Toutes ces calamités. Tous ces *châtiments*.

Jimmy fait mine d'être impressionné, genre stoppé net par le seul poids de mon savoir.

– Il faut reconnaître une chose à Leonard, il finit par dire, en se tournant vers les autres pour quêter une confirmation. Il connaît sa Bible, le mec.

Tone opine.

– Et comment! il dit. Dis voir, Leonard. Tu l'as lue, la Bible, tout entière je veux dire?

J'opine à mon tour, sans un mot. Je regarde Jimmy.

Tone regarde les autres, puis il se tourne à nouveau vers moi.

– Bon sang, Leonard, il dit. Faut sortir un peu!

Ils se marrent tous mais ils savent que ça tombe carrément à plat, et moi je me contente de le regarder longuement, comme je regarderais un truc qui flotte à la surface des toilettes.

– Exactement mon intention, je dis en le toisant, mais style léger, rien-à-foutre. Dès que j'aurai viré la boue qui me colle aux crampons.

Le gang se marre à nouveau. Tone me lance un regard furibond.

Jimmy s'approche de moi, pose la main sur mon épaule.

– Tu es un gars bien, Leonard, il dit, très héros hollywoodien. Tu veux faire partie de notre gang?

Je souris.

– Pas particulièrement, je dis.

Jimmy a un sourire dément, un sourire bouffon genre Mel-Gibson-sous-triple-vodkas.

– Bon, d'accord, il dit. À plus.

Là-dessus, il tourne les talons et s'éloigne en direction du littoral ouest, les autres lui emboîtant docilement le pas – et seuls les deux parasites, Eddie et le gros gamin, se retournent de temps à autre pour me faire signe, comme s'il s'agissait d'une scène de grande séparation douloureuse. Tone se retourne aussi, mais il ne fait pas signe. Je pense que, lui et moi, on risque de s'embringuer dans des trucs pas nets si je ne fais pas gaffe. Je me passerais volontiers de ce genre de petits tracas, ces temps-ci; s'il doit y avoir du grabuge, je préférerais régler ça juste avec Jimmy et en finir. Cela dit, on n'en est pas là. Pas encore. Et il est sage, celui qui sait quand il vaut mieux préserver la paix. S'il y a moyen, il vaut toujours mieux préserver la paix, je crois. Et quand il n'y a pas moyen, foncer dans le tas et cogner dur. Chacun pour soi et cetera.

Comme je m'abstiens de raconter à Elspeth ma prise de bec avec son ex – je suppose qu'elle en est la raison cachée –, les choses continuent comme d'hab. On baise, on discute, on signifie clairement qu'on n'est pas amoureux. Je ne me casse pas la tête pour éviter le gang de Jimmy, mais je ne vais pas les chercher non plus, si bien que je ne les revois qu'une huitaine de jours plus tard là-bas, à l'usine. Ce qui n'a rien d'étonnant puisque, comme je dis, je les ai déjà vus là-bas deux ou trois fois. C'est quand même toujours une déception, ce genre de chose. C'est bien mieux quand les gens restent où on les a laissés, et ne se pointent pas là où ils ne sont pas censés être. Je préférerais que ça reste comme c'était, là-bas, à l'usine : pas de gangs, juste un individu isolé de temps en temps qui s'éloigne entre les buissons et les gravats quand il se rend compte qu'il a de la compagnie, ou qui passe en silence, furtif et gauche, comme un pauvre animal. Mais quelques jours après ce premier affrontement avec Jimmy, je trouve toute la bande sur un bout de terrain près de l'ancien broyeur à ordures, un des rares endroits que j'estimais être à moi et à moi seul. Comme si c'était mon jardin personnel, secret, sauf qu'il y a des tuyaux, des gravats et de la fausse camomille au lieu de roses. Ils sont tous là, accroupis autour d'un feu, en train de tisonner quelque chose dans les flammes avec des bâtons. Je préférerais contourner leur groupe et continuer, mais Jimmy lève la tête et me voit, si bien que je n'ai plus le choix. Pas question de déguerpir sachant qu'il m'a repéré, alors j'avance, très décontracté mais pas trop amical.

Jimmy m'adresse un grand sourire de bienvenue, puis il tourne la tête vers Tone :

— Hé, Tone, il lance. Voilà ton pote Leonard.

Tone se redresse de toute sa hauteur et jette un regard à la ronde, comme une mangouste dans un documentaire de David Attenborough. En me voyant, il prend son vilain sourire d'acolyte vicelard. Qui attend son heure. Qui guette le moment où le meneur de la horde lui donnera la permission. Plus il continuera sur cette lancée, plus il sera ridicule. Il fait à peu près aussi peur qu'un bol de crème anglaise.

— Salut Leonard, dit Jimmy. Tu me suis ou quoi ?

— Nan, je dis. Je vais voir un parent malade.

Jimmy arbore un grand sourire menaçant.

— Je croyais que tu en avais déjà un, il dit.

Je souris.

— On n'a jamais trop de parents malades, je dis. C'est pour les parents en bonne santé qu'il faut se faire du souci.

Jimmy se marre, ce qui est bien bon de sa part. Moi je me sens plutôt nase, à vrai dire. J'ai passé une nuit blanche, à lire *Les Sept Piliers de la sagesse*. Un putain de bon bouquin, une fois qu'on entre dedans. Je suis venu à l'usine pour goûter un peu de paix et de tranquillité, pas pour échanger des plaisanteries avec Jimmy et sa bande de scouts. Jimmy jette un regard à la ronde.

— Je ne crois pas que les présentations aient été faites dans les règles de l'art, il dit. Moi, je m'appelle Jimmy. Lui, c'est Tone. Le type là-bas qui ressemble à une fille, c'est Eddie. Celui qui a l'air tout droit sorti de *Jason et les Argonautes*, c'est le gars morose.

Le gros gamin glapit en entendant ça :

— Je m'appelle pas Rose, il dit.

Il a de drôles de sourcils : l'un noir et velu, comme une chenille scotchée au front, l'autre presque invisible. Ça lui fait le visage tout de travers.

Jimmy se marre.

— Je n'ai pas dit ça, il répond. Tu ne peux pas juste avoir l'air plus *aimable* ?

Il se tourne vers moi.

— On vient à peine de déjeuner, il dit. Il reste peut-être un petit quelque chose, si tu as faim.

Je regarde le feu. Il y a un truc dedans, au milieu des flammes, un truc qui devait avoir de la fourrure, tout noirci maintenant, avec de la peau marronnasse et des os qui sortent à travers la fourrure carbonisée. Peut-être un chat ; c'est difficile à dire.

— Non, merci, je dis. Je ne suis pas un grand amateur de *nouvelle cuisine**, à vrai dire.

Jimmy a l'air perplexe.

— C'est bon, il dit. Fais comme tu le sens.

Il jette un coup d'œil à Tone.

— On part chasser, il dit. Tone se demandait si ça te dirait de venir.

124

J'acquiesce.

– À fond, je dis. Ça risque de se révéler une erreur, mais je n'ai pas le choix. Pour peu que je me désiste, je deviens la lopette de service. Sans parler des autres insultes et injures qui alimenteront les foudres du petit Tone.

On m'avait déjà raconté des trucs sur ces chasses. Des vantardises, pour la plupart, les conneries habituelles des gamins, mais avant même d'atteindre l'endroit où on allait, j'ai compris qu'avec ces gars-là ce serait pour de vrai. Je n'en attendais sans doute pas moins de Jimmy, j'imagine. Je lui reconnaîtrai au moins ça : il se prend au sérieux. On se met en route vers le littoral est, Jimmy en tête.

C'est Eddie qui prend l'initiative de me mettre au parfum. Pendant qu'on chemine à grands pas en direction de la décharge, elle s'amène à ma hauteur et règle son pas sur le mien.

– Le plus souvent, c'est juste des rats, elle dit. Mais pas toujours. Il arrive qu'on chope une mouette, mais en général elles sont trop rapides. D'autres fois, c'est des trucs plus spéciaux.

Elle sort une grande aiguille à chapeau, comme celles dont se servaient les vieilles dames et qu'on ne voit plus que dans les brocantes, de nos jours.

– Tiens, ça c'est pour toi, elle dit. C'est mon aiguille fétiche.

Et c'est vrai, en plus. Je le lis sur son visage. Elle me fait un honneur particulier.

– J'ai chopé des putains de grosses bestioles avec celle-là, elle dit.

Je ralentis un peu et je la regarde. Je suis plutôt touché.

– Je ne veux pas te priver de ton aiguille fétiche, je dis.

Elle me décerne un grand sourire.

– C'est pour ça que je te la file, elle dit. Elle porte chance. Pour ta première fois, tout ça.

Elle reprend un air sérieux, tout à coup, comme si elle venait juste de comprendre une chose dont elle ne s'était pas rendu compte jusque-là.

– Mais juste pour cette fois, elle dit. Tu me la rends après.

Elle s'immobilise complètement, l'air un peu inquiet.

Je m'arrête de marcher à mon tour. Il y a chez cette fille une tristesse terrible qui me fait penser aux malades que je vois à la clinique quand mon père y va pour ses examens.

– Aucun problème, je dis.

Je prends l'aiguille. Eddie me fait peine, tout à coup. Peut-être même que je l'aime bien. Elle est dégingandée et revêche, sans doute limite frappadingue, mais elle n'est pas vilaine de près. Elle ne devrait pas traîner ici avec Jimmy et ses gars, par contre. Elle devrait être chez elle, à regarder des rediffs du *Jeune docteur Kildare* en se pâmant devant Richard Chamberlain, ou je ne sais quoi. Je l'imagine tout à fait en train de se pâmer, et c'est une idée bizarrement plaisante. Je risque un sourire.

– Merci, je dis.

Son visage s'éclaire et je constate alors qu'en réalité, elle est très jolie. Et bandante, en plus. Enfin bon, j'aime bien Elspeth, tout ça, mais si l'occasion se présentait, je ne cracherais pas sur un petit coup vite fait avec Eddie. J'imagine que ma physionomie trahit ma pensée parce qu'elle me fait un sourire super heureux et elle rougit. Puis elle sort une autre aiguille – un long truc, qui a l'air en cuivre – et repart d'un bon pas derrière le reste de la bande en direction de la décharge. Le terrain de chasse.

La décharge n'en est pas officiellement une. *Officiellement,* ce n'est rien du tout. Il y avait une ferme, là, dans le temps. La ferme Johnsfield. La maison d'habitation et pas mal de dépendances sont encore plus ou moins debout, mais personne n'habite plus là depuis des décennies. Les champs sont envahis d'herbes et de gravats, ponctués par-ci par-là de débris d'engins mécaniques abandonnés à la rouille dans un carré d'orties ou d'épilobes chétifs. La maison proprement dite est plus au sud par rapport à l'endroit où on se trouve, ruine parmi des ruines plus récentes, mais personne n'y entre jamais, ou si quelqu'un le fait, il veille bien à ne pas être vu. J'y suis allé deux ou trois fois, mais c'est froid, humide et moche à l'intérieur, même en été, et je ne m'y suis pas attardé. Il n'y a rien à voir. Rien à découvrir. Les gens de l'Intraville racontent l'histoire d'un gang de types qui auraient soûlé une fille au rhum avant de l'amener jusqu'à l'ancienne ferme et de lui faire des trucs, mais moi je crois que tout ça, c'est juste des racontars pour effrayer les petits enfants. Ils disent qu'elle a été violée et torturée pendant des heures avant de mourir. Que son fantôme est censé errer là-bas en pleurant et en demandant grâce, mais ça fait vraiment trop roman pour qu'on prenne ça au sérieux. Quand quelqu'un raconte cette histoire, il suffit de demander comment s'appelait la fille, ou à quelle époque c'est arrivé, ou ce qu'il est ensuite advenu des types, et plus personne ne sait rien.

Pourtant, il se pourrait que ça ait un rapport avec le fait que la ferme Johnsfield finisse en décharge sauvage, étant donné que cette histoire autorise probablement les gens à faire là-bas ce que bon leur semble, et bien entendu ils ont tout saccagé. C'était sûrement une jolie petite ferme, autrefois, mais après la fermeture de l'usine et avec cette histoire de viol collectif par là-dessus, les gens des alentours ont commencé à y aller en voiture voilà des années pour larguer des détritus dans le dernier champ tout au bout du chemin de terre qui mène au Promontoire. Ils ne le font pas en plein jour, ils viennent seulement de nuit, parce que, officiellement, c'est illégal ce qu'ils font. Quoique j'aie du mal à imaginer les autorités en train d'abattre le bras de la justice et de poursuivre qui que ce soit pour avoir largué un peu plus de merdier dans un endroit déjà gorgé jusqu'à plus soif de poison et d'ordures. Mieux vaut là qu'ailleurs. Je ne sais pas si les largueurs à la sauvette sont du coin ou s'ils viennent de l'extérieur; en tout cas, ils savent que ça n'a aucune importance, ce qu'ils font. Rien n'a d'importance, en fait. Ces gens se disent sans doute que l'endroit n'est plus récupérable, mais ce qu'ils y laissent est quand même étonnant à voir, au beau milieu de toutes les ordures ménagères courantes : cages à oiseau rouillées couvertes de fiente et de millet, animaux morts, sacs d'aiguilles et de seringues en plastique, tampons d'ouate, vieux outils électriques, pièces mécaniques. C'est carrément la rase campagne à la ferme Johnsfield, pas de fosses dans le sol, pas de clôtures, juste une longue haie hérissée qui reste noire jusque tard en été, quand elle se décide à produire quelques maigres feuilles douloureusement tendres et le miracle occasionnel d'une fleur au parfum suave. J'ai vu un jour une photo d'un vieil arbre à vœux comme ceux auxquels les gens croyaient, par ici : un vieux sorbier noueux et convulsé, couvert de messages, de cartes, de décorations à trois ronds accrochées aux branches à l'aide de bouts de ruban ou de ficelle. C'est à ça que ressemble la haie en bordure de Johnsfield, à une longue rangée d'arbres à vœux décorée de sacs en plastique, de tissu et de lambeaux de ce qui fut peut-être de la peau de chien ou de chat. C'est presque joyeux, comme Noël au supermarché. Si on avait un supermarché.

Toujours est-il que c'est là qu'on se trouve, et c'est ça notre terrain de chasse. Et ça nos gibiers. Je suis très partisan du bon vieux Ici et Maintenant comme façon d'aborder les choses et donc, puisque je me suis laissé entraîner dans cette folie, je décide d'en profiter. De faire un peu la connaissance d'Eddie, peut-être. Bien entendu, on se livre d'abord à quelques explorations inutiles. Jimmy et sa bande – avec moi qui suis le mouvement, en laissant toutefois juste assez de distance entre nous pour qu'ils ne commencent pas s'imaginer que je suis des leurs –, tous, ensemble et individuellement, on erre sans but parmi les tas d'ordures, on y plonge, on en surgit, on roule parfois dans une immonde nappe de bouillasse et d'émanations, nos armes toutes simples à la main, on guette le moindre signe de vie. On peut utiliser tous les accessoires qu'on veut, mais l'aiguille à chapeau est obligatoire. L'aiguille à chapeau est l'arme de la main droite et doit être tenue bien ferme, pour éviter de la perdre dans la mêlée, mais les autres ont tous leurs armes spécialement conçues pour la main gauche : Eddie, un couteau à double tranchant, Rose – ou je ne sais comment il s'appelle – a une longue fourchette apparemment recouverte de Teflon, comme celles que les gens utilisent pour les barbecues. Tone brandit une saloperie de tournevis soigneusement affûté en pointe, et je l'imagine bien y travailler, avec amour, soin, impatience, pendant ses heures de loisir. Mieux encore, Jimmy a un couteau pliant chinois pourvu d'une lame de quinze centimètres à double tranchant en bel acier trempé noir. Il dit que c'est un couteau à dépecer, mais ce n'en est pas un.

Moi, je n'ai rien, bien sûr, puisque je suis venu à l'improviste. Mais je m'en moque. Je n'ai pas vraiment envie de courir après de petits animaux à fourrure armé d'une aiguille à chapeau et d'un faux couteau à dépecer, pas à l'âge que j'ai. On n'attrapera rien de comestible. Il y a là des rats, des mouettes, des hérissons, peut-être quelques chats sauvages qui vivent dans les tas d'ordures et, à vrai dire, je préférerais vraiment les laisser continuer. Ils se reproduisent là depuis des années, ces chats. Pour peu qu'on vienne dans le secteur de nuit, on les entend miauler, les femelles en chaleur, les matous qui se battent, et on les verra errer, tout en trognes couturées et vilaines cicatrices, oreilles en moins, fourrure arrachée. Certains gamins viennent dans le secteur pour jouer à des jeux pas vraiment différents du nôtre, déambuler dans tous les sens à la recherche d'animaux et d'oiseaux à torturer avec des lames, des allumettes et de l'huile enflammée. La seule différence, c'est que ces gamins-là posent des pièges et des filets pour attraper leur proie, alors que nous on *chasse*. Mais, tout de même, ça fait infantile comme jeu, surtout la règle de l'aiguille à chapeau, et je me sens un peu gêné.

Finalement, Eddie repère un gros rat et on se lance tous à sa poursuite. Rose n'est d'aucune utilité à qui que ce soit, il ne fait que bondir partout en agitant ses armes et en beuglant taïaut, mais Eddie se lance vraiment à fond, cavale dans les ordures, plonge son aiguille à chapeau en direction du petit corps fourré – et voilà qu'il en surgit plein, toute une famille de rats, des gros et des petits, tous bien gras, l'air sain, corps rebondis pleins de sang et d'organes, qui ne demandent qu'à se faire embrocher. Seulement ils sont trop vifs et personne n'arrive à les approcher. Ils disparaissent dans tous ces détritus et nous, on continue de tituber derrière eux, de plus en plus trempés et couverts de fange, de s'écorcher sur de vieux sommiers et des cadavres de poussettes Silver Cross, et de sales petites entailles apparaissent sur nos phalanges et nos poignets. Bien vite, je suis prêt à laisser tomber, mais Eddie continue, et l'enthousiasme qu'elle déploie compense largement son manque de talent comme traqueuse. En fin de compte, elle plonge et plante son aiguille en plein milieu d'un truc qui couine et se débat, puis retombe inerte, transpercé dans les règles de l'art, agité de soubresauts mais muet à présent, la vie s'en écoulant un petit peu trop vite. Elle regarde ce qu'elle a eu, puis me le montre.

— Juste un bébé, elle dit.

Je regarde aussi, sans vraiment savoir de *quoi* il s'agit. De près, ça a l'air pâle et faux.

— Rien qu'un petit, dit Eddie. Elle semble triste à présent, mais je ne sais pas trop si c'est dû à la pitié ou la déception.

— Ça ne fait pas grand-chose à manger, je dis.

— Euârk !

Elle me regarde comme si j'étais une sorte de fou.

— Je ne comptais pas le *manger*.

Puis elle a un grand sourire et me tend sa proie.

— Tu le veux ? elle demande, et à ce moment-là je sens qu'il se passe quelque chose. Comme quand un chat rapporte un oiseau ou une souris qu'il vient d'attraper. C'est une marque d'affection.

— Bon, je dis. Qu'est-ce que vous attrapez d'autre dans le secteur ? À part les bébés rats.

— Comment ça ?

– Tu disais qu'il vous arrive de choper des trucs spéciaux.

– Ah oui.

Elle grimace.

– Toutes sortes de trucs, elle dit.

Elle m'adresse un drôle de regard et je me demande si la remarque sur les bébés rats ne l'a pas vexée. Je n'ai pas envie qu'elle pense que je la prends de haut, alors j'adoucis un peu.

– Quoi, par exemple? je demande. Mais vu la façon dont je le dis, ça sonne encore comme un défi, alors je dois en rabattre un peu plus. Sérieux, je dis. Ça m'intéresse.

Elle a réfléchi pendant ce temps-là et la voilà qui se lance, radieuse et tout excitée.

– J'ai chopé un monstre lunaire, une fois, elle dit.

– Un quoi?

– Un monstre lunaire, elle répète.

Elle n'en est plus vraiment sûre, maintenant qu'elle me le dit, mais une part d'elle veut l'être, si bien qu'elle prend un air de défi.

– Il était énorme. Avec des yeux comme des soucoupes et un museau pointu.

Elle se remémore avec affection l'image de ce qu'un jour elle a attrapé et je suis aussitôt convaincu qu'elle dit la vérité. Elle est tout émue et excitée, du coup je suis absolument certain qu'elle avait attrapé *quelque chose*.

– Qu'est-ce que tu en as fait? je demande.

Elle réfléchit un moment, puis elle secoue la tête. C'est comme de l'air qui s'échappe d'un ballon.

– Je l'ai tué, elle dit.

– Ah oui?

– Je ne *voulais* pas. Simplement, j'ai…

– Un monstre lunaire?

– Oui.

Elle me regarde tristement.

– C'en était un, elle dit. Des monstres lunaires, il y en a partout, par ici, le long de la plage.

Elle me regarde avec l'air d'attendre. Comme je ne dis rien, elle semble triste à nouveau.

– Je n'invente pas, elle dit.

Je secoue la tête.

– Je sais, je réponds.

Tout le monde a une théorie sur la faune secrète de la presqu'île. Les gens racontent des histoires à propos de toutes sortes de rencontres réelles ou imaginaires : ils voient des hordes d'animaux inconnus, ils aperçoivent des diables, des elfes, des fées, ils tombent nez à nez avec des mutants horriblement défigurés ou au faciès angélique tout droit sortis de vieilles émissions de science-fiction diffusées tard le soir à la télé. Et ils ne voient pas que des animaux. On entend toutes sortes d'histoires à propos de mystérieux inconnus : silhouettes solitaires filant à travers bois, bandes d'hommes errant la nuit, troupe criminelle arrivant de la côte pour voir ce qu'il y a à voler dans l'usine, fauteurs de troubles et manouches, dépravés sexuels, terroristes. John le Bibliothécaire dit que les bâtiments proches des quais font une planque parfaite où des révolutionnaires peuvent s'embusquer et entreposer leurs armes. À moins que ce soit des contre-révolutionnaires, il ajoute avec une étincelle dans le regard : insurgés, *agents provocateurs**, terroristes, contre-terroristes – qui est capable de faire la différence, de toute façon, et quelle est-elle ?

– Ils en parlent dans les livres, dit Eddie. Avant il y en avait partout, mais maintenant ils se planquent dans des endroits où personne ne va jamais. Comme les écureuils.

Je hoche la tête.

– Il y en a dans Shakespeare, elle dit.

Je lui effleure le bras.

– Je sais, je dis, doucement. J'ai envie qu'elle croie que je la crois, mais je ne pense pas que ce soit le cas.

On n'a pas vu Jimmy depuis un moment. Rose et Tone sont au sec sur un îlot qui émerge de ce tas de merde, juchés au sommet, en train de scruter leur petit horizon, et je repense à ce film sur les mangoustes vu à la télé. Finalement, Jimmy s'amène, avec un énorme rat planté à la pointe de son couteau chinois. Il nous adresse un grand sourire à tous en agitant triomphalement sa prise.

– Tir, et but, il dit. Puis son regard intrigué va et vient d'Eddie à moi. Tu as chopé quelque chose, il me dit, et je vois bien qu'il ne parle pas de rats.

Je ne pipe pas mot.

– J'en ai eu un, dit Eddie. Mais c'était juste un bébé.

– Pas grave, dit Jimmy. Au moins tu as eu *quelque chose*.

Et il me lance un regard amusé.

Quand on a fini de tuer des trucs, on s'affale sur un talus herbeux, puis Tone et Rose commencent à préparer un nouveau feu. Jimmy est retourné dans l'océan de détritus, en quête de plus gros gibier. Je comprends qu'il cherche une proie spéciale, ou peut-être particulièrement répugnante, pour marquer l'occasion de ma première sortie, mais il ne déniche rien. Je m'assieds avec Eddie. J'ai remarqué deux choses, chez elle : d'abord, qu'elle a une bouche super bandante, des lèvres à tailler les pipes, mais douces quand elle parle, et ses jambes, dans son jean noir moulant, ont l'air d'une longueur incroyable. J'ai vu dans un livre un portrait peint par John Singer Sargent, une fois, où la fille avait de longues jambes fines comme ça, et je n'ai pas arrêté d'y repenser pendant des jours. Mais je ne précipite rien. Je ne crois pas qu'il serait avisé de faire rougir Eddie deux fois dans la même journée. Alors je mise sur la bonne vieille conversation. Je fais celui qui se met au courant.

– Qu'est-ce qui est arrivé à Rose ? je demande. Il est juste hors de portée de voix, en train d'aider Tone pour le feu.

– C'est qui, *Rose* ? elle répond. Elle a déjà oublié les présentations. D'un hochement de tête, je désigne le gros gamin.

– Ah, Mickey, elle dit. Il s'appelle Mickey, pas Rose.

Elle me regarde d'un air perplexe.

Ah d'accord, je me dis. Pas la plus futée du lot. Gentille, par contre.

— Et donc, je dis, qu'est-ce qui est arrivé à *Mickey*?

— Comment ça?

Elle regarde le mec, un peu inquiète, comme si elle s'attendait à ce qu'il ait les deux bras arrachés sans qu'elle ait rien remarqué.

— Ses yeux, je dis. Il n'est pas né comme ça, j'imagine.

— Ah.

Elle porte la main à sa bouche et glousse, mignonne comme tout. On ne peut que se demander si elle fait ce genre de chose à dessein.

— Il a eu le sourcil et les cils arrachés, elle dit. Pendant un feu d'artifice. Ça n'a pas encore repoussé.

— Comment il s'est débrouillé?

— Oh, il faisait l'andouille.

Dans sa tête, elle retourne à la page intitulée Feu d'artifice de la Nuit de Guy Fawkes. Ce n'est pas un très gros livre, mais il est clairement libellé.

— Il a allumé un pétard et l'a lancé à Tone. Mais il ne s'est rien passé. Alors il va voir, il ramasse le pétard et l'approche de son œil. Comme s'il essayait de découvrir ce qui cloche. "Il est nase ce truc", il dit, et à ce moment-là… BOUM!… ça pète.

Elle a alors un grand sourire joyeux.

— On a tous cru que ça lui avait arraché l'œil.

— Super, je dis.

Elle se ressaisit et a l'air un peu déçue.

— Mais il l'avait encore, son œil, elle dit. Ça lui a juste arraché les cils. Et le sourcil.

Elle réfléchit un instant.

— Ça n'a pas encore repoussé.

Je hoche la tête.

— C'est ce que tu disais, je réponds.

— Peut-être que ça ne repoussera jamais, elle dit, poursuivant sa rêverie. Elle semble tester l'idée, histoire de voir si elle lui convient. Avoir un seul sourcil noir, ça pourrait aller provisoirement, mais de toute évidence, dans son esprit, définitivement c'était une tout autre paire de manches.

— Et comment tu l'as connu? je demande. Mickey, je veux dire.

— Mickey?

Elle a l'air perdue à nouveau.

— Ouais, je dis, doucement. Mickey.

— Oh.

Elle secoue la tête.

— C'est mon frère.

— Ah oui? je dis. Je n'ai pas envie que ça se voie trop, mais je suis en train de me demander si elle a tout bien compris.

— Demi-frère, en fait, elle dit.

— Sans déconner, je fais.

Elle me regarde et sourit. Puis elle rougit à nouveau.

— Ne te fous pas de ma gueule, elle dit.

— Je ne me fous pas de ta gueule.

Elle m'examine un moment. Elle est toute sérieuse, d'un seul coup.

— Sûr?

— Sûr, je dis.

Elle a l'air contente. Je lui ai fait plaisir, j'imagine. C'est très touchant. Puis elle saute sur ses pieds et pousse un cri strident.

— Allez, lance-t-elle à personne en particulier. On va *tuer* quelque chose.

Une fois rentré chez moi, après cette bonne journée de chasse, je commence à me demander où ça mène, tout ça. Je me suis déjà dit qu'il ne fallait pas trop me lier avec Jimmy et sa bande, mais je suis obligé de l'admettre: j'aime bien Eddie, et Jimmy est plutôt stimulant. Cela dit, mieux vaut éviter de se relâcher. Si je baise Eddie, ça remontera forcément jusqu'à Elspeth et non seulement ça la foutra en rogne, mais ça mettra un grand sourire sur la tronche de Jimmy. C'est peut-être le but de la manœuvre, bien sûr. Je ne dis pas que Jimmy irait vraiment *ordonner* à Eddie de coucher avec moi, il faudrait que ce soit plus subtil que ça. Au début, il voulait sans doute juste me tester, puis Eddie a peut-être dit quelque chose après notre première prise de bec, et il lui a conseillé d'y aller. Ou un truc dans le genre. En tout cas, quoi qu'il se trame, je ferais bien de regarder où je mets les pieds, à mon avis. Ça me rappelle Paul Newman ; quelqu'un lui demandait s'il lui arrivait d'être tenté de tromper Joanne, avec toutes les femmes qui se jetaient en travers de son chemin, et lui, il a répondu : "Pourquoi aller se chercher un hamburger quand on a un steak à la maison ?" Ce qui passait sûrement pour une réponse plutôt sympa, à l'époque, sollicité comme il l'était, mais ça ne veut pas dire grand-chose. On ne peut pas manger du steak tous les jours, et on dit que le changement pimente l'existence. D'ailleurs, si Elspeth représente le steak, ça ne fait pas d'Eddie le hamburger. Je la verrais plutôt comme un dessert, franchement. Un Délice des Anges bien mousseux, peut-être. Une crème brûlée. Un tiramisu. Certainement *pas* du gâteau de semoule.

Seigneur Jésus Tout-Puissant, je me dis : il va falloir que je me tire de ce guêpier. Ce qu'il me faut, c'est un dérivatif. Après être passé voir mon père, je vais dans ma chambre et j'essaie de reprendre *Les Sept Piliers de la sagesse* là où je les ai laissés. Mais je n'arrive pas à me concentrer sur ma lecture. Je n'arrête pas de penser aux jambes d'Eddie et à ses jolies lèvres boudeuses. Je finis par m'assoupir, allongé sur mon lit, le livre sur les yeux, et je fais des rêves incroyables jusqu'au matin, mais ce n'est pas de chameaux que je rêve.

Les dieux sont quand même cléments, même si on se donne du mal pour ignorer leurs attentions occasionnelles : le lendemain j'ai le dérivatif qu'il me faut, puisque l'Homme-Papillon est là et, pour une fois, je suis – comme on dit dans les manuels d'autoperfectionnement – *inconditionnellement* heureux. Ça ne durera pas longtemps, mais c'est une sensation pure, ce qui n'a rien d'un phénomène courant quand on habite l'Intraville.

Mais bon, c'est le gros problème de la vie ici : il n'y a pas que des sales journées passées à se demander quand un autre garçon disparaîtra, vu que ça fait quelque temps que ça n'est pas arrivé et que donc, en fonction d'une logique qu'on connaît tous, c'est voué à bientôt arriver de nouveau. Et il n'y a pas non plus que les autres jours, ceux où on erre tous, hébétés de peur et de colère parce que après avoir finalement cédé à la tentation de penser que cette sale période a pris fin, on apprend qu'une autre âme est perdue, un autre garçon qu'on connaît au moins de nom, un gamin qui joue de la trompette, ou qui se gratte le nez pendant les assemblées au bahut, ou qui aime aller se baigner. Évidemment, on peut se raconter qu'il est parti, comme un personnage de conte de fées, pour chercher fortune dans le vaste monde sauvage. On peut se raconter que si c'est la version que les flics proposent, ils doivent avoir une bonne raison, mais au fond de son cœur on sait que le garçon a été enlevé, sans doute traîné jusqu'à un lieu secret et assassiné, voire pire. Peut-être en vie quelque part, en train d'attendre que quelqu'un vienne, au fond d'une fosse à l'usine, ou enchaîné, réduit à l'impuissance, dans un égout. D'un autre côté, même si les choses sont calmes sur ce front-là depuis un moment, il y a toujours la possibilité que quelqu'un vienne juste de mourir d'une maladie que personne n'a encore jamais vue. On ne fait pas vraiment dans la bluette par ici, à l'Intraville.

Et, donc, ce serait sans doute mieux s'il n'y avait pas de répit, s'il n'y avait pas de moments heureux. Comme ce passage de *Tom Sawyer* où Tom se demande si les dimanches ne sont pas juste une forme de sadisme un peu plus raffinée que les jours de semaine avec leur succession habituelle de corvées et d'école. Chaque semaine, on a un jour de congé, juste pour nous rappeler à quel point les six autres sont horribles – et même cet unique jour précieux est gâché par une matinée à l'église, à regarder le soleil qui brille derrière les vitraux pendant qu'un vieux connard débite son blabla sur Dieu. Au moins, on ne fait pas trop dans la religion, ici.

Ce serait sans doute mieux de continuer le train-train ordinaire avec mon père malade et moi obligé de laver la bassine qu'il garde à côté du lit, tout le vomi, la bile et les caillots de sang qui partent au tout-à-l'égout, dans l'eau que je boirai un jour après qu'elle aura été assainie et traitée, vu que l'eau circule en circuit fermé, la même eau tout le temps : la même, mais différente. L'eau est partout. On ne lui échappe pas. Quand Miss Golding nous a appris, en cours d'instruction religieuse, que Dieu était omniprésent, je me rappelle avoir pensé, pendant qu'elle expliquait *omniprésent* aux triples buses, que Dieu devait être de l'eau. Même plus tard, une fois que l'âge m'avait ôté cette idée de la tête, je continuais de craindre l'eau ; ou, plutôt, je craignais quelque chose que l'eau contenait. J'ai trouvé une revue, un jour, à la décharge, dans laquelle un article racontait qu'un Français avait mis au point je ne sais quelle théorie comme quoi l'eau aurait une mémoire : elle garde, inscrite dans sa structure moléculaire, une trace de tout ce qu'elle a touché, tout un passé de pisse, vomissures et insecticides, consigné dans un document submicroscopique illisible qui mettra des siècles à s'effacer. Tout a une horloge propre, une existence propre : les étoiles, les chiens, les gens, les molécules d'eau. Les êtres humains ne connaissent qu'une version du temps, mais il en existe des milliers d'autres, tous ces mondes parallèles se déployant selon des rythmes différents, rapides, lents, instantanés, sidéraux.

Toujours est-il que, quoi qu'on puisse récolter d'autre, normalement on ne trouve pas le bonheur inconditionnel, par ici. Le bonheur est toujours entaché d'autre chose : souci, peur ou juste la sensation idiote qu'on ne le mérite pas vraiment et que c'est donc sans doute une sorte de piège. Ce jour-là, par contre, je suis heureux, purement et simplement – parce que l'Homme-Papillon est venu, et que j'aime bien quand il vient.

Je ne l'attendais pas, étant donné qu'on ne sait jamais quand il sera là. Il vient et repart au gré d'une loi que lui seul comprend, et je sais seulement qu'il est de retour quand je vois sa camionnette garée sur le bord de la route, le long de la barrière qui donne sur les anciennes prairies du littoral est, ou peut-être un peu plus loin, quelque part en direction de la plage, sa petite camionnette verte avec, sur un flanc, en lettres décolorées, le nom de celui à qui elle appartenait avant, un type appelé Herbert, qui faisait je ne sais quelles réparations. La première fois que j'ai vu la camionnette, l'Homme-Papillon venait de s'arrêter à la barrière qui mène aux prairies, et je l'ai regardé sortir son équipement du coffre, tous les filets et le matériel d'éclairage, la minuscule tente bleu ciel qu'il allait planter au beau milieu de la prairie, le sac à dos plein d'ustensiles de cuisine, le vieux réchaud de camping. On aurait cru assister à un tour de magie, vu la façon dont il sortait tout son attirail de cette minuscule camionnette, et il en venait encore, et encore, jusqu'à ce qu'il ait disposé un vrai petit campement autour de lui, avec tous ses instruments, ses lumières, ses tas de filets. Il ne m'a pas adressé un mot, tout le temps du déchargement, pourtant il savait que j'étais là. C'est seulement après avoir fini qu'il s'est tourné vers moi et m'a regardé d'un air interrogateur. Toujours sans un mot.

J'avais alors treize ans, si mes souvenirs sont bons. Je parie que, pour lui, j'étais juste un *gosse** qui s'était pointé là, un des jeunes spectateurs du coin comme il en avait sans doute à longueur de temps. Je n'avais pas envie qu'il me considère comme tel.

– C'est pour quoi, tout ce merdier? j'ai demandé. Genre ado blasé qui n'en a rien à foutre.

Il a ri.

— À ton avis ?

— J'en sais rien. Vous seriez pas photographe ?

— Non.

— Scientifique ?

— Plus ou moins.

— Alors si vous êtes venu mesurer la pollution, il va vous falloir plus de matos, j'ai dit.

Il a ri de nouveau et secoué la tête. Puis il a expliqué l'étude sur les lépidoptères, et ce qu'on pouvait dire d'un endroit à partir du nombre d'espèces différentes de papillons et chenilles qu'on y trouvait. Finalement, il s'est tu et m'a regardé, pour voir si je commençais à m'ennuyer.

— Bon, il a dit, alors comment t'appelles-tu ?

— Leonard, j'ai dit. Leonard Wilson.

Il acquiesce et mémorise le nom dans sa tête, mais *lui*, il ne me dit pas comment il s'appelle. Il se contente de déballer des trucs d'un sac pour se préparer de quoi déjeuner. Ce faisant, il me demande si j'ai faim. Je dis que oui et du coup je lui donne un coup de main, je vais chercher des trucs et je l'aide à tout organiser. Finalement, une fois qu'on est assis devant des haricots blancs et des saucisses, il me regarde.

— Certaines personnes disent qu'il n'y a plus de mystères de nos jours, il dit. À ton avis, Leonard Wilson, c'est vrai ?

Au début je ne dis rien. Il me traite peut-être un peu trop comme un mioche, mais ça m'est égal. Plus tard, je lui ferai comprendre que je lis des livres, tout ça, et qu'il peut me parler normalement. Du reste, pour le moment, ça me plaît d'être traité comme un gamin. Je passe le plus clair de mon temps à préparer les repas de mon père, ou ses médicaments, à faire des trucs dans la maison, des courses. C'est marrant d'être un gamin pendant un moment, alors je joue le jeu, juste un peu.

— Je suppose, je dis.

L'homme a alors un grand sourire. Il commence sans doute à mieux me situer, mais il a commencé alors il va finir.

— Tu supposes? il dit. D'accord. Tu vois cet arbre, là-bas? De quelle espèce s'agit-il?

Je ne bouge pas la tête, je me contente de jeter un bref coup d'œil.

— Un platane, je dis. Question plutôt idiote : dans le coin, c'est tout des platanes.

— D'accord, il dit. Pas de mystère là-dessous, alors.

— Non.

— D'accord. Alors comment est-il arrivé là?

Je connais la chanson, je me dis. D'une minute à l'autre, il va se mettre à parler de Dieu, de cercles oculaires, et toutes ces histoires d'Artisan divin, comme M. O'Brien à fond dans le registre MYSTÈRES DE LA NATURE et GÉNÉROSITÉ DE L'ORDRE DIVIN. Mais je suis quand même content de donner le change. J'aime bien sa voix. Elle est tout en recoins douillets, amicale, mais elle reste à sa place, sans s'immiscer.

— Eh bien, je dis, je n'en suis pas vraiment sûr. Mais j'imagine que le vent a amené une graine à cet endroit et que...

— Et comment le vent est-il arrivé ici?

— Quoi?

— Comment le vent est-il arrivé ici? Comment *toi*, es-tu arrivé ici?

Il démontre quelque chose, mais sa voix ne change pas. Il ne fait pas dans la JOIE DE LA DÉCOUVERTE comme le père O'Brien.

— Comment *tout ça* est-il arrivé ici? il dit.

Je secoue la tête. C'est là que va commencer le blabla sur Dieu.

— J'en sais rien, *moi*, je dis.

— Eh bien c'est *ça* le mystère, il dit. Et il reste assis là, tout sourire.

Il reste là à sourire, puis il lève les yeux vers le feuillage au-dessus de nos têtes, comme s'il y avait quelque chose qu'il avait oublié de vérifier, avant de tourner à nouveau la tête vers moi.

– Allons-y, il dit. Il se relève d'un mouvement preste et commence à s'éloigner parmi les arbres pour me montrer une chose d'une importance vitale à ses yeux. C'est que là, on a affaire à un type qui sait *lire* le paysage. Je pensais en savoir un peu sur la presqu'île, à force de passer tellement de temps dans le secteur et de vérifier des trucs, oiseaux, fleurs et tout le bataclan, dans les guides nature à la bibliothèque – mais moi, je me contente de regarder les images, alors que ce type-là lit les toutes petites lignes. Au fil des quelques mois qui ont suivi, à mesure qu'il venait et repartait, il m'a montré toutes sortes de trucs, du carrément débile jusqu'à des petites merveilles de magie naturelle. Il m'a montré comment entailler le dessous d'une fleur et sucer le nectar qu'elle contient. Il m'a montré à quoi ressemble la jusquiame noire et m'a expliqué comment les sorcières en fumaient dans une pipe quand elles avaient mal aux dents. Il m'a raconté plus que je n'aurai jamais besoin d'en savoir sur diverses espèces obscures de papillons. Ce que j'apprends de lui, c'est qu'il aime bien les gamins, et qu'il écoute ce qu'on lui dit. Par moments, il se pique d'enthousiasme à propos d'un truc et, quand il est comme ça, il est capable de parler des heures. À d'autres moments, il fait un peu son adulte qui parle à un gamin, mais on voit que ces trucs lui tiennent vraiment à cœur et qu'il veut les partager, pas pour se donner l'air intelligent, mais parce qu'il adore trop tout ça. Il m'arrive de penser qu'il est sûrement solitaire, parce que j'ai l'impression qu'il n'a pas de vraie maison, il a juste l'air d'aller d'un endroit à l'autre avec sa camionnette, de camper dans des prés et de poser ses filets, avec pour uniques compagnons les papillons qu'il attrape puis relâche, ou les gamins curieux comme moi qu'il attire en cours de route. Ça doit être une belle vie, par moments, de juste camper à un endroit quelque temps, puis d'aller voir plus loin, comme un nomade qui se sentirait chez lui non pas dans un seul endroit mais partout. Mais il n'a pas l'air d'avoir de femme ni de copine ou quoi que ce soit du genre, et je me demande parfois comment il fait, sur le plan sexuel. Peut-être qu'il a une poule quelque part, qu'il va voir quand il passe par là. Peut-être qu'il en a plusieurs. Mais je pense qu'en réalité, il est marié à son boulot. Ce qui signifie que l'Intraville n'est sûrement pas son lieu préféré, étant donné que les résultats qu'il y obtient ne peuvent pas être totalement satisfaisants. Ce n'est pas qu'il n'attrape rien. Au contraire : il chope des milliers de papillons dans ses filets tous les soirs, mais ce sont tous les mêmes, des petites bestioles endiablées qui se jettent dans son filet de si bon cœur qu'on a presque l'impression qu'elles le font exprès.

Du coup, il est un peu mystérieux, à certains égards. Mais je l'aime bien. Ce premier jour, j'ai compris qu'il allait devenir pour moi un ami, même s'il était vieux – il doit avoir dans les quarante ans, peut-être un peu moins. Il parlait de papillons et de mystères, et aussi de son travail, puis il s'est rendu compte que le soir tombait.

– Bien, il dit. C'est sans doute l'heure pour toi d'aller retrouver ta famille chez toi, Leonard Wilson. Tu as une famille, n'est-ce pas ?

– Il n'y a plus que mon père maintenant, je dis.

– Ah bon ?

– Ma mère est partie, je dis. Quand mon père est tombé malade, elle s'est tirée et nous a laissés nous démerder.

Il secoue la tête.

– Je suis sûr que ça ne se résume pas à ça, il dit.

– Peut-être pas, je dis. Je n'y crois pas vraiment, mais je ne vais pas me mettre à en débattre et tout gâcher. J'en débats avec moi-même depuis assez longtemps. Et vous ? je demande.

– Quoi, moi ?

– Eh bien, je suppose que vous avez une famille aussi ? je dis.

Il rit.

– Pas vraiment. Mais je suis adulte. Je peux prendre soin de moi-même.

– Moi aussi, je dis.

143

Je l'aime bien, mais il est un peu insultant par moments, avec toutes ses histoires d'être adulte. Il ne fait peut-être pas dans la Joie de la Découverte, mais il s'engage sur une pente sacrément savonneuse, là.

Il sourit.

– Je n'ai pas dit que tu ne pouvais pas, il dit. Il a l'air triste, à présent, comme s'il avait pensé à quelque chose qu'il aurait préféré oublier.

– Et où il est votre père, à vous ? je lui demande, juste histoire de dissiper le malaise, puis je vois à sa tête que c'est de penser à son père qui l'a rendu triste.

– Il est mort, maintenant, il dit.

– Oh, je fais.

Je me sens gêné.

– Excusez-moi, j'ajoute, ce qui augmente encore ma gêne, et je me sens le rois des cons, en plus. De quoi est-ce que je m'excuse ? Et qu'est-ce que ça change ?

– Ne t'excuse pas, il dit. Il se faisait vieux. Et il n'était plus lui-même, sur la fin, voilà.

Il détourne le regard, contemple les arbres au loin, comme s'il essayait de se représenter quelque chose.

J'ai lu, une fois, dans un bouquin carrément nul, qu'il faut parler aux gens de ces choses-là. Je ne sais pas pourquoi, mais c'est censé être bon pour les morts, qu'on se souvienne d'eux. Peut-être pas d'évoquer le temps où ils étaient malades, mais comment ils étaient avant, quand ils étaient encore jeunes, heureux ou autre. Et je comprends la logique de la démarche. Ça me tracasse de ne pas me rappeler mon père avant sa maladie. Ça me serait bien utile de pouvoir me souvenir de lui jeune homme – en train de danser, par exemple, ou de brailler pour soutenir l'équipe locale à un match de football. Ou peut-être au pub, juste après l'ouverture, par une chaude matinée d'été, installé là tout seul avant l'arrivée des foules, avec un journal et une pinte de brune, la fumée bleuâtre de sa première cigarette du jour qui s'élève en longues volutes fines au travers d'une tombée de lumière dorée. Ça ferait du bien, et ça ferait peut-être du bien à l'Homme-Papillon de penser à quelque chose dans ce goût-là. Je tente donc le coup.

— Et alors, je dis, comment était-il, votre père?

Il me regarde, du genre de regard qui dit: tu veux vraiment savoir, ou c'est par pure politesse? Je ne sais pas trop moi-même, mais il a l'air satisfait.

— Mon père était ingénieur, il dit. C'est comme ça qu'il gagnait sa vie, et c'était sa passion. C'est pour ça qu'il était venu ici, pour une mission professionnelle. Plus tard, par contre, quand il est revenu, il était censé être à la retraite. Il lui était arrivé des tas de choses entre son premier séjour ici et le dernier.

— Qu'est-ce qu'il lui était arrivé?

— Mon père était un homme au grand cœur, innocent, il dit. C'était un passionné, ce qui faisait aussi un peu de lui un idiot. Il se fiait aux gens, ce qui peut être très bien, mais il était trop ouvert, trop accessible. Il aimait bien boire un verre, en plus. Sur la fin, il ne faisait plus qu'errer dans le monde en se cognant aux meubles. Il lui arrivait de tomber de temps en temps, mais il se relevait toujours. Par moments, j'avais envie qu'il arrête carrément et qu'il reste par terre.

J'écoutais. Je n'avais aucune idée de ce qu'il racontait, mais je voyais bien que tout ça était très triste. Pourtant, je ne pouvais pas m'empêcher d'être étonné par la façon dont il parlait de son vieux. On aurait dit qu'il parlait de quelqu'un qu'il connaissait à peine, ou d'un personnage de livre.

— Ton père travaillait à l'usine, il dit.

— Ouais, je réponds, surpris de ce brusque changement de sujet. Il y a travaillé jusqu'à ce qu'elle ferme. Ensuite, il est tombé malade.

— Mon père a contribué à la construction. Il a travaillé sur la première usine, au tout début. À l'époque, tout un groupe de compagnies travaillaient pour le Consortium, elles se répartissaient les premiers contrats, très juteux. Arnoldsen.

Nevin. Lister. Mon père les connaissait toutes, c'était comme une famille pour lui. Parfois, quand il parlait de cette époque, il énonçait leurs noms et on se rendait compte de tout ce qu'ils signifiaient pour lui. Ils lui étaient familiers, comme les termes qu'il utilisait dans son travail, tous les trucs techniques dont il parlait aussi, même s'il savait que personne ne comprenait. Mais ces noms étaient aussi particuliers. C'était sa litanie. Tous les mots énigmatiques qu'il chérissait, comme quelqu'un pourrait chérir les paroles de prières ou de chansons anciennes.

Il s'est alors interrompu et il est retourné mentalement à l'endroit où, dans ses souvenirs, se trouvait son père, en train de réciter sa litanie personnelle.

— Mais qu'est-ce qui a mal tourné, alors ? j'ai demandé. Je n'avais pas l'intention de dire ça, mais dès que les mots ont franchi mes lèvres, j'ai eu l'impression d'avoir attendu des années de pouvoir poser cette question précise à quelqu'un.

Il s'est arraché à sa rêverie et m'a regardé. Je crois qu'il était interloqué par ma question, mais il a fait de son mieux pour me donner une réponse. Pas celle que je recherchais, mais une approximation, une estimation au jugé.

— Mon père était fier du travail qu'il avait fait ici, il a dit. Les gens étaient fiers de l'usine, à l'époque. Même plus tard, les gens se remémoraient la fois où George Lister en personne était venu sur place, une fois la première tranche achevée et l'usine officiellement inaugurée, pourtant ça ne s'est pas passé comme ça. Les gens comme mon père – et le tien – n'ont jamais vu les personnalités. Ces *messieurs* s'enrichissaient de loin et dépensaient leur fortune très loin pour s'offrir des choses que les ouvriers ne pouvaient même pas imaginer.

Son regard s'est fait vague et j'ai cru l'avoir à nouveau perdu.

— Alors, comme ça, j'ai dit, le grand patron n'est pas venu à l'inauguration ?

— Non. Il a dû envoyer un délégué, ou peut-être un de ses plus jeunes fils. Il y avait quatre fils, si je me souviens bien.

Il m'a regardé avec curiosité.

– Allons, il a dit. Il est temps pour toi de rentrer. Ton père va s'inquiéter.

J'ai secoué la tête.

– Putain, non. Ça m'étonnerait qu'il soit seulement réveillé, j'ai répondu, et l'Homme-Papillon a secoué la tête d'un air faussement réprobateur devant tant de grossièreté chez quelqu'un d'aussi jeune.

C'est la seule fois qu'il nous est arrivé de discuter de ce genre de trucs. Par la suite, il n'a plus été question que du travail qu'il faisait, ou bien d'anecdotes sur les endroits où il était allé, ou de petites astuces pour se balader dans le monde sans avoir d'ennuis. C'est comme ça. Il ne vient pas très souvent, peut-être une fois tous les deux mois, et je ne sais jamais quand l'attendre. Du coup, ce matin, quand j'aperçois sa camionnette à demi cachée derrière la grande haie, là-bas, du côté des prairies, je suis content. Mais je ne tiens pas à ce qu'il le voie, alors je me contente de flâner jusqu'à l'endroit où il travaille et de me planter là, à regarder. Il n'en fait pas des tonnes, lui non plus. Il est en train d'installer un grand filet, un truc plus haut que lui, et visiblement ça l'absorbe complètement de mettre ça bien comme il faut. Il prend quand même le temps de remarquer ma présence.

– Leonard Wilson, il dit.

Je crois entendre un certain plaisir dans la façon dont il prononce mon nom, comme s'il avait eu hâte de me revoir. Il s'interrompt un instant et me regarde du coin de l'œil.

– Alors, comment vas-tu ? il demande.

– Je vais bien, je réponds. Et je suis content parce que c'est presque vrai. Assez vrai pour que je puisse le dire sans avoir l'impression de faire semblant.

– C'est bien, il dit. Tu veux venir jusqu'ici et m'aider à installer ce truc ?

– Aucun problème, je dis.

Il hoche la tête.

– Bon, allez, il dit, et on se met au travail, avec soin, adresse et bonne humeur, comme si on faisait ça depuis toujours. Ça ne prend pas longtemps, à deux, et une fois que c'est fini, il m'envoie chercher un peu de bois pour un feu, ce que je fais, mais le temps de revenir, les bras chargés de brindilles et de branches tombées, je le trouve assis sur un énorme tronc abattu, à côté d'un feu qui brûle manifestement depuis un certain temps, en train de faire mijoter quelque chose dans une petite casserole posée au milieu des flammes, toute noircie et cabossée par des années de chauffe, comme un mini-chaudron de sorcière. En me voyant, il lève la tête et me fait un grand sourire, un de ces sourires qui sous-entendent un monde de secrets partagés et un avenir dont seuls lui et moi connaissons l'existence.

– Tu es revenu, il dit. D'un geste, il m'indique la place à côté de lui, sur le tronc. Assieds-toi. Je vais te préparer un peu de mon thé spécial.

Je ris. Je ne suis pas vexé qu'il m'ait envoyé faire un tour pour rien.

– Ah ouais ? je dis. Et qu'est-ce qu'il a de spécial, ce thé ?

Il sourit et remue un peu la théière avec soin.

– Tu verras, il dit.

Il faut un moment pour que le thé infuse comme le souhaite l'Homme-Papillon. Ça pue à mort, un peu comme les traînées de merde verdâtre que les chenilles laissent quand on les enferme quelque temps dans un bocal ou une boîte d'allumettes, ou les trognons informes de choux pourris dans les champs détrempés de pluie après le passage des machines agricoles. Mais ça ne semble pas déranger l'Homme-Papillon ; il se penche au-dessus de la théière pour remuer et inhale de grandes bouffées, sans cesser de fredonner tout seul d'un air absent, complètement absorbé par l'alchimie de sa préparation. Finalement, il est satisfait. Il lève la tête, m'adresse son fameux grand sourire et s'empare d'une des tasses. Il l'approche de ses narines un moment, puis il en boit tout le contenu vite fait. Je l'imite ; la mixture est encore pire au goût qu'à l'odeur, mais j'arrive à l'avaler sans m'étrangler. L'Homme-Papillon rit, puis il se laisse glisser à terre et se cale le dos contre le tronc. J'en fais autant. Pendant un long moment – dix minutes, peut-être plus –, on reste assis là, comme ça, deux campeurs dans les bois à côté de leur feu, en communion avec la Nature et toutes ces conneries. Au bout d'un moment, quand même, je commence à me sentir drôle, comme chaud à l'intérieur, mais pas fiévreux, et tout a l'air changé. Les arbres ont plus de détails, les couleurs sont plus subtiles, tout a l'air plus compliqué et, en même temps, plus cohérent, l'air d'être là pour une bonne raison. Je ne dis pas que c'est conçu intentionnellement, je ne suis pas en train de parler de je ne sais quelle connerie du genre n'est-ce pas que la nature est merveilleuse. Mais bon… c'est là, et ça n'a pas besoin d'être expliqué. C'est la grande révélation mystique, tout ira pour le mieux et toutes choses et cetera. Je regarde autour de moi. Le vert de l'herbe a l'air tiré de Platon, le moindre brin, la moindre feuille est parfaite, mais ça ne se limite pas à ça, ça ne se limite pas au fait que les choses que je vois sont parfaitement nettes, logiques et justes, il y a autre chose. Plus d'ampleur. De l'endroit où je suis assis, je vois tout, autour de moi, avec une perfection détaillée presque vertigineuse, mais je sens aussi de quelle façon une chose est reliée à l'autre, puis l'autre à la suivante, et, plutôt que reliées, elles ne sont peut-être qu'une seule et même chose. Tout ne fait qu'un. Ce n'est pas une question de connexions, c'est une indivisibilité. Une unité. Je sens le monde s'étendre autour de moi dans toutes les directions, le monde et tout ce qu'il contient de vivant, chaque bourgeon, feuille, oiseau, grenouille, chauve-souris, cheval, tigre, être humain, chaque fougère ou lycopode, chaque poisson ou volatile, chaque serpent, toute la sève, tout le sang, réchauffés par le soleil, tout ce que caresse la lumière, tout ce que dissimule l'obscurité. Ce n'est qu'un tout. Il n'y est pas question de moi ou de pas-moi. C'est toute une continuité, et je suis vivant avec tout ce qui vit.

Puis, presque avant même d'être là, cette unité se rompt et je vois quelqu'un. Un garçon. Il n'était pas là avant, mais maintenant si, debout à l'orée de la clairière, comme s'il venait juste de sortir des bois, et il me regarde fixement, pas du tout surpris, plutôt comme s'il s'attendait à me voir là et s'était efforcé de m'amener à le remarquer, d'attirer mon attention par ce regard perçant. Il y a quelque chose d'étrange en lui, que je n'arrive pas à cerner, quelque chose dans sa physionomie qui paraît familier, peut-être moins ses traits que son expression ; on dirait une expression que je connais de l'intérieur, une expression que j'ai testée à un moment donné, puis abandonnée, comme un acteur pourrait essayer d'entrer dans la peau de son personnage en regardant le miroir d'une certaine façon, endossant une psyché joyeuse, sage ou perturbée en modifiant la façon dont bouge son visage. L'expression de ce garçon est lointaine, moins distante que réservée, pas fière, ni froide ou choquée, plus plaintive qu'autre chose, comme s'il voulait m'appeler mais avait momentanément perdu la voix. Il veut m'appeler, c'est ça, et sa mine est la conséquence de ce désir frustré de parler. Il veut appeler, peut-être à l'aide, ou peut-être parce qu'il pense que j'ai besoin d'aide – et j'avais perçu cet appel plaintif avant de le voir, j'avais senti le regard qu'il m'adressait un instant avant de tourner la tête, alors que j'étais heureux ou, plutôt qu'heureux, pleinement en vie, totalement connecté à tout ce qui m'entourait, à tout ce que je voyais et ne pouvais voir, aux bois et au ciel, au pinceau indistinct et chaud de phares s'éloignant sur la route côtière, ou derrière les collines, au loin, vers la vie au-delà, les routes et les grandes villes, les lumières dans les immeubles de bureaux, les tableaux dans les musées et les galeries, les cours flamandes que j'ai vues dans les livres d'art, les piazzas et les canaux, les champs de riz et les montagnes couronnées de neige, les cieux toujours du même bleu depuis des années dans les albums, mais jamais dans la vie réelle, jamais ici : un bleu pareil à l'oubli, le bleu profond, frais, de la salle où les gens morts depuis peu sont absous de leurs noms et souvenirs. Pourtant, en le voyant, je *reviens* soudainement : individu délimité, isolé dans les bois, un peu frissonnant dans ma propre peau et piégé dans la lente course du temps comme un nageur pris dans un courant trop fort pour qu'il y résiste, trop fort même pour faire du surplace – et au bout d'un moment, je vois ce qu'il y a d'étrange en lui. C'est son visage, certes, mais pas seulement l'expression, c'est sa ressemblance. Il me semble, pendant un instant, voir l'un des garçons perdus mais à la dernière seconde, avant de regagner furtivement l'ombre verte sous les aulnes, il se tourne et m'adresse un long regard interrogateur – et ce n'est pas à Liam qu'il ressemble, ni à aucun autre des garçons de ma connaissance. Pendant un moment qui semble durer, je le dévisage, en essayant d'accrocher son regard, mais il a disparu avant même que je me rende compte et me dise que, s'il ressemble à quelqu'un de ma connaissance, c'est à *moi*. Le même visage que celui que je vois dans le miroir tous les matins : le même visage, le même air interrogateur, le même doute dans le regard, la même méfiance. Il me ressemble. Il me dévisageait et je le dévisageais, et maintenant c'est comme si j'étais partagé en deux, comme si le monde tout entier était partagé, une partie s'éloignant à la dérive vers les ports et les grandes villes que j'ai contemplés dans ma vision, il y a un instant, l'autre fixe, froide, prédestinée.

L'instant d'après, ce moi/pas-moi se volatilise dans les bois et, comme je me tourne vers l'Homme-Papillon, je constate qu'il me regarde fixement, lui aussi, mais d'un air amical, légèrement interrogateur – quoique avec l'ombre d'un sourire au bord des lèvres, un bon sourire, il me semble, un sourire qui dit que tout va bien. À voir la tête que je fais, il comprend, j'imagine, que j'ai vu quelque chose qui m'a ébranlé, alors il détourne les yeux vers l'endroit que je fixais il y a un instant. Inspecte rapidement les arbres, puis me regarde à nouveau, mais il ne dit rien. J'ai l'air triste à présent, je le sens, je sens de quelle façon il perçoit mon air, et il est triste, sans doute effrayé, l'air de quelqu'un qui s'embarque dans ce qui semble une grande aventure et, soudain, prend peur. Comme un gamin qui monte pour la première fois dans les montagnes russes et se rend compte, trop tard, qu'il a le vertige. Mais ce qu'il y a de curieux, c'est que je ne suis pas triste du tout, je n'ai pas peur, je suis simplement retombé trop brutalement dans le cours du temps, au sortir de la fixité magnifique d'avant. Je suis revenu trop brusquement et, pendant quelques secondes, je suis tellement déçu que j'ai envie de pleurer.

C'est là que tout change à nouveau et que le visage de l'Homme-Papillon s'illumine tout à coup, comme s'il avait tout compris et vu l'erreur idiote que j'ai faite, mais il ne me juge pas, il ne montre pas du doigt mon erreur, il en voit l'aspect comique et il rit, d'un rire muet, affectueux, *avec moi*, tout bête que je suis, parce qu'il sait qu'une fois que j'aurai compris, je me rendrai compte à quel point j'avais tort d'être effrayé, inquiet ou triste, toutes choses étant bonnes et sources de célébration, si déroutantes ou terribles qu'elles puissent paraître.

La nouvelle tombe un vendredi, en fin d'après-midi. Cette fois ce sont les parents de Tommy O'Donnell qui ont trouvé la chambre de leur fils désertée au matin, le lit même pas défait, le garçon parti. Il a dû disparaître pendant la nuit, étant donné que Mike O'Donnell – qui est l'oncle de Jimmy Van Doren – a passé la tête dans l'entrebâillement de la porte aux alentours de dix heures le jeudi soir pour voir si tout allait bien et qu'il avait alors trouvé Tommy à son bureau, qui écoutait son walkman. Il avait demandé au garçon si ses devoirs étaient faits, n'avait pas cru la réponse, mais pas eu envie de l'enquiquiner. Puis il était allé se coucher de bonne heure en laissant sa femme en bas, devant un documentaire sur la chirurgie plastique et son fils unique en sécurité dans sa chambre, occupé à buller joyeusement. Non, Tommy n'avait aucune raison de sortir, il connaissait les règles en vigueur pour ses sorties en soirée et, de toute façon, s'il avait envie d'aller quelque part, il n'avait qu'à demander et Mike l'y conduisait en voiture. Mike O'Donnell travaillait avec son frère aîné dans le paysagisme, mais il n'était pas associé dans l'entreprise. De l'avis général, pendant qu'Earl Van Doren se pavanait en se prenant pour un membre de l'élite, Mike faisait tout le travail, ce qui signifiait qu'il rentrait souvent chez lui épuisé. Mais ça n'aurait pas empêché Tommy de demander à ce qu'on le dépose quelque part, et l'idée de dire non ne serait pas venue à l'esprit de Mike. Tout le monde connaissait Mike O'Donnell comme un brave gars : travailleur, consciencieux, ridiculement loyal envers son frère, mari attentionné d'une femme pas vraiment reconnaissante et père toqué de son fils – il aurait préféré mourir plutôt que de lui refuser quoi que ce soit. Or le fils est pourtant parti mais, comme il n'y avait aucune trace d'une entrée par effraction dans la maison ni la moindre preuve qu'il ait simplement fugué, on sait tous qu'il va encore s'agir d'une de ces affaires qu'on enterre sans tapage, pendant que les autorités, dont la police, poursuivent leur vrai boulot : promouvoir le projet Terre d'origine de Brian Smith.

Ensuite, le lundi, les cours sont censés reprendre au lycée, mais personne n'y va. C'est un des petits gestes qui sont à notre disposition : le jour d'école qui suit la disparition d'un des nôtres, on erre dans la ville et les terrains vagues, en volant tout ce qui a l'air d'avoir de la valeur et en cassant tout le reste. Signe de la honte qu'éprouvent les autorités : quoi qu'on fasse, il n'y a pas de répercussions. Ils se sentent coupables, parce qu'ils savent qu'ils nous ont lâchés. On devrait incendier la mairie et le poste de police, ces jours-là, et peut-être enfin leur forcer la main. Mais on ne le fait jamais. On casse des vitrines. On pique du vin bon marché dans la boutique Spar. On va jusqu'à l'usine et on reste là-bas à sniffer de la colle ou à se murger avec le vin qu'on a volé, puis on rentre chez nous la tête à l'envers et on monte chacun dans sa chambre, on se branche chacun sur sa chaîne hi-fi personnelle et on pleure toutes les larmes qu'on a dans le corps, ou bien on reste assis sur un bord de fenêtre ou un toit quelque part, à contempler le ciel. Certains d'entre nous – les solitaires, les sans amis – vont à l'usine et cherchent un truc dangereux à faire, quelque acrobatie de trompe-la-mort à laquelle personne n'assistera mais qui restera à jamais inscrite dans la chair, et dans l'esprit, testament vivant de notre envie d'en finir avec le monde.

Après la disparition de son cousin, Jimmy a commencé à délirer à propos d'Andrew Rivers. Rivers vivait seul dans un vieux cottage à côté du bois empoisonné; tout le monde disait qu'il agressait les enfants et certains gamins avaient peur de lui, mais moi je lui trouvais juste l'air d'un pauvre attardé qui préférait rester tout seul. Attitude avisée dans l'Intraville. Pourtant, Jimmy n'arrivait pas à s'enlever de l'esprit l'idée que ce type avait quelque chose à voir avec les garçons perdus, et il n'arrêtait pas de rabâcher aux autres que quelqu'un devrait faire quelque chose. J'étais à peu près sûr qu'il se trompait mais je ne pensais pas que ça puisse faire grand mal de le laisser dire. De sortir ça de son organisme. "Il était toujours là-bas, à traîner dans les bois", disait Jimmy. Je n'ai même pas pris la peine de faire remarquer que j'avais passé pas mal de temps là-bas, moi aussi, et que j'avais vu Rivers dans son jardin ou en train de soulever les rideaux de son salon. Je passais devant chez lui et je l'avais vu me regarder, mais il n'avait jamais tenté quoi que ce soit. Enfin bon, on n'avait pas tant que ça à lui reprocher. Il était peut-être un peu pervers sur les bords, mais je crois qu'il devait surtout aimer regarder. Du reste, je n'arrivais pas à imaginer quelqu'un comme ça en train de terrasser quiconque. Et sûrement pas quelqu'un de la taille de Liam. Mais je n'ai rien dit, je me suis contenté de laisser Jimmy continuer sur sa lancée. Et il a bel et bien continué.

— Ce pervers de merde devait juste attendre le bon moment, il dit.

154

Tone prend ça comme un signal à son intention :

— C'est un pédophile bien connu, il dit. Il est sur la liste des délinquants sexuels et tout, chez les flics.

— Ah ouais ? je fais. Qui t'a dit ça ?

Tone me décoche un regard menaçant.

— Tout le monde le sait, il dit. Il a des tonnes et des tonnes de bouquins de cul pour pédés, chez lui. Il reste là à feuilleter des journaux de malades à longueur de temps, il ne sort jamais, il n'a pas d'amis, rien.

— Eh bien, je dis, ça fait de lui quelqu'un de triste et de solitaire, Tone, mais ça ne le rend pas dangereux pour autant.

Et là, Jimmy reprend la balle au bond :

— Ça revient au même dans certains cas, il dit. Le connard y pense jusqu'au moment où il ne peut plus se contenir. Ou alors c'est la pleine lune ou je ne sais quoi. Et là il sort et il chope quelqu'un.

— Je vois mal ce gars-là choper qui que ce soit, je dis. J'ai connu des brêles plus musclées.

Jimmy secoue la tête.

— Il a sans doute du chloroforme, des trucs dans le genre.

— Pour quoi faire, du chloroforme ? demande Mickey.

Jimmy lui adresse un regard agacé.

— C'est un anesthésique, il dit. Tu en mets sur un chiffon que tu appliques à peine trois secondes sur la bouche de quelqu'un, et il tourne de l'œil comme qui rigole.

— Ah ouais ?

Mickey trouve ça super.

— Alors, c'est comme le truc qu'il y a dans les plantes ?

Jimmy s'énerve, maintenant.

— Putain, mais de quoi tu parles, Rose ? il demande.

Mickey a l'air vexé.

— Eh ben, de ce qu'y a dans les plantes, il dit. Du chloroforme. On a fait ça en biologie.

— Chloro*phylle*, dit Jimmy. Chloro*phylle*, pas chloroforme. Pauvre con, va.

155

Mickey ne dit rien. Il n'a pas l'air d'apprécier, vu que c'était quand même une erreur tout à fait compréhensible, non? Ça se prononce presque pareil. Chlorophylle, chloroforme – comment est-ce qu'il est censé suivre alors qu'on n'arrête pas de tout compliquer?

— En tout cas, dit Jimmy, comme je disais : il faut qu'on se rancarde sur ce type. Cet Andrew Rivers.

Aussitôt, ses propos déclenchent la sirène d'alarme dans ma tête. Mais je dois faire attention. Je sens un soupçon de si-tu-n'es-pas-avec-nous-tu-es-contre-nous, dans cette affaire. Pas seulement de la part de Jimmy, mais de la ville tout entière. Tout le monde veut *faire* quelque chose.

— Comment ça, "qu'on se rancarde sur ce type"? je dis.

Jimmy me regarde, mais au lieu de répondre à la question, il se tourne vers Eddie, qui est restée là depuis le début, sans dire un mot. Ce qui ne signifie pas nécessairement qu'elle écoutait, non plus.

— Qu'est-ce que tu en penses, Eddie? il demande.

— De quoi?

Elle sourit, comme si elle n'avait pas saisi la blague ou quelque chose du genre.

— Tu penses qu'on devrait se rancarder sur ce type, Rivers, ou quoi?

Eddie réfléchit un instant, très sérieuse. Elle me coule un bref regard furtif et je comprends qu'elle n'a aucune idée du sujet de la discussion. Finalement, elle hoche la tête avec un grand sourire.

— Sans problème, elle dit.

Jimmy esquisse une moue et jette un regard à la ronde.

— Bon, il dit. Eddie est partante. Qui d'autre?

Tone ne perd pas une seconde :

— Ça roule, il dit.

Jimmy acquiesce d'un air approbateur, puis se tourne vers Mickey.

— Et toi, Rose?

156

Mickey boude toujours, mais il entrevoit l'occasion de rejoindre la meute sur-le-champ.

— On va se le *faire*, il dit.

— C'est bon, dit Jimmy. Finalement, il se tourne vers moi. Il m'a sciemment gardé pour la fin, bien sûr. Il s'attend sans doute à ce que je me déballonne. Je remarque qu'à présent Eddie m'examine attentivement, elle aussi.

— On va aller le trouver, c'est ça? je dis.

J'ai besoin de poser quelques termes de référence, pour que tout ne se barre pas en couilles. Ce qui ne manquera pas d'arriver de toute façon, mais j'ai quand même besoin de termes de référence.

— C'est ça, dit Jimmy.

— Lui demander ce qu'il sait, je dis.

— Lui demander ce qu'il sait, dit Jimmy, le regard planté dans le mien.

Je réfléchis une seconde, mais en fait, je n'ai qu'une façon de procéder. C'est assez con, et je le sais, mais je ne vais pas les laisser y aller sans moi. Pas Eddie, en tout cas.

— C'est bon, je dis.

Mais Jimmy veut une confirmation nette.

— Tu es partant? il demande d'un ton très posé-mais-ferme.

Je regarde Eddie. Elle m'observe avec espoir, comme si elle ne voulait pas que je merde. Comme une mère suivant des yeux son petit Herbert qui s'élance sur le parcours d'adresse, à la kermesse de l'école, une cuillère dans la bouche et un œuf posé dessus. Je ne peux pas la décevoir.

— Je suis partant, je dis.

Jimmy hoche la tête. Eddie a un grand sourire joyeux. Tone n'est pas sûr d'apprécier. Il aurait sans doute préféré que je me déballonne. Je regarde Mickey. Il est assis, là, à gauche de Jimmy, encore en train de lécher ses plaies secrètes, mais il me regarde avec un drôle d'air, comme s'il venait de découvrir une nouvelle possibilité qu'il ne savait pas en option. J'avoue que c'est assez flippant, comme moment.

Parce qu'à regarder Mickey, assis là dans la pénombre, avec cet air bizarre, j'ai le sentiment accablant qu'il se prépare quelque chose de très moche. Or j'y souscris totalement, je signe à deux mains, sans savoir du tout pourquoi. Et une fois engagé, je sais qu'il ne sera plus possible de faire machine arrière.

Le lendemain, je suis de mauvaise humeur quand je vois Elspeth. On ne va pas chez moi parce qu'une employée d'association y est allée faire des trucs pour mon père, une espèce d'infirmière-aide-ménagère. Ce sont les services sociaux ou je ne sais quoi qui la lui envoient, vu son état. Donc on ne peut pas y aller, et on ne peut pas aller chez Elspeth toujours pour la même raison, à savoir que ses parents sont là et qu'elle ne peut pas les blairer, ces connards. En plus, ils la surveillent comme le lait sur le feu, et ils comprendraient tout de suite ce qu'on a en tête. Donc, on va à l'usine, mais comme il pleut et que c'est trempé partout, on s'installe au fond d'un des hangars de stockage, où il y a une vieille table et quelques caisses en bois. On est à peu près au sec, dans ce coin-là, mais la pluie goutte à travers un trou dans le toit, à l'autre bout, et il ne fait pas très chaud. Je reste là, à me morfondre, sans même essayer d'amorcer quoi que ce soit.

— Qu'est-ce qui te tracasse, nom d'un chien ? elle demande.

— Rien, je dis.

— Ben voyons, elle dit. On ne dirait pas que c'est rien.

— Je suis fatigué, je dis. Il a fallu que je range toute la maison vu que Jenny ou va savoir son nom vient aujourd'hui.

Elle s'approche alors et se blottit contre moi.

— Fatigue ? Manque d'énergie ? Difficultés à vous concentrer ? elle dit, sur le ton d'un commentaire de publicité.

J'acquiesce.

— Besoin d'un petit remontant ? elle demande.

— Sûrement, je dis.

Elle recule d'un pas et me regarde d'un air blessé.

– Surtout, ne te donne pas trop de mal, elle dit.

Je ne réponds pas. J'ai besoin d'un remontant, en effet, mais je ne suis pas d'humeur pour celui qu'elle me propose. Ce qu'il me faut, c'est un truc plus... je ne sais pas, moi. Plus personnel. Comme l'autre jour, quand je discutais avec Eddie : on était juste là à discuter, à déconner.

Mais Elspeth n'est pas du genre à lâcher prise, je lui reconnais ça. Elle attend un moment que son idée fasse mouche, puis elle revient se blottir et glisse la main sous mon sweat-shirt. Ça me fait froid, c'est bien en fait. Elle passe la main sur mon torse en lentes caresses puis descend vers mon ventre. Là, elle se serre un peu plus étroitement et commence à me mordiller l'oreille. Je suis obligé de reconnaître qu'elle a un talent très particulier. Un don. Elle fourre sa langue dans le creux de mon oreille, puis recule un petit peu.

– Inutile de résister, elle murmure, puis elle me mord, très doucement, au plus tendre du cou.

On finit donc par terre, à ramasser toute la poussière et à se tremper en baisant comme des lapins. C'est plutôt dingue, vu que ça l'est toujours avec elle, si peu engageant que soit le lieu, mais ensuite, quand on s'arrête et qu'on roule un tout petit peu à l'écart l'un de l'autre, j'ai l'impression qu'elle est à des kilomètres de là et tout ça devient idiot et vain. Je m'assieds et entreprends de ragrafer mon ceinturon.

– Où tu vas comme ça ? elle demande. J'en ai pas fini avec toi, mon gaillard.

– Nulle part, je dis.

Elle se rassied aussi. Elle s'apprête à dire autre chose, à lancer une remarque osée et bien sentie, sans aucun doute, mais elle est distraite par un truc qu'elle a vu à l'autre bout du hangar. Je suis son regard et je vois, moi aussi : une sorte d'animal, couché par terre, qui bouge à peine, bien que même d'ici on l'entende respirer, ou peut-être plutôt haleter que respirer.

– Putain, elle dit. J'ai eu une de ces trouilles.

Je me relève et vais jusqu'à l'endroit où le truc est affalé. C'est plutôt gros, mais je ne sais pas ce que c'est. Je n'ai encore jamais rien vu qui ressemble à ça. C'est à peu près de la taille d'un petit chien, avec une tête un peu porcine et de grands yeux fixes. Visiblement, le bestiau n'est pas en forme parce que, même quand je m'approche, il ne fait rien. Il reste là, c'est tout, à me regarder en haletant.

— Qu'est-ce qu'il a? demande Elspeth. Elle s'est relevée, elle aussi, mais elle se tient un peu en retrait. Il est malade?

— Pire que ça, je dis. Je crois qu'il est en train de mourir.

Elle pousse alors un drôle de petit cri et se détourne.

— Et merde, elle dit.

Puis elle se tourne à nouveau, le visage à demi caché derrière les mains.

— Leonard, elle dit.

Elle n'utilise presque jamais mon prénom. En fait, ça doit être la toute première fois qu'elle le prononce sérieusement.

— Il faut que tu fasses quelque chose.

— Quoi? je dis. Je n'y peux rien. Je ne suis pas véto.

— Abrège ses souffrances, elle dit.

— Pourquoi faire?

— Parce qu'il a *mal*, elle dit.

— Qu'est-ce que tu en sais? je rétorque. Je sais à quel point je manque de considération, mais tuer quelque chose uniquement parce que c'est en train de mourir dans les parages d'Elspeth me paraît une mauvaise idée. L'animal ne gémit pas, ne hurle pas à la mort, il est juste allongé là, il essaie de respirer. Peut-être qu'il dit adieu à l'air. Peut-être qu'il fait la paix avec le dieu de son petit monde. Je n'ai aucune idée de ce à quoi il pense, mais aucune intention de le tuer sous le seul prétexte qu'Elspeth se sent mal.

— *Allez*, Leonard, elle dit. Fais quelque chose.

Je hoche négativement la tête.

— Non, je dis.

Elle frissonne.

– Bon sang, elle dit. Ce truc est sûrement resté allongé là tout le temps qu'on baisait.

– Sûrement, je dis.

– Enfoiré, elle me lance.

Elle est vraiment retournée, là.

– Sûrement, je dis.

Je fais l'imbécile, je le sais. Et ce n'est qu'un faux-semblant. Ça aussi je le sais.

En tout cas, c'en est trop pour Elspeth. Elle rajuste ses vêtements.

– Si tu ne fais pas quelque chose tout de suite, je m'en vais, elle dit.

– D'accord, je réponds. J'examine l'animal en essayant de comprendre ce que c'est. Pas une espèce locale, ça c'est sûr. Peut-être qu'il s'est échappé du zoo personnel de je ne sais quel branleur. On entend parler de ça, des fois : un quelconque abruti rassemble toute une collection d'animaux sauvages exotiques, puis il oublie de fermer à clé un soir et la campagne est envahie de boas constrictors ou de lynx roux d'Amérique. C'est peut-être ce qui s'est passé, en l'occurrence. Tout en tâchant de comprendre, je m'efforce aussi de diffuser une onde de compassion et de sollicitude, parce que je n'ai pas envie que cet animal ait peur. Ce sera mieux quand Elspeth sera partie. Là, tout de suite, elle ne fait que l'effrayer.

– Ça suffit comme ça, elle dit. Et elle s'éloigne vers la porte d'un pas furieux en faisant le plus grand détour possible pour éviter l'animal mourant. Soit dit en passant, Leonard Wilson, tu es viré.

Je ne réponds pas. Ça m'est plutôt égal, à l'heure qu'il est. Je reste planté là, à quelques mètres maintenant, pendant que l'animal meurt à petit feu. Et je sais que c'est sans doute fantaisiste de dire ça, mais je crois que, sur la fin, il a compris que je ne lui voulais aucun mal. Je crois qu'il a compris que j'étais un ami et qu'il a sans doute été content que je sois là pour lui tenir compagnie pendant ces derniers instants. Parce qu'il y a quelque chose dans son regard, une gentillesse, une douceur qu'il me semble comprendre. C'est comme le visage de quelqu'un qui sourit : c'est aux yeux qu'on reconnaît qu'il s'agit d'un véritable sourire. Je ne dis pas que cet animal souriait, mais il avait cette lueur dans le regard. La lueur qui, chez quelqu'un, rend un sourire authentique. Seulement c'est un animal, alors il ne sait pas sourire. Ou ce que je veux sans doute dire, c'est que quelle que soit la mimique qui sert de sourire à cet animal, je ne pourrais pas la reconnaître, étant donné que le seul type de sourire que je connais c'est le sourire humain.

Plus tard, une fois sûr qu'il s'est éteint, je sors. Je m'attendais à ce qu'Elspeth soit à des kilomètres d'ici, à cette heure, mais non. Elle est plantée à côté d'un carré d'épilobes, une dizaine de mètres plus loin. Je la rejoins et elle m'adresse un regard un peu larmoyant.

— Il va mieux ? elle demande.

— Il est mort, je dis.

Elle se met alors à pleurer. L'espace d'un instant, je me dis qu'elle va à nouveau me planter là et s'en aller, mais non. Elle se jette contre moi et sanglote sur mon torse, en attendant que je la prenne dans mes bras. C'est comme Elizabeth Taylor jeune dans un de ces films où on n'arrive pas à croire qu'elle puisse être aussi belle, même au moment où son cheval vient de mourir et qu'elle va trouver un homme, et là son attitude corporelle dit en silence : "Prenez-moi dans vos bras." Alors je la prends dans les miens. Pas Elizabeth Taylor, bien sûr. La chance que j'aurais. Elizabeth Taylor jeune n'existe plus, à présent, et comme on dit, on n'en fait plus des comme ça de nos jours. Donc je suppose que personne n'aura plus jamais *cette chance-là.*

Je cherchais un moyen d'entraîner Eddie à l'écart du reste de la bande. Tout marchait bien avec elle, mais je n'avais pas envie de pousser plus loin pendant que les autres regardaient. C'est sans doute pile ce que Jimmy attend. Puis, quelques jours après l'épisode de l'animal dans le hangar, je reçois un cadeau. Ça arrive quelquefois. Le monde se retourne en passant et nous tend un cadeau, et la seule chose à faire c'est de l'accepter. Pourtant il arrive que les cadeaux aient des conséquences dont on se passerait volontiers.

Je suis installé dans le salon avec mon père. Il est muré dans le silence comme d'hab, assis dans le fauteuil à côté de la cheminée, en train de regarder une revue de mode qu'il a trouvée je ne sais où. C'est une super vieille revue avec des photos décolorées qui ont l'air d'avoir été oubliées sous la pluie. J'ignore complètement où il a trouvé ça. Il fait ça, mon père, il se balade dans toute la maison pour trouver des trucs qui lui rappellent le passé. Ce visage dans la lumière embrumée et tout le bataclan. C'est malsain. J'aimerais bien qu'il oublie ce passé soi-disant magnifique et qu'il s'accommode de ce qu'il lui reste.

Il est tellement plongé dans ses souvenirs qu'il ne lève même pas la tête quand la sonnette de la porte d'entrée retentit. Je le regarde.

— Il y a quelqu'un à la porte, papa, je dis, mais il garde la tête basse. J'attends quelques secondes. C'est peut-être pour toi, je dis. Toujours rien. Je me lève sans bruit et je vais voir qui est là.

C'est Eddie. Elle est carrément jolie, on dirait qu'elle s'est faite toute belle toute propre, et coiffée un peu moins en pétard. Elle porte un chemisier blanc et une jupe plissée carrément mini, genre jupe d'uniforme scolaire le jour de la remise des prix.

— Salut, je dis.

— Salut.

Elle reste plantée là, sur le seuil, à me regarder avec un joli sourire, quoique légèrement absent.

— Tu veux entrer ?

— Ouais, elle dit. Elle s'avance à l'intérieur, mais je ne bouge quasiment pas, si bien qu'on est carrément tout proches

163

à présent, du coup je sens l'odeur de ses cheveux et de sa peau. Je referme la porte, et on n'est plus que tous les deux, debout dans l'entrée.

— J'ai un message de la part de Jimmy, elle dit.

Je secoue la tête.

— Mais non, je dis.

Elle a l'air un instant désemparée, puis elle se rend compte que je la fais marcher.

— Et pourtant si, elle dit, avant de m'adresser un grand sourire.

Je pose les mains sur ses épaules.

— Tu me diras ça plus tard, je dis. Et je l'embrasse. Au début, elle ne réagit pas, puis elle me rend mon baiser et c'est carrément mouillé et délicieux, pas du tout comme avec Elspeth. C'est vrai, j'aime bien Elspeth et elle est incroyable à plein d'égards, mais il y a chez elle quelque chose d'un peu dur. Quelque chose de trop décidé, comme si elle prévoyait les choses à longueur de temps au lieu de simplement les laisser arriver. Avec Eddie, tout est doux, mouillé, délicieux, un peu au petit bonheur, comme si on se tombait dessus, tous les deux. Ça me plaît, ça. Je pourrais passer la journée là, rien qu'à l'embrasser, mais voilà que je repense à mon père. Il est juste de l'autre côté de la porte et je n'ai pas envie de le déranger. Ce n'est pas que ses séances de souvenirs enchanteurs m'emballent, mais je ne peux pas vraiment lui en vouloir, c'est son seul petit plaisir. Du reste, il est peut-être remonté des dizaines d'années en arrière dans sa tête, à cette heure, mais ça ne veut pas dire qu'il n'émergera pas d'un coup pour s'amener par ici en retournant se coucher. Je m'arrache un instant à Eddie.

— Viens, on monte, je dis.

— Et ton père?

D'un hochement de tête, je désigne le salon et elle fait une petite mimique de ah-d'accord, puis elle sourit.

— Tu ne vas pas me détourner du droit chemin, hein? elle dit, mais elle n'attend pas la réponse. On monte l'escalier sans un bruit, et on ferme la porte derrière nous. Mon père n'entre jamais dans ma chambre, si bien que j'ai Eddie tout à moi.

– Enfin seuls, je dis. Elle pouffe et on recommence à s'embrasser. Tout le reste disparaît, mon père, Jimmy, l'usine, la ville, les garçons perdus et là, pendant un moment, je me dis que je suis amoureux. Exactement comme dans les films.

Pendant les trois heures qui suivent, je découvre quelques trucs sur Eddie. D'abord, qu'elle n'est pas réellement aussi demeurée qu'elle le laisse croire, simplement la façon dont elle pense n'est pas tout à fait la même que celle des autres gens. Elle n'est pas très douée pour l'attention, alors tout est chamboulé. Elle part sur une pensée, puis elle bifurque ailleurs dans sa tête et elle ne revient pas souvent à son point de départ. Une petite question vraiment toute simple va être tarabiscotée au point de devenir un gros truc complexe, et là Eddie laisse tomber. Il y a ce petit couinement qu'elle pousse quand elle est contente, et ce gloussement qui fait croire aux gens qu'elle n'est pas tout à fait nette dans sa tête. C'est peut-être vrai. Mais elle n'est pas demeurée non plus.

Elle est un peu comme moi, à certains égards. Elle vit sous le toit d'un parent isolé aussi, sauf que c'est sa mère qui est à la maison, pas son père. Elle n'a pas de vrais frères et sœurs ; Mickey a presque pile le même âge qu'elle, à peine deux mois de moins, et il est né du premier mariage du père d'Eddie. Ce qui s'est passé, c'est qu'il a plaqué la première femme pour se mettre avec la mère d'Eddie, qui a un superbe nom à l'ancienne : Dorothy. À ma connaissance, je n'ai jamais vu la mère d'Eddie, mais j'ai l'image de Dorothy Lamour dans la tête, et je n'arrive pas à m'en débarrasser. Je ne pense pas qu'elle arrive à la cheville de Dorothy Lamour, mais c'est chouette d'imaginer qu'elle lui ressemble parce que, du coup, je suis au lit avec la fille de Dorothy Lamour, et ça c'est plus que bandant. Toujours est-il que le père, qui a l'air d'un sacré lascar, met Dorothy enceinte d'Eddie, mais il croise son ancienne femme et, tous les deux, ils repiquent un peu à la culbute, en souvenir du bon vieux temps. Ça se passe juste quelques semaines plus tard, avant même que Dorothy sache qu'elle attend un enfant, si bien que c'est sûrement un peu un choc pour le père d'apprendre la même nouvelle par les deux femmes concernant les petits pieds qui poussent. Pendant qu'Eddie me raconte tout ça, je me remémore la blague de Groucho Marx sur la bigamie et j'essaie de m'empêcher de rire, parce que maintenant, ça me fait Groucho Marx et Dorothy Lamour en train de s'expliquer sur toute cette histoire pendant que la première femme – par exemple Maureen O'Hara – assiste à l'affaire avec son grand air d'avoir déjà-tout-connu. Toujours est-il que Groucho décide qu'il va rester avec Dorothy, mais qu'il gardera les deux gamins, et Maureen O'Hara s'en fiche, parce qu'elle ne veut pas vraiment s'engager pour de bon avec Groucho, vu ce qu'elle sait de lui depuis le premier mariage. Situation acceptable, quoique pas tout à fait réglo, aux yeux de Dorothy, sauf que Groucho change d'avis et se tire avec une autre femme qu'il a rencontrée – disons Veronica Lake –, en laissant Dorothy avec les deux gamins. Entre-temps, Maureen O'Hara a disparu, la dernière fois qu'on l'a vue, elle s'éloignait à pied sur la West Side Road, avec une valise en carton et une boîte à chapeau. Quand Eddie raconte ça, elle est vraiment marrante et comme elle enchaîne tout bout à bout, ça prend l'allure d'un scénario de film carrément farfelu.

— Et c'est comme ça que je me retrouve avec un frère qui a le même âge que moi, elle dit.

— Rose, je dis.

Elle rit et corrige:

— Mickey. Comme sa mère.

— Quoi? Sa mère s'appelle Mickey?

À vrai dire, tout bien réfléchi, ça fonctionne. Ça ne change rien, en fait. Je vois bien Maureen O'Hara s'appeler Mickey. Dans un truc à la John Ford, où elle incarne une belle plante

166

garçon manqué attendant qu'un homme vienne la chercher. John Wayne, probablement.

– Non, elle dit. Michaela. Mickey, c'est le diminutif.

– Ah, je fais. Et Eddie, c'est le diminutif de quoi?

Elle me regarde comme si ça risquait d'être une question piège.

– Comment ça?

– Eh bien, comment ça se fait que tu t'appelles Eddie?

Elle réfléchit.

– J'en sais rien, elle dit.

– Ce n'est pas le diminutif de quelque chose?

– Je ne crois pas.

– Tu ne crois pas? je dis. Tu veux dire que tes parents t'ont baptisée Eddie?

– Ouais, elle fait.

Je ne suis pas convaincu. Elle cache quelque chose.

– C'est un diminutif, j'affirme.

Elle hausse un peu les épaules, l'air inquiet, mais elle ne dit rien.

– Edwina, je lance.

Ça lui arrache un couinement. Elle lâche un rire mi-écœuré, mi-incrédule.

– Non! elle proteste, tout indignée.

– Edina, je dis.

Elle secoue la tête.

– Edaline? Edwardiana? *Éditions Gallimard*[*]?

Je prononce ça avec le meilleur accent français que je puisse produire, et elle lève les yeux au ciel.

– Là, tu inventes, elle dit. Mais elle n'est pas contrariée.

– Theodora?

– Non.

– Çandra? je propose, en zozotant le *s*.

– Non.

Je me lève d'un bond, l'air aussi inspiré qu'Archimède.

– Je sais, je dis.

Elle a l'air emballée, comme si j'étais sur le point de lui révéler quelque chose qu'elle a voulu savoir toute sa vie.

— Quoi? elle demande.

— C'est *Rumpelstiltskin*!

Elle m'envoie alors un coup de poing dans le gras de l'épaule, et elle cogne dur.

— Va te faire foutre, elle dit. L'instant d'après, on rit l'un de l'autre et, la minute suivante, je suis de nouveau en train d'embrasser la fille de Dorothy Lamour, et c'est exactement comme la première fois, tout salé, doux, super proche-intime, exactement pareil qu'avant, mais mieux. Quand on arrête à nouveau, alors que je me dis que je pourrais continuer comme ça indéfiniment, elle se redresse sur un coude et me regarde.

— Tu savais, elle lance, toute grave et pédagogue, que si tu soulèves un chihuahua par la peau du cou, ça lui fait sauter les yeux des orbites?

Quand je raccompagne furtivement Eddie à la porte, mon père est toujours dans le salon, sauf que maintenant il a mis la radio, ce qui est en fait un signe des plus prometteurs, parce que au moins il écoute quelque chose. Je veux dire que quelque chose lui entre dans la tête. Il lui arrive de regarder la télé, mais il baisse toujours le son, ou il le coupe carrément, et on voit à sa tête qu'il ne cherche pas vraiment à comprendre ce qui se passe, qu'il se contente de regarder les couleurs et le mouvement entre deux sommes. Donc, la radio c'est bien. C'est BBC4, une émission artistique où un jeune réalisateur américain pas encore connu parle d'un film qu'il a fait, ou qu'il compte faire, dans lequel Janet Leigh et lui – il s'est inclus dans le film – fabriquent une sculpture dans le désert à partir de morceaux de roche magnétique. Sauf que le travail n'arrête pas d'être interrompu, à cause d'un type qui les poursuit, armé d'un gigantesque poignard en argent, puis c'est un gang de jeunes en blouson de cuir, avec couteaux à cran d'arrêt et autres, qui les poursuit aussi, du coup ils n'arrêtent pas de s'enfuir et de recommencer, je ne sais combien de fois, rien que Janet et lui, seuls contre tous. Je prends le temps d'écouter un moment, puis je renonce à suivre. De toute évidence, ce type-là a vu trop de films. Je regarde mon père pour voir ce qu'il pense de tout ça. Il a l'air totalement captivé, la tête tournée de côté, comme un oiseau, posé dans le gros fauteuil, attentif.

Je décide de le laisser là et de monter ranger ma chambre. J'aurais voulu qu'Eddie reste plus longtemps, mais elle a dit qu'elle devait y aller. Alors, juste avant qu'on se dise au revoir, je la questionne au sujet du message.

Elle me regarde, toute déconcertée.

– Quel message? elle demande.

– Le message de Jimmy.

Je lui adresse un grand sourire.

– Tu te rappelles?

Elle a l'air ébahie.

– Tu m'as dit, en arrivant ici, que tu avais un message pour moi. De la part de Jimmy.

Elle secoue la tête.

– Je sais pas, elle dit. J'ai oublié.

Je ris.

– Bon, je fais, alors ça ne devait pas être *si* important que ça.

Du coup, comme ça vient d'Eddie, je ne sais plus s'il y avait vraiment un message et qu'elle l'a oublié, ou si elle avait juste inventé ça comme prétexte pour venir me voir. Dans un cas comme dans l'autre, je suis content qu'elle soit venue, et désolé qu'elle doive repartir.

C'est pourtant une chance pour moi, parce que vingt minutes après que j'ai fini de mettre de l'ordre dans ma chambre, Elspeth se pointe. Et elle n'est pas contente.

– Où tu étais, bordel? elle lance dès que j'ouvre la porte.

Je lui fais des signes frénétiques pour qu'elle baisse la voix, mais elle fait mine de ne rien voir.

– Je t'attendais, espèce d'enfoiré, elle dit. Je regarde la porte du salon en me disant que d'une minute à l'autre mon père va sortir pour voir ce qui se passe. Comme si. Tu as oublié ou quoi ? Elspeth demande.

— Allez, je dis. Arrêtons de nous disputer. Mon père est derrière cette porte, il se repose.

— On dirait plutôt qu'il regarde la téloche, elle dit.

— En fait, je dis, il écoute la radio. Mais on devrait le laisser profiter d'un peu de calme.

Elspeth me décoche un regard complètement exaspéré, mais je ne suis pas sûr que ce soit encore pour de vrai. Je crois qu'elle commence à se rappeler que je ne suis pas très doué pour la ponctualité, et qu'en plus je l'ai lui, dans la pièce à côté, à surveiller. Sans compter que… enfin bon, elle m'aime bien, non ?

— Bon, je fais, si on allait se balader ? On pourra parler de tout ça, d'accord ?

Elle me regarde d'un air incrédule.

— Se balader ?

— Ouais. Se balader.

— Tu veux qu'on aille se *balader* ?

— Qu'est-ce qu'il y a de drôle à ça ?

— Moi, je ne vais pas me *balader*, elle dit. Je suis trop retournée pour sortir faire une connerie de balade.

Elle s'engage dans l'escalier, sans même prendre la peine de se retourner pour voir si je suis. Ce qui, évidemment, signifie qu'on va baiser. Après quoi, tout sera négociable. Avant même qu'on ait franchi le seuil de ma chambre, elle se retourne et commence à dégrafer mon jean.

— Allez viens, elle dit. J'ai super besoin qu'on s'occupe de moi.

Je reste planté sur place et la laisse continuer.

— Chienne lubrique, va, je dis.

Elle relève la tête et sourit.

— C'est tout moi, ça, elle dit. Puis on est au lit, couchés sur le flanc, en train de baiser tout habillés et je me sens un peu coupable à propos de la fille de Dorothy Lamour, quoique pas *si* coupable que ça. Tiramisu et steak le même jour. Le seul truc que j'ai raté, c'est l'ordre. Ensuite, une fois qu'on s'est calmés tous les deux et qu'on commence à prendre les choses un peu plus tranquillement, Elspeth me regarde et rit.

— Une *balade*, elle dit. Voilà qu'il veut aller faire une connerie de *balade*.

En fin de compte, Eddie avait bel et bien un message pour moi, mais comme elle avait oublié de quoi il s'agissait, je ne l'apprends que le lendemain après-midi, quand Tone me rattrape devant la bibliothèque.

— Jimmy a dit de te demander si tu es prêt pour ce soir ou quoi? il dit, sans chercher à dissimuler son antipathie.

— Pourquoi ça? je dis. Qu'est-ce qui se passe, ce soir?

Tone a un sourire méprisant.

— Putain je le savais que tu ferais machine arrière, il dit. J'étais sûr que t'irais pas jusqu'au bout.

— Prêt pour *quoi*? je demande.

Tone me dévisage avec une admiration teintée d'étonnement.

— Je suppose que tu vas me dire que tu n'as pas eu le message, il dit.

À ce moment-là, ça fait tilt.

— Ah, je fais. Eddie m'a dit qu'elle avait un message pour moi, mais elle avait oublié quoi.

— Ouais, d'accord.

Je lui adresse un regard qui lui signifie clairement que s'il n'arrête pas ses conneries, je vais lui casser la gueule. Il me le retourne aussi sec. Je suis obligé de lui reconnaître ça, à Tone: il n'est pas du genre à miser sur les statistiques. J'ai l'avantage en taille, en force et en rapidité, et il le sait sûrement. Mais il n'en a rien à cirer. Si on doit en arriver au point où je serai obligé de l'éclater, ça ne changera strictement rien pour lui. Il continuera à revenir à la charge jusqu'à ce qu'il trouve une façon de m'en imposer. Perspective assez glaçante.

– Ouais, je fais. D'accord. Alors, tu vas calmer le jeu et m'expliquer où et quand.

– Tu veux dire que tu es partant ? il demande.

– J'ai dit que je l'étais, non ?

Il faut lui rendre justice : il a l'air vaguement penaud, là. Pas trop, mais assez.

– Dix heures, il dit. À l'ancienne centrale électrique de l'ouest. Tu connais ?

J'acquiesce.

– J'y serai, je dis, et je vois qu'il me croit, à présent. Je vois aussi que, d'un bout à l'autre, ça va être une erreur monumentale. Un grand moment d'horreur style films de la Hammer ou farce sinistre. Voire un peu des deux. Je me demande au nom de quoi je fais tout ça, putain, et comment je me suis acoquiné avec Jimmy et sa bande, pour commencer, puis je secoue la tête et je retourne chez moi pour me préparer.

Andrew entend le premier bruit alors qu'il en est à la moitié de la lettre qu'il écrit à Patricia Franz. Ce n'est pas un bruit de bon augure, mais il n'y prête pas grande attention parce qu'il s'agit d'une lettre difficile, la toute dernière qu'il lui écrira, alors il cherche les meilleures tournures à coucher sur le papier pour qu'elle comprenne pourquoi il a décidé de ne pas rester en contact. Il connaît tous les bruits de la maison et tous les sons qui se produisent à l'extérieur, dans le jardin ou sur la route, laquelle est déserte habituellement, quoique parfois des gens y passent à pied, en partant ramasser des mûres. Il a pourtant du mal à imaginer qu'il pousse dans les parages quoi que ce soit de consommable. Quelquefois, un gamin de l'Intraville vient traîner par là tout seul, un beau garçon aux cheveux noirs bouclés, et Andrew, posté derrière le rideau, le regarde flâner sur le chemin. Ce garçon-là a l'air gentil, le genre de jeune dont le père a de quoi être fier, mais ils ne sont pas tous comme ça. Il y en a beaucoup de méchants. Ils traitent Andrew de tous les noms et glissent des trucs dans la fente à courrier de sa porte. Merdes de chien. Vieux préservatifs. Pétards.

Parfois, quand il voit ce garçon-là tout seul, il sort bricoler dans le jardin, histoire de pouvoir croiser le regard du gamin en levant la tête d'un air naturel et dégagé, comme si ça arrivait juste par hasard. Il aime bien regarder les enfants, surtout quand ils sont tout seuls. Il aime la façon dont ils s'absorbent dans leurs pensées quand ils croient que personne ne les voit. Ils marchent tête basse, ou ils s'arrêtent et lèvent le nez pour examiner quelque chose au travers des feuillages, ou bien ils chantent tout seuls. Andrew sait ce qu'on dit de lui en ville, mais ce n'est pas vrai. Il n'a aucune intention de nuire. Il *aime bien* les enfants, c'est tout. Il emprunte des instants, il emprunte des regards, des sourires, un mot à l'occasion, aux gens qui ont plus de chance que lui. Il n'est pas du genre à se marier ni à avoir des enfants à lui, timide comme il l'est. De toute façon, comment aurait-il pu un jour rencontrer quelqu'un alors qu'il devait s'occuper de son père pendant toutes ces années ? Et même si c'était arrivé, qui aurait voulu venir vivre là, à l'orée d'un bois empoisonné ? Non, en vérité, il n'a même jamais rêvé d'une chose pareille. En fait, il ne croit pas qu'il lui soit déjà arrivé de vraiment *parler* à une femme. Il ne saurait pas quoi dire.

Il avait pourtant *espéré* établir une sorte de lien avec Patricia Franz. Parce que, si quelqu'un avait besoin d'un ami, c'était bien elle. Ce fut pour cette raison qu'il se mit à lui écrire, pour être son ami, parce qu'il avait lu des articles sur ce qu'elle avait fait. À l'époque, son père n'y voyait plus très bien, alors Andrew lui lisait à voix haute journaux et revues. Son père adorait les revues. Chaque fois qu'il en avait l'occasion, Andrew sortait – de bonne heure le matin, par exemple, quand il n'y avait personne ou qu'il pleuvait – pour aller fouiller les poubelles d'un bout à l'autre de l'Extraville, et il rapportait à la maison tous les journaux et les revues en bon état qui lui tombaient sous la main. Mais propres, quand même : il ne prenait rien de froissé ou de sale. La plupart du temps, en fait, ils étaient comme neufs. Il lisait les articles que son père, pensait-il, aimerait entendre, peut-être quelque chose de comique pour lui remonter le moral, mais ça ne semblait pas changer grand-chose, sur la fin. Son père souffrait trop. Ce qui est une drôle de tournure, à bien y réfléchir, parce que, s'il est possible de souffrir trop, ça signifie qu'on pourrait souffrir juste assez, ou trop peu. Quoique, en fait, quand on y repense, c'est sans doute exactement ça. Il est sûrement possible de souffrir trop peu. On peut sûrement être condamné à souffrir juste assez.

Les articles qu'il préférait étaient ceux sur les meurtres spectaculaires, des familles entières assassinées dans leur lit ou sur le sol de leur salon, des pièces emplies de sang et de silence sur les sinistres photos de police qu'on publiait parfois. Ce fut ce qui l'incita à penser à Patricia Franz. Il lut un grand article sur elle, avec des tas de photos – l'assassin, les victimes, avant et après, les enquêteurs –, et bien que le portrait brossé soit horrible, il savait qu'on n'y disait pas tout. Il lisait sur le visage de Patricia qu'elle n'était pas foncièrement mauvaise. Il examina ces photos longuement. Certaines montrant les morts par terre dans leur salon, un assortiment de couteaux et d'armes à feu utilisés pour les divers assassinats, puis, plus grandes que les autres, deux de Patricia : l'une à l'âge de dix-huit ans, avec de longs cheveux bruns et un joli visage, le genre de photo dont on dit habituellement qu'elle a été prise "en des jours meilleurs", et l'autre telle qu'elle était après son arrestation, dans sa salopette orange, les cheveux coupés court. Les photos de procès ne sont jamais très flatteuses, bien sûr, car la personne y est présentée au monde sous les traits d'une brute criminelle, et elle est certainement furieuse et bouleversée. Pourtant, même sur ce cliché-là, il y avait chez elle une certaine innocence. Elle avait l'air d'une petite fille qui pensait à autre chose pour chasser toute cette laideur, ou qui cherchait peut-être simplement à comprendre quelque chose. Andrew vit de la bonté dans son visage, à certains égards. Il semble à présent qu'il se soit trompé, mais à l'époque il pensait que quelqu'un devait accorder à Patricia le bénéfice du doute.

Il comprenait pourtant bien que ce qu'elle avait fait était mal. C'était un crime atroce, une des pires tueries qu'une femme ait jamais commises. Patricia tua sept personnes : trois hommes et quatre femmes, dont une jeune fille d'à peine quatorze ans. Elle assassina ses trois premières victimes dans une maison – il s'agissait de son oncle et de sa seconde épouse, ainsi que de sa demi-cousine –, puis elle fit six kilomètres en voiture jusqu'à une autre maison et tua les autres. Au procès, elle affirma que son oncle avait abusé d'elle quand elle était enfant, mais on ne la crut pas. Elle ne suggéra aucune raison expliquant qu'elle ait tué la famille suivante. Aux dires de la plupart des témoins, c'était à peine si elle connaissait seulement ces gens. Au cours d'un interrogatoire, elle se dit sujette à des crises de confusion et de terreur irrépressible, au point que même si les gens semblaient penser qu'elle fonctionnait normalement, elle était à peine consciente de ce qu'elle faisait. Elle appelait ces crises ses "brouillards"; quand elle était en proie à l'un de ses brouillards, elle se mettait à boire et commettait des actes insensés, mais personne ne parut s'en rendre compte jusqu'au jour où elle fit une chose vraiment terrible, comme tuer des gens. Andrew pense que Patricia plaisantait. Dès qu'elle se mit à parler de brouillards, toutefois, l'accusation y vit l'amorce d'une défense fondée sur la démence et fit venir des spécialistes pour établir qu'elle ne présentait pas le moindre trouble mental. Ce qui signifiait qu'ils tenaient pour un acte parfaitement normal et sain de tuer sept personnes avant le dîner.

Patricia ne répondit pas à la première lettre d'Andrew, pas plus qu'à la suivante, mais il ne s'en étonna pas. Elle le prenait sans doute pour un taré amateur d'assassins. Ou peut-être pensait-elle qu'il était journaliste et cherchait un point de vue pour la décrire. Le temps qu'il se décide à lui écrire, la presse avait fait d'elle un monstre. Les journaux la disaient froide et calculatrice, mais Andrew lui expliqua qu'il avait vu de la bonté sur son visage, et qu'il tenait à ce qu'elle sache que quelqu'un, quelque part dans le monde, était de son côté. Il était assez fier de ces lettres. Il montra les premières à son père, mais le vieil homme ne manifesta pas plus d'intérêt que ça. Ç'aurait sans doute été plus intéressant pour lui si Patricia avait répondu, mais elle ne le fit jamais. Andrew persista pourtant. Il pensa qu'elle souhaitait prendre le temps de découvrir s'il était sincère, et qu'ensuite elle lui répondrait. Et, alors, elle se montrerait vraiment amicale et chaleureuse, sans dire grand-chose en fait, mais en s'excusant d'avoir mis si longtemps à répondre et en expliquant comment s'était passé le procès. Elle le remercierait aussi de la carte d'anniversaire qu'il lui avait envoyée, ou bien elle dirait quelques-unes des choses qu'elle voulait que les gens comprennent à son sujet, elle lui demanderait peut-être de l'aider à raconter sa véritable histoire. Elle aurait envie que les gens sachent qu'elle n'était pas froide, comme le prétendaient les journaux, qu'elle avait des sentiments comme tout un chacun. Dans son long entretien avec le premier journaliste, celui à qui elle s'était vraisemblablement fiée parce qu'il allait raconter l'affaire selon son point de vue à elle, elle affirmait que si elle avait tué ces gens, c'était uniquement parce qu'ils avaient abusé d'elle. Ce n'est pourtant pas ce que le type racontait dans son article. Il parla à Patricia, puis il parla à d'autres gens, et il décréta qu'elle avait commis ces meurtres pour de l'argent. Patricia Franz récusa ensuite ces propos, mais il était trop tard.

Andrew fut déçu qu'elle ne réponde pas à ses lettres, mais il continua d'écrire. Ce fut sa vie pendant plus d'un an : s'occuper de son père, et écrire à Patricia Franz quand il avait un peu de temps à lui. Il devait administrer ses analgésiques au vieil homme et tâcher de le faire manger ; puis il devait nettoyer derrière lui et ranger la maison, si bien que ce fut une époque active mais, chaque fois qu'il avait un moment de liberté, il écrivait une lettre ou envoyait une carte. Mais Patricia ne répondait toujours pas, à aucun de ses courriers. Il ne savait même pas si elle avait lu ne serait-ce qu'une de ses missives. Et donc, au bout d'un moment, il finit par en être un peu agacé. Il eut envie qu'elle sache quel effort ça représentait, de garder la foi et de continuer à lui écrire, alors qu'il n'y avait aucun dialogue, que tout ça était unilatéral. Quand son père mourut, bien sûr, Andrew eut un tas de trucs à régler, et il n'avait jamais été très doué pour ce genre de choses. Ce fut dur, et il se dit qu'une amie n'aurait pas été de trop, mais elle était accaparée par son appel et n'avait pas de temps à lui consacrer. Ils ont déjà repoussé trois fois la date de son exécution, mais elle mourra quand même, à moins qu'elle ne parvienne à faire commuer sa sentence. Mais Andrew ne comprend pas vraiment ces choses-là – et Patricia a déclaré officiellement que le fait de mourir ne la dérangeait pas plus que ça. Elle dit qu'elle est habituée à cette idée depuis longtemps. La seule chose qui l'énerve, c'est qu'elle sera exécutée par empoisonnement, alors qu'elle préférerait être fusillée. Le poison, c'est vraiment dégoûtant, selon elle. C'est le mot qu'elle employa avec les journalistes, en parlant de sa propre mort. *Dégoûtant.*

Les gens passent par ici en voiture, mais pas la nuit en général, si bien qu'au moment où il perçoit le bruit pour la première fois, Andrew est étonné de constater qu'il fait déjà noir. Il lève la tête, remarque l'obscurité dehors, et il devrait se rendre compte qu'il va se passer quelque chose d'horrible. Il devrait comprendre, mais non, il est complètement absorbé par ce constant bruissement de *conscience*. Le bruit n'est pas celui d'une voiture, en l'occurrence. Il ne sait pas très bien de quoi il s'agit et ne fait pas vraiment attention, parce qu'il est ailleurs, en train de penser à Patricia. Il veut lui dire qu'il ne lui écrira plus, et c'est une chose difficile à formuler. Il ne veut pas être un problème supplémentaire pour elle. Il est dans la salle à manger, entouré de tous les objets décoratifs de son père, le mur couvert de coupures de journaux, de photos, de timbres découpés sur de vieilles lettres que le vieil homme avait conservées pendant des années dans le but de faire cette pièce, qu'il appelait son bureau. C'était sa pièce préférée, et c'est la pièce favorite d'Andrew à présent, parce qu'ils y ont passé tellement de temps ensemble, tous les deux, à lire des livres, faire des puzzles ou regarder la télévision. Son père avait arrangé la pièce tout seul, au départ, en collant des photos sur les murs, des images trouvées dans des revues, ou des morceaux d'étiquettes de savon ou de confiture, tout ce qui lui tombait sous la main, en fait. Au bout d'un moment, quand même, Andrew s'était mis à l'aider. Ils avaient fait des albums, aussi. Ils passaient des jours, parfois des semaines, à les composer à partir de coupures de journaux et de timbres, après quoi ils écrivaient ou dessinaient dedans, de petites maximes et des dictons qu'ils avaient dénichés. Quand son père fut trop malade pour continuer, il s'installa définitivement au premier, mais Andrew continua la pièce et il en parlait parfois à son père. Pendant un temps, le vieil homme manifesta un réel intérêt ; à la fin, pourtant, il ne se souvenait plus de rien, et son esprit commença à divaguer. Il aimait dormir, et c'était à peu près tout. Mais Andrew maintint en vie l'homme qu'était réellement son père, dans son esprit et dans la pièce, et même dans ses lettres à Patricia, en le mentionnant de temps à autre et en plaçant de petits souvenirs et anecdotes à propos de sa vie.

Son père avait été un autodidacte. Il aurait sans doute pu être intelligent, s'il en avait eu l'occasion. Et donc, quand Andrew refusa d'aller à l'école, son père avait décidé de lui faire l'école à la maison. La seule chose qu'il connaissait, c'était la logique, mais il déclara que c'était bien suffisant. Ce qui comptait vraiment, c'était de pouvoir penser par soi-même et établir les rapprochements qui convenaient entre une chose et une autre. Le savoir ne traitait pas d'événements, affirmait son père. Ni de *choses*. Il traitait des relations *entre* les choses. Il traitait de *systèmes*. Ils n'avaient ni manuels ni rien de tel, mais un unique gros album que son père avait composé au fil des années, un énorme recueil bourré de coupures de presse, certaines fanées et jaunies, d'autres d'un blanc presque spectral et aussi fragiles que des ailes de papillon. Chaque fois qu'ils ouvraient cet album, on aurait dit qu'ils ouvraient la porte d'une autre pièce, un espace illuminé dont le bel ordre avait acquis un aspect presque vivant, la faune logique de quelque univers distant, quoique perceptible. Un univers qui inspirait à Andrew plus de confiance que tout ce qu'il avait jamais vu par ailleurs, même s'il savait qu'il s'agissait d'une sorte de rêve.

Le reste de son instruction provint de la télévision et des films. Au début, son père lui disait quoi regarder, principalement des documentaires et des vieux films, des films d'un noir et blanc légèrement laiteux, qui ressemblaient tant à des souvenirs qu'en fin de compte, il lui semblait qu'ils faisaient réellement partie de son propre passé. Par exemple, il se rappelle Fred Astaire dans une voiture, en train de rouler sur une plage à la fin des temps, sans doute le dernier homme encore en vie sur toute la planète. Plus loin, sur la côte, les gens ont disparu; tout ce qui reste, ce sont de faibles empreintes de paumes trempées d'eau et d'huile sur la fenêtre d'une cuisine, ou les pages roussies d'une bible scolaire, ou peut-être seulement la lune se glissant par la porte d'une cabane abandonnée, trouvant une lampe allumée dans la pièce, un jeu de cartes et des restes susceptibles d'avoir un jour dansé, en chapeau haut-de-forme et nœud papillon, sur la musique d'un vieux film hollywoodien. Andrew adorait regarder de vieux films à la télévision, voir les vrais gens qui n'existent que sur pellicule. Il n'y a qu'eux qui soient libres, parce que dans leur monde le temps n'a pas cours, on peut faire ce qu'on veut avec. Il aimait aussi regarder d'autres émissions, mais pour la raison inverse : là, il n'était question que de temps, car le temps est bref et inexorable à la télévision, personne ne peut l'arrêter ni le freiner. Il est toujours là, menaçant. Le mieux, toutefois, c'est quand on voit une femme parcourir un bâtiment, une torche à la main; soit elle va découvrir une chose effroyable, comme un cadavre, soit quelqu'un l'attend, là, dans le noir. Il adore voir une femme s'avancer lentement dans un bâtiment, de nuit, avec sa torche qui balaie l'obscurité inconnue, l'agent Scully dans un entrepôt, cherchant un suspect doté de pouvoirs surhumains, Catherine Willows dans une grande demeure ou un foyer privé pour étudiantes, qui découvre des corps, l'un après l'autre, à mesure qu'elle explore les lieux.

À présent, assis dans la pièce devant sa lettre presque finie, il entend un nouveau son, plus proche cette fois, et il a la certitude que c'est un son de mauvais augure, mais il est trop tard car, quel qu'en soit l'auteur, il est déjà à l'intérieur de la maison. Andrew entend des présences : il y a sans aucun doute plus d'un individu, peut-être quatre ou cinq, ils sont en train de se grouper juste derrière la porte. Et ils sont là, et il n'arrive pas à croire qu'il n'a pas perçu le danger, lui qui entend toujours tout, à l'intérieur comme à l'extérieur. Ça l'empêche de dormir, parfois. Il entend des chouettes remuer dans les arbres, il entend un bruit et se projette aussitôt sur place mentalement, si bien qu'il peut dire, sans même voir, s'il s'agit d'un renard, d'un cerf ou d'un des chats sauvages qui vivent sur la presqu'île et se faufilent dans les buissons en bordure du jardin. C'est donc un choc pour lui de se rendre compte à quel point le danger s'est approché à son insu. Un choc, oui ; et un choc de plus quand il les voit entrer dans la pièce où il est resté seul si longtemps. Ils ne prennent pas de précautions, contrairement aux cambrioleurs. Non, ils sont pleins d'assurance, décontractés, ils entrent tranquillement dans la pièce comme s'ils étaient chez eux : trois garçons, puis une fille aux cheveux bruns hérissés, quatre en tout... non, quatre d'abord, puis il en arrive un autre, qui traîne un peu, qui n'a pas l'air d'avoir très envie d'être là. L'ombre des autres le dissimule, au début, puis Andrew se rend compte que c'est le garçon qu'il a déjà vu, le garçon aux cheveux noirs bouclés qui passe parfois sur le chemin, en route vers Dieu sait où.

Au début, il pense qu'ils vont parler. Il s'imagine qu'ils vont expliquer pourquoi ils sont là, au moins, mais ils ne disent rien, ils se contentent d'entrer dans la pièce et de se poster autour de lui, décontractés au possible, occupés à réfléchir à ce qu'ils vont faire ensuite. Il voit bien qu'ils n'ont pas de plan, ils sont juste *là*. Il voit aussi que le garçon aux cheveux noirs a envie de dire quelque chose, mais Andrew ne pense pas qu'il sache vraiment pourquoi ils sont ici et, de toute façon, ce garçon a peur des autres. Peur, ou peut-être honte. C'est la même chose, par moments. Quand Andrew était enfant, il ne pouvait pas sortir de la maison, parce qu'il avait peur, pensait-il, mais ce n'était pas seulement ça. C'était de la honte – et il pensait que ce serait facile de dire qu'il avait honte *de lui-même*, bien que ça ne se limite même pas à ça. Il avait *bel et bien* honte de lui-même, quand il s'aventurait dans le monde, mais il n'avait honte que d'être *là*, parmi les autres. Il n'éprouvait jamais ça à la maison. C'était la honte d'être avec les autres gens. Il avait peur, aussi, mais c'était surtout sa honte qui l'effrayait. Et il lui semble maintenant que le garçon aux cheveux noirs éprouve la même chose. Peut-être pas tout le temps. Peut-être a-t-il le sentiment de faire partie du gang la plupart du temps, mais ce soir il a peur, et honte, et Andrew a peur pour lui, parce que les autres – le gang – n'auront aucune peine à flairer cette honte, c'est à ça qu'excelle un gang, à flairer ceux qui ne sont pas totalement convaincus, ceux qui ont honte. Andrew pense donc que ça va sans doute très mal se passer pour le garçon, s'il ne fait pas extrêmement attention. Et il sait, bien sûr, que ça va mal se passer pour sa propre personne.

C'est la fille qui met les choses en marche. Tout est événement, tout *commence*. Il arrive qu'on ne voie pas ce commencement, ou qu'on le trouve au mauvais endroit, mais cette fois c'est facile. La fille, qui n'est pas aussi jolie qu'elle l'imagine, s'avance jusqu'à l'endroit où se trouve Andrew, debout à présent, bien qu'il ne se rappelle pas avoir quitté le fauteuil. Elle tire quelque chose de sa poche. Andrew ne voit d'abord pas de quoi il s'agit et il recule, puis il regarde et voit que ce n'est rien, juste un petit canif. Il manque de rire en le voyant – mais voilà qu'elle le pique avec, puis, en inclinant la lame de côté, lui trace une entaille sur le bras. Ça brûle comme le diable et Andrew comprend que ç'a sans doute été un canif autrefois, mais qu'elle en a aiguisé la pointe et les tranchants, si bien qu'à présent c'est une arme. Elle s'apprête à recommencer, alors il tente de reculer et une voix s'élève, un des garçons.

– Allez, Eddie, lance la voix. Laisses-en un peu aux autres.

En entendant ça, Andrew se rend compte de la peur qu'il éprouve. Il n'était pas effrayé jusque-là, il était plutôt en colère, agacé que ces gens soient entrés sans y être invités dans la pièce préférée de son père, où il conservait toutes ses affaires, ses cartes, ses photos et l'Album. Il se tourne vers le garçon qui vient de parler, parce que c'est *celui-là* le meneur, or Andrew sait qu'il doit s'adresser au responsable. Il veut leur dire de sortir de cette pièce. Mais en voyant le visage du garçon – si dur, si amusé par toute la scène –, il se rend compte qu'il n'y a aucun espoir. Ils se tiennent tous groupés là, ou plutôt tous sauf la fille : le meneur, grand, carré, la mine impitoyable, un gros garçon aux cheveux hérissés, avec un unique sourcil très brun, le garçon aux cheveux noirs, toujours en retrait, l'air hésitant et peut-être un peu effrayé aussi, et un autre, vêtu d'un vieux T-shirt sale à l'effigie de la Colombe de Picasso et d'un short délavé à l'eau de Javel, qui a l'air d'une version plus petite du Meneur, ressemblance mi-naturelle mi-travaillée. La fille se tient toujours près d'Andrew et pendant un instant personne ne bouge. Ils restent tous plantés là, à se regarder les uns les autres, et c'est cela, cette immobilité, ce silence, qui ressemble au moment juste avant que tout le monde regarde à la ronde et se mette à rire, c'est cela qui pousse Andrew à bout, si bien qu'il fonce droit sur eux en essayant de se glisser près du Meneur et de filer vers l'endroit où se tient le garçon aux cheveux noirs, à côté de la porte. Andrew se dit que, s'il arrive jusqu'à lui, ce garçon lui permettra de passer et, même s'il ne parvient pas à s'enfuir, alors au moins ils auront tous quitté la pièce spéciale de son père.

C'est presque un geste risible cependant, même Andrew s'en rend compte. Le Meneur se contente de bondir en avant et l'empoigne au moment où il tente de passer, puis d'une bourrade il l'expédie au sol et lui décoche un coup de pied, violent. Pour les autres, c'est un signal : ils se jettent tous sur Andrew, à coups de pied, de poing, et l'un d'eux – sans doute la fille – le pique avec un petit objet acéré. Puis quelqu'un l'empoigne par le bras, le relève et le plaque contre le mur. Le même l'y maintient – Andrew constate qu'il s'agit du Meneur, le garçon le plus baraqué ; il est en train de parler, mais Andrew n'entend pas ce qu'il dit parce qu'il a la tête qui bourdonne, c'est un vrai tintamarre sous son crâne, comme une volée de cloches, pas des cloches d'église, plutôt les carillons des anciens hôtels de ville des documentaires touristiques, ces *sonneries*[*] auxquelles on accorde toujours une place de choix dans les émissions sur la Belgique ou la Hollande. Aussi, le temps de revenir à la pièce, il a manqué ce que le Meneur est en train de dire. Il ne voit pas vraiment le visage du garçon non plus, c'est surtout une tache floue toute proche, et ensuite, plus loin, sur le mur d'en face, quelque chose se dessine avec précision. Andrew le voit et il comprend que ce qui se passe est une chose qu'il avait prévue, peut-être l'a-t-il attirée sur sa propre tête. Parce que, son père l'a toujours dit : les mots ne valent rien, mais les photos c'est autre chose. On prend une photo et on la place dans une pièce, et c'est une chose magique qu'on acquiert, on s'ouvre soi-même à une possibilité.

Cette photo qu'il voit, il l'a mise après la mort de son père. Même alors, il savait que le vieil homme n'aurait pas été d'accord. Elle était trop forte, trop puissante. Ce qu'Andrew y voyait, c'était un fragment d'histoire, un détail d'une guerre oubliée, mais il n'avait pas compris le pouvoir de l'image, pas jusqu'à cet instant où il lève les yeux et la voit, comme pour la première fois. C'est une photo d'un soldat, sans doute un jeune homme guère plus âgé que ces enfants, debout devant le corps de ses ennemis. Il porte un masque, le genre de masque que n'importe qui peut acheter dans un magasin de farces et attrapes, un masque d'Halloween avec une tête de mort auréolée d'une tignasse grise en filasse, un masque à faire peur. Il tient à la main ce qui est sans doute une arme automatique, et porte un mélange de treillis militaire et de vêtements décontractés, des baskets ou des tennis, comme n'importe quel gamin qui sort un samedi après-midi, sauf qu'il regarde, à ses pieds, ce qu'il reste d'un homme, cadavre tordu et massacré, affalé pieds nus sur le bitume, les membres ridiculement convulsés. Le garçon jette un regard à cet homme en passant, mais il poursuit sa marche : c'est un instant d'évaluation désinvolte ; il n'y a aucune émotion, juste une vague curiosité. Andrew avait choisi d'afficher cette image parce que le masque lui plaisait, et parce qu'il trouvait impressionnant qu'il s'agisse d'un instant terrible et historique, saisi sur la pellicule – par qui ? – de façon on ne peut plus détachée. Il s'était posé des questions sur le photographe, sur la distance à laquelle il se trouvait et s'il avait craint que le garçon ne lui tire dessus. Il s'était demandé si le garçon éprouvait quelque chose derrière le masque et si le masque lui permettait de commettre des tueries en ayant l'impression que ce n'était pas vraiment lui, qu'il jouait simplement un rôle. Peut-être cela lui donnait-il du courage, à ce garçon. Peut-être ce garçon avait-il eu peur, toute son enfance, de finir ainsi, assassiné par un monstre terrifiant et abandonné à la putréfaction sur une route anonyme, et qu'alors il avait enfilé ce masque et était lui-même devenu le monstre terrifiant, le vainqueur et non la victime, celui qui continue d'avancer, en tuant tout sur son passage, plutôt que celui qui se fait faucher avant même de s'en rendre compte. Andrew savait que c'était une photo glaçante, un instant terrible, et il avait longuement, mûrement réfléchi avant de la mettre au mur, mais il n'avait pas perçu le véritable pouvoir de cette image, un pouvoir que son père, lui, aurait vu tout de suite. "C'est bien d'avoir peur des rêves", lui avait dit son père un jour qu'Andrew s'éveillait d'un cauchemar en pleurant et en appelant à l'aide. C'était bien d'avoir peur des rêves, s'il s'agissait de rêves terrifiants – de même qu'il était bon d'avoir peur de certaines photos, car les photos avaient tout autant de pouvoir que les rêves.

À présent, Andrew voit cette photo et il pense d'abord qu'il s'agit d'une sorte de prophétie, de prémonition. Mais c'est plus que ça. Quelqu'un est en train de lui taillader les mains, il a envie de hurler mais il n'émet pas un son, il se contente de garder les yeux rivés sur cette photo. Il veut que ces enfants la voient, qu'ils parviennent jusqu'à cette photo grâce à l'attention qu'il lui porte, alors il garde les yeux rivés sur ce visage masqué. Il garde les yeux rivés sur la photo et tente de considérer ce qu'ils sont en train de faire à ses mains comme autre chose que de la douleur, ou plutôt une autre forme de douleur, une douleur partagée, une grâce. Une grâce et une prise à témoin. Un témoignage, épreuve testimoniale et testament. Non pas sa douleur personnelle, mais toutes les douleurs, partout. Non pas la mort de ce seul soldat, mais tous les meurtres, toutes les tueries, toutes les vies humaines perdues dans les guerres et les génocides. Chaque vie humaine, de son vivant et dans sa mort. Il garde les yeux rivés sur la photo et observe comme la douleur change, selon qu'elle est grâce ou testament, il remarque la façon dont le corps s'arrête et s'écoute, en réponse à cette douleur. Ils le lardent de coups à présent et il garde les yeux rivés sur la photo, et il laisse son corps s'écouter, s'extraire du temps, porter témoignage, s'éloigner de ces enfants en se soumettant à eux. Parce qu'il ne peut modifier ce qui se passe et ne peut y mettre fin. Ils lui entaillent les mains, les bras, ils lui poignardent le visage, mais il garde les yeux rivés sur la photo. Ces enfants vont le tuer, il le sait. Comme le soldat mort, il mourra sans raison, si ce n'est la cruauté, alors il garde les yeux rivés sur la photo et s'en fait le témoin.

Au bout d'un moment, cependant, quelque chose s'impose à son regard fixe et il entend une voix, une voix suppliante, une voix de garçon. C'est le garçon aux cheveux noirs et il tente d'interrompre les autres.

— Je ne pense pas que ce soit lui, dit le garçon. Je ne pense pas que ce soit ce type-là.

– Pourquoi *pas*, Leonard ? demande le Sosie – et la menace couve dans sa voix. Leonard ferait bien de prendre garde.

– Il n'est pas du genre, dit Leonard.

Andrew en est touché. Il est reconnaissant à ce garçon de prendre sa défense, si c'est bien ce qu'il est en train de faire. C'est peut-être plutôt sa propre personne qu'il défend. Peut-être prend-il à témoin, lui aussi.

– Allez, dit Leonard. On le laisse là et on se tire.

Le Sosie pivote alors sur ses talons et s'en prend à lui.

– Tu veux pas arrêter de chialer, putain ? il dit. Il est vraiment furieux contre Leonard, et ça ne date pas d'aujourd'hui.

Leonard tient bon. Il est calme, peut-être un peu mélancolique.

– Ce n'est pas le bon, il dit, tout en sachant parfaitement que ce qu'il dit importe peu, à présent.

– Qu'est-ce qu'on en a à foutre ! hurle le Sosie, le visage furibond, aboyant comme un chien au bout d'une chaîne.

Quelque chose dans la pièce se brise alors. Ils se sont tous interrompus, tous rassemblés autour de lui, ils l'encerclent, mais ils sont à bout de souffle à présent. Ça commençait à devenir répétitif et ils se sont lassés. Ils avaient eu envie de faire plus grand, quelque chose de décisif. Et voilà qu'après cet échange, ils reculent, tournent autour de Leonard, en laissant Andrew par terre, mais le gros, celui au Sourcil, le tient à l'œil, le fixe de toute son attention. Du moins le croit-il – sauf que personne n'est fixé, personne ne maintient personne par terre. Andrew ne va nulle part, non pas parce qu'il est cloué sur place par le regard d'un gros gamin, mais parce que, soudain, il est las de tout ça. Mais peut-être est-il simplement las de lui-même. On se lasse bel et bien de soi-même, se dit-il, et pour peu qu'on n'arrive pas à trouver autre chose à quoi s'intéresser, ça devient drôlement fastidieux, d'être humain. On se lasse de la *conscience*, de la forme qu'elle a et de ses couleurs légèrement exagérées ; par-dessus tout, on se lasse de son bruit constant et on n'aspire plus qu'à un peu de silence. Andrew croit se souvenir d'une époque où sa conscience *à lui* était plus restreinte qu'au moment où ces gamins ont surgi dans le petit bureau de son père. Il lui semble se souvenir d'une forme différente, de couleurs plus sourdes, comme celles qu'on voit affleurer au travers de la neige un jour d'hiver. Mais, surtout, il se souvient qu'elle était plus petite et plus calme. Ça devait être avant la mort de son père. Après, il s'était contenté de rester dans la maison à regarder la télévision ou à passer en revue les vieilles affaires de son père, et il avait perdu contact avec le monde. Les mêmes objets étaient tous là, les mêmes machines étaient toutes là, mais il ne savait pas les faire fonctionner. Il ne savait pas comment les autres fonctionnaient et avait perdu tout réel intérêt pour l'action si bien que sa conscience solitaire se mit à croître de plus en plus, comme une plante exotique de serre chaude. Ces gamins ne savaient pas non plus comment ça fonctionnait, mais ils voulaient quand même agir et c'est pourquoi ils étaient venus chez lui, pour pouvoir se voir en train d'agir. Andrew les imagine tout à fait en train de piquer un animal en cage du bout d'un bâton ou de faire tomber des oisillons de leur nid, et il sait qu'il n'est rien d'autre pour eux qu'un gibier plus gros et légèrement plus bruyant. Quand ils le blessent, c'est avec la même curiosité insolite, presque tendre, à l'égard de leur propre personne, de ce dont ils sont capables, que celle qu'ils éprouveraient en torturant un chaton. *Regardez-moi, voilà de quoi je suis capable.* Il est dangereux de se lancer là-dedans, parce qu'on ne comprend où ça risque de finir qu'une fois qu'il est trop tard. La façon dont ça finira ce soir, en l'occurrence, est assez facile à prévoir. C'est une progression simple, presque logique, ça commence aux pieds et aux poings et ça va jusqu'au vieil allume-gaz qu'ils ont trouvé dans la cuisine, puis aux couteaux dans les tiroirs et aux lames de rasoir dans la salle de bains. Andrew était en colère quand tout ça a commencé, mais en fin de compte il n'est plus qu'éperdument navré de ce qu'ils sont en train de faire.

Le Meneur intervient dans le combat de coqs, mais il ne cherche pas à faire régner la paix. Il est face à Leonard, à présent, avec le soutien du Sosie, poil hérissé, cou dardé, prêt à tuer.

— Comment tu sais qu'il n'est pas du genre? demande le Meneur. Pendant un instant, Andrew a envie de savoir de quoi ils parlent, il a envie que quelqu'un reprenne depuis le début et explique pourquoi ils sont tous ici et ce qui se passe, mais il est trop las et sans doute trop effrayé pour ça. Il a simplement envie que ce soit fini.

— Et *toi*, comment tu sais que c'est *lui*? dit Leonard. On ne lui a même pas posé de question. Je croyais qu'on venait ici pour l'interroger, pour découvrir ce qu'il sait sur Liam et les autres.

C'est un défi à l'adresse du Meneur, Andrew le voit bien, et l'intéressé n'apprécie pas.

— On n'est pas venus pour interroger qui que ce soit, il dit. On est venus pour se venger de cette tarlouze.

— On ne m'a jamais dit ça, dit Leonard.

Le Meneur exécute une petite volte-face incrédule, digne d'un numéro de music-hall, pour faire face à ses hommes.

— Eh bien, il fait. Vous avez entendu ça, les gars, les filles? Il écarte les bras.

— On n'a jamais dit ça à *Leonard*.

Le Sosie boit du petit-lait.

— On ne lui a jamais dit quoi, Jimmy?

— Pourquoi on est venus, dit Jimmy.

— Et pourquoi on est venus, Jimmy? demande le Sosie.

— Je te le dirai pas, répond Jimmy en s'écartant du groupe avec un rire dément, et aussitôt ils bouillonnent à nouveau d'activité, reposés de leur besogne, cherchant partout de quoi varier les plaisirs, de quoi changer un peu. La fille sort et va fourrager dans la cuisine; un instant plus tard, elle en revient en courant avec les grands ciseaux, ceux avec les anneaux rouges. Elle est tout excitée, elle fait des bonds sur place, presque sur la pointe des pieds.

189

– On n'a qu'à lui trancher le pipi, elle hurle.

Le Sourcil lâche un reniflement sarcastique.

– Le pipi, il marmonne en regardant Andrew comme s'il était de connivence.

– Bon sang, Eddie, dit le Meneur. Qu'est-ce que tu as avec les ciseaux ?

Il a l'air triste maintenant qu'il a balayé le défi de Leonard et Andrew se dit que ce garçon commence à comprendre que Leonard a raison, que peut-être ils ne sont pas dans la bonne maison, mais il ne peut laisser transparaître, dans son esprit pas plus que dans celui des autres, qu'il a tort. Il a attendu si longtemps de faire quelque chose, alors maintenant que tout est lancé, il faut qu'il aille jusqu'au bout. Andrew comprend ça. Mais il voit aussi qu'il y a une autre raison à la tristesse du garçon et qu'elle concerne Leonard, qui se tient à l'écart des autres et qui regarde, pas disposé à en faire plus pour l'aider, mais plus décidé à prendre part à ce qui se passe. Cela concerne Leonard, pas simplement parce que le Meneur trouve contrariant ce défi inattendu – ce n'est qu'un jeune garçon, après tout –, mais parce qu'il aime bien Leonard et voilà que maintenant, il sait qu'ils ne font plus équipe, qu'ils sont chacun de leur côté, totalement scindés. Pendant ce temps-là, le Sosie a fouiné dans les trucs qui se trouvaient sur la table et déniché une pique ; Andrew ne sait pas à quoi elle sert, sans doute à épingler des documents. Il ne sait pas où le garçon l'a trouvée ; il ne savait même pas que son père en avait une.

– Allez, on lui crève les yeux, dit le Sosie avec un large sourire féroce. Il regarde le Meneur. On lui crève les yeux avec ça.

Soudain, Andrew se met à leur crier après, à crier et hurler comme un animal, comme un fou. Au même moment, Leonard se met à hurler aussi. Andrew pense d'abord que Leonard tâche d'empêcher les autres de lui faire plus de mal, puis il se rend compte que son défenseur est en colère après *lui*.

– La ferme ! crie Leonard.

Il pousse Andrew contre le mur à nouveau et fait pleuvoir sur lui une grêle de coups, il cogne, d'abord avec un pied, puis avec l'autre, sans cesser de crier.

— La ferme, la ferme bordel!

Il continue comme ça un long moment, peut-être une minute, puis, avec une horreur qui se mue peu à peu en gratitude, Andrew commence à comprendre ce qui se passe. Le garçon est en train de le secourir. Il lui inflige une moindre douleur pour lui en éviter une pire, il gagne du temps, ou peut-être cherche-t-il à mettre un terme plus clément à tout ça. Il continue à assener coups de pied et coups de talon, et personne ne fait un geste pour l'interrompre, puis voilà qu'Andrew se met à flotter, son corps bouge, monte, danse à la surface, comme s'il était tombé à l'eau et, après s'être brièvement enfoncé, s'était mis à remonter, porté par le courant, léger tout à coup. Et aussitôt il est loin de la pièce, et il est en train de rêver, pense-t-il, de dériver au gré d'un état qui ressemble au sommeil, quand bien même ce n'en est pas. Il rêve une chose qui, tandis qu'il la regarde se déployer, ne semble nullement être *son* rêve, mais une chose qu'il se rappelle avoir vue quelque part, une histoire qui n'appartient pas tant à quelqu'un d'autre qu'à l'air, comme la radio : une vision d'un monde où tout un chacun pourrait pénétrer s'il le voulait, ou s'il savait comment faire. Dans ce rêve, Andrew se trouve dans une grande maison à la campagne, une vaste demeure biscornue pleine de pièces sombres où flotte un relent d'humidité. Tout est plongé dans l'ombre, il n'y a presque pas de meubles, les murs sont nus, l'odeur d'humidité et de moisi omniprésente. Il parcourt la maison et la sent partout, dans l'escalier, dans le vestibule, dans les pièces immenses, figées, mais ça lui est complètement égal car il est là pour une bonne raison, il a un but. Il marche vite, cherche quelque chose, décidé, bien qu'il ne sache pas vraiment ce qu'il espère trouver, et plus il cherche, plus la maison semble vide, jusqu'à ce qu'il n'y ait pratiquement plus rien, ni escalier, ni murs, ni fenêtres, juste un espace qui reste l'espace intérieur d'une maison, et une sensation d'apesanteur tandis qu'il continue inlassablement, cherchant, cherchant encore, une sensation d'apesanteur qui vient non pas de lui, mais de la maison, puis qui ne vient plus de la maison mais de tout. Le monde entier, l'univers au complet, est vide, dénué de poids, sans forme ni substance. Tout se dissout, devient immatériel, et l'unique donnée tangible qui subsiste est ce qu'il recherche. Puis il trouve, et ce n'est rien, ou plutôt de la lumière, non pas *une* lumière mais *la* lumière, juste une scintillation qui croît et forcit à mesure qu'elle l'encercle puis l'enveloppe jusqu'à ce qu'il se laisse entièrement glisser dans cette immense, magnifique blancheur. Et c'est paisible, à présent, paisible et un peu bête, comme les jeux auxquels son père jouait autrefois, quand il allait bien. Et il se souvient d'une vieille comptine que son père chantait, quelque chose qu'il avait dû lire quelque part, ou peut-être l'avait-il inventée lui-même, car cela lui arrivait parfois, il inventait de petites histoires et des comptines simplettes, de temps à autre. C'était une comptine idiote, une pure bêtise, mais elle avait plu à Andrew, sans qu'il sache pourquoi. Il ne se souvenait pas de toutes les paroles, juste de la fin, et ce fut d'abord lui tout seul qui se la rappelait, puis il entendit son père la dire, comme s'il était là, assis à la table de sa pièce, et qu'ils étaient à nouveau en sécurité. Le temps s'était enfui et plus personne ne pouvait les atteindre. Et il entendait son père, c'était la voix de son père, où filtrait une trace de sourire, qui répétait les paroles :

Elle tourne la planète
Passe du jour à la nuit
Qu'elle est merveilleuse, cette planète !
Parfois le diable
Regarde par-dessus notre épaule
Mais qui regarde par-dessus la sienne ?

Andrew ne peut alors que rire, car il voit tout à fait le vieil homme, là, faisant le fou comme il aimait le faire par moments, et c'était magnifique, parce que son père avait belle allure, comme lorsque Andrew était petit garçon, un homme heureux aux cheveux bruns et aux yeux bleus, pas malade, pas mort. Et Andrew se mit à rire et à rire encore, parce que son père savait être vraiment drôle, à l'époque, quand il allait encore bien, avant de devoir s'en aller.

II

LE SERMON DU FEU

Je ne pouvais plus m'arrêter de le frapper. J'imagine que je voulais qu'il meure, pour que ce jeu idiot ne puisse plus continuer, ou peut-être que j'étais furieux contre lui qui se montrait tellement pitoyable. Il restait étendu là, à hurler et à faire de drôles de bruits animaux, jusqu'au moment où j'ai cru devenir fou, et j'ai compris que jamais Jimmy et sa bande ne le laisseraient en réchapper. Tone sautillait dans tous les sens avec une espèce de pique à la main, parlait de crever les yeux à ce pauvre type, et Rivers était étendu par terre, à geindre. Et là, je n'ai pas pu supporter plus longtemps. Je lui suis tombé dessus. Tout est devenu rouge, comme les gens disent. J'ai vu rouge. C'était vraiment ça. J'ai vu rouge et je ne voyais plus rien d'autre, pourtant je sentais que je me déplaçais et que je le frappais, en m'appuyant au mur sans vraiment m'en rendre compte pour garder l'équilibre et maintenir Rivers bien en vue, en me servant des murs comme un boxeur se sert des cordes dans un coin du ring, quand il a coincé le type d'en face et ne veut pas qu'il s'échappe. Je me sentais respirer, haleter comme après quelques longueurs de nage libre. J'en avais vraiment conscience et ça me faisait drôle, parce que je m'étais déjà trouvé dans des bagarres et autre au bahut, et je ne me souviens de rien qui concerne la respiration. Mais là, c'était différent. Je ne sais pas combien de temps ça a duré, mais quand j'ai arrêté de lui flanquer des coups de pied, j'avais l'estomac retourné et je me sentais complètement épuisé. Je n'ai pas remarqué grand-chose pendant un moment, je me suis juste écarté tant bien que mal, tout groggy, mais je crois qu'il bougeait encore quand j'ai arrêté. Puis je suis sorti de cette brume rouge et j'ai vu les autres, tous debout au milieu de la pièce, qui me regardaient. Ils avaient l'air choqués – ou peut-être pas choqués, mais perplexes, un peu désorientés, comme s'ils pensaient que c'était moi qui étais allé trop loin, et pas eux. Il y avait du sang partout. J'en avais sur moi, aussi, sur les mains et le visage, et je sentais les autres qui me regardaient comme s'ils regardaient un animal qui viendrait de s'échapper de son enclos. Je crois qu'ils avaient la trouille, aussi. Sauf Jimmy. Jimmy n'avait pas la trouille, il était juste ébahi.

Je savais ce qu'il cherchait à comprendre, mais je m'en foutais à ce moment-là. Je me foutais de son gang ; je n'avais jamais demandé à en faire partie, de toute façon. J'avais voulu savoir pour Liam et les autres garçons, voilà tout. Maintenant c'était fini. J'ai abaissé les yeux vers Rivers : il ne bougeait plus du tout. Peut-être qu'il ne bougeait déjà plus avant, que je m'étais juste fait des idées.

Tone a fini par rompre le silence.

– Putain, tu l'as tué, il a dit, sans vraiment s'adresser à moi. Il regarde Jimmy. Putain, il l'a tué, Jimmy.

Jimmy hoche négativement la tête.

– Nan, il dit. Il ne l'a pas *tué*.

Il avance jusqu'à l'endroit où Rivers gît, inerte, au pied du mur.

– Tu n'es pas mort, *hein*, mec ? il dit.

Il pousse Rivers du bout du pied. Le type ne bouge pas. Jimmy secoue la tête et considère un instant la scène.

– Tu sais quoi ? il dit, en se retournant vers Tone.

– Quoi donc, Jimmy ?

– Je crois qu'il l'a tué, putain, dit Jimmy, après quoi il éclate de rire. Sauf que ce n'est pas un rire genre hilarant, c'est un rire genre spécial. Comme s'il venait de voir un sketch à la télé et qu'il ne sache pas trop s'il était drôle,

198

bizarre ou peut-être simplement débile. Il me regarde. Tu vois un peu ce que tu as fait, Leonard, il dit.

Eddie s'esclaffe alors, juste un rire idiot, plus nerveux qu'autre chose.

— Merde alors, elle dit. Je viens juste de trouver à qui il ressemble.

Jimmy tourne la tête.

— Comment ça, tu viens juste de comprendre à qui il ressemble ? il dit. Il ne ressemble plus à rien, maintenant, hein ?

— Steak haché, dit Tone.

— Quoi ?

— Il ressemble à du steak haché, dit Tone. C'est de ça qu'il a l'air.

Jimmy a l'air scandalisé.

— Eh bien, il dit, ce n'est pas beau à voir, hein ?

— Quoi donc, pas beau à voir ? dit Tone. C'est pas *moi* qui ai fait ça.

— Non, dit Jimmy en m'adressant un bref regard en coin. C'est Leonard. Mais quand même, il ne faut pas dire du mal des morts.

Eddie s'esclaffe à nouveau.

— Non, elle dit. Je ne voulais pas dire à quoi il ressemble *maintenant*. Plutôt à qui il *ressemblait* avant.

Cette réponse fait rire Jimmy et Tone. Je ne sais pas à quoi pense Mickey. Il est planté là, en train de regarder Rivers. Il a l'air un peu déçu, mais ça pourrait être de la consternation. Il se dit peut-être qu'il va avoir des ennuis.

— Bon, dit Jimmy. Alors à qui il ressemblait, avant de ressembler à du steak haché ?

Eddie va à l'autre bout de la pièce. Elle désigne une photo accrochée là, au-dessus du petit bureau.

— À lui, elle dit. *Psychose*.

Lentement, avec une réelle curiosité, Jimmy et Tone la rejoignent, laissant Mickey à sa contemplation du corps. Ils se plantent aux côtés d'Eddie, examinent une photo de revue tout abîmée que quelqu'un a collée au mur parmi les timbres et le merdier.

— Ah ouais, dit Tone.

Eddie est contente. Elle exécute une petite gigue, comme si elle avait envie d'aller faire pipi, puis elle lâche un mini couinement haut perché.

— Je vous l'avais *dit* qu'il ressemblait à quelqu'un, elle dit. C'est au mec de *Psychose*. Comment il s'appelle, déjà?

— Anthony Hopkins, dit Tone.

Eddie couine de plus belle, un cran plus haut dans les aigus.

— C'est lui, elle dit.

— Pas Anthony Hopkins, dit Jimmy. Lui, c'est le mec du *Silence des agneaux*.

— Alors qui? reprend Eddie. Elle a l'air déçue. Pendant un instant, je me dis qu'elle va se mettre à pleurer. Mais bon, je crois qu'on est tous au bord des larmes, ou quelque chose du genre, à l'heure qu'il est.

— Anthony Hopkins, c'est le Gallois, dit Jimmy. Ce type-là n'est pas gallois.

Il se tourne vers moi.

— Dis-leur, Leonard.

J'envisage alors de m'en aller, tout simplement, mais je me sens trop triste pour partir. J'ai envie de pleurer. Je n'avais pas l'intention de faire mal à ce type. Je voulais juste que ça s'arrête. J'espère qu'il l'a compris.

— Anthony Perkins, je dis. C'était lui, le type de *Psychose*. Anthony Perkins.

— Exact, dit Jimmy. Anthony Perkins.

Il s'adresse à Eddie, qui semble encore avoir besoin qu'on lui remonte le moral.

— Mais tu as raison, il dit. Ce mec lui ressemble comme deux gouttes d'eau.

Eddie esquisse un grand sourire.

— Lui ressemblait, tu veux dire, dit Tone.

– Ouais.

Jimmy dévisage Tone un instant, avec l'air d'avoir compris quelque chose à l'instant, puis il détourne la tête et regarde Rivers.

– Pauvre diable, il dit.

Tone opine.

– Pauvre diable, il dit.

Jimmy retourne se poster devant le mur et contemple le corps inanimé.

– Ce type ne méritait pas ça, il dit.

Il incline la tête comme s'il priait. Mickey l'imite. Eddie et Tone hésitent un instant, en se demandant s'il s'agit d'une blague ou quoi, puis ils baissent la tête aussi – sur quoi Jimmy redresse aussitôt la sienne.

– Vous savez quoi, il dit. Je crois que Leonard avait raison. Je ne pense pas que notre gaillard, c'est lui. C'était.

Il me regarde.

– Tu as tué le mauvais gars, Leonard, il dit. Puis, sans attendre de voir ce que je vais répondre, il se tourne à nouveau vers Rivers.

Les autres restent là à regarder, en attendant de voir ce qu'il fera ensuite. Ils sont tous fatigués et tristes, à cette heure, et ils ont l'air perdus, comme en état de choc. Peut-être que le remords s'est immiscé. Jimmy reste muet encore un moment, tête basse; puis il se tourne vers les autres, le visage allumé d'une lueur étrange et neuve.

– Il va falloir qu'on le ressuscite, il dit.

– Quoi?

C'est moi qui parle, c'est ma propre voix choquée et peut-être écœurée que j'entends, alors que je n'avais aucune intention de dire quoi que ce soit.

Jimmy me regarde; ses yeux brillent.

– Comme Jésus, il dit. Enfin bon, toi tu es quelqu'un qui lis la Bible, Leonard. Tout le monde sait ça.

– De quoi tu parles? je demande.

— On va le ressusciter, dit Jimmy. Ça ne devrait pas être trop dur. Si on s'y prend bien, il sera comme neuf d'ici trois jours.

Eddie fait des bonds et pousse son drôle de petit couinement aigu.

— Qu'est-ce qu'on fait, nous? elle demande. Qu'est-ce qu'il faut qu'on fasse?

Tone a l'air un peu perdu.

— Ouais, Jimmy, il dit, d'une voix basse et inquiète. Qu'est-ce qu'on fait?

Je crois qu'il a peur que ça puisse marcher, que Rivers ressuscite dans trois jours et aille aussi sec trouver la police pour raconter ce qu'on a fait.

Jimmy se prend vraiment au jeu, à l'heure qu'il est. Je ne sais pas trop ce qu'il s'imagine être en train de faire, s'il croit vraiment ce qu'il dit, ou si tout ça n'est que du baratin. Peut-être pense-t-il devoir donner aux autres membres du gang un souvenir à conserver. Peut-être a-t-il lui-même besoin d'un souvenir à conserver.

— Tout ce que vous devez faire, c'est le disposer comme il faut, il dit. Pour qu'il soit en croix.

Il examine le corps.

— Comme Jésus.

Ils sont tous dans le bain à présent, Jimmy et Tone, Eddie, même Mickey est sorti de sa stupeur et s'y met à son tour. Moi je ne peux pas. Je ne peux pas faire comme si, et je ne peux pas rester plus longtemps dans cette pièce, avec les visages, les timbres et les petits oiseaux qui me regardent, aux murs, comme pour m'accuser, et l'odeur du sang, sombre et écœurante à présent. Je pense qu'ils se passeront bien de moi, de toute façon. C'est leur affaire, pas la mienne. Je me dirige donc tranquillement vers la porte et commence à partir. Jimmy le remarque, mais il ne fait rien pour me retenir. Aucun des autres ne me voit partir. Au moment où je les quitte, ils sont en train de disposer le corps de Rivers : Eddie à un bras, Tone à l'autre, ils tentent de les mettre dans la bonne position, pendant que Jimmy se penche sur eux tous, murmurant les mots qu'il a entendus dans un film, ou peut-être lus dans un livre.

– Je suis la résurrection et la vie, dit-il.

Je passe la porte sans bruit et sa voix monte légèrement, si bien que ses mots me suivent dans l'escalier.

– Je suis la résurrection et la vie. Je suis la résurrection et la vie.

De toute évidence, il n'en sait pas plus long, alors il se contente de les seriner de plus en plus fort, en mettant plus d'emphase sur ceux qu'il trouve les plus importants.

– Je suis la Résurrection et la Vie. Je suis la RÉSURRECTION et la VIE.

Sa voix me suit dehors, dans la nuit venteuse, dans l'obscurité, jusqu'au moment où j'ai envie de courir pour lui échapper.

Je ne sais pas vraiment dans quelle mesure cette histoire de résurrection était vraie. Jimmy lui donnait sans conteste l'accent de la vérité à la fin, là-bas, pendant que je m'en allais, mais c'était surtout à mon intention, je pense. Je n'ai pas cru un instant que ça en resterait là avec Jimmy, mais ça ne me tracassait pas trop. J'espérais que personne ne me verrait en train de quitter la maison, puis, une fois arrivé chez moi, de retirer mes vêtements pleins de sang, j'espérais que personne ne verrait la bande de Jimmy non plus parce que, s'ils étaient pris, j'étais pris aussi, et ils diraient que c'était entièrement de mon fait, tout, les entailles, les coups de couteau, les coups de pied, les os fracassés et tout ce qu'on avait pu faire d'autre à ce pauvre diable. Je n'avais pas envie d'être pris. J'ai retiré mes vêtements sitôt passé la porte de derrière, pour ne pas laisser de traces révélatrices dans toute la maison, puis je les ai fourrés dans un sac en plastique noir que j'ai laissé sous l'évier. J'ai su tout de suite ce que j'allais en faire, mais ça allait devoir attendre un peu. Puis je suis monté en courant et j'ai filé droit dans la salle de bains. La douche était drôlement froide, mais je m'en foutais. Je me suis bien savonné et lavé trois fois, en frottant fort, en rinçant longuement; ensuite je me suis séché, j'ai pris la brosse à récurer et la serviette, roulé le tout en boule pour le descendre au rez-de-chaussée. J'ai mis le nécessaire à lessive dans un autre sac en plastique que j'ai laissé à côté du premier, sous l'évier. Puis je suis directement remonté, je me suis habillé et je suis passé voir mon père. Il était tard, l'aube n'était plus très loin, mais il était encore éveillé. Il ne dormait presque jamais la nuit. Je crois que ça lui procurait sans doute un petit plaisir persistant de rester allongé, tout éveillé, au petit matin et d'écouter les oiseaux. Mais je n'en sais rien. On ne sait pas ce que les gens aiment, à moins qu'ils nous le disent. Tout ce que je pouvais savoir, c'est ce que moi j'aimais, et peut-être que si j'aimais ça, il pouvait aimer lui aussi. Certaines personnes aiment les trains électriques. D'autres le minigolf. Les gens sont une énigme, tout bien considéré. Enfin quoi, comment quelqu'un peut-il *aimer* le minigolf?

Je ne pense pas que mon père m'ait vu, mais même si c'était le cas, ça n'avait pas d'importance. Il ne dirait rien à personne et, de toute façon, il m'arrivait souvent d'aller et venir la nuit, tout habillé, de faire des trucs, ou juste de rester dans la cuisine, à regarder le noir se muer en jour, à écouter les oiseaux, ou peut-être à lire un livre. Ça, c'est ce que *moi* j'aime; j'aime les livres. Tout bien considéré, il est possible que la seule chose à laquelle on puisse vraiment se fier chez quelqu'un, ce soit ce qu'il aime. Quand on rencontre un fou de minigolf, on est face à un type d'individu. Quand on rencontre quelqu'un qui aime les livres, on est probablement face à un autre type d'individu. Je ne pense pas que les deux aient beaucoup en commun, mais on ne sait jamais. Peut-être que Marcel Proust s'éclipsait de sa chambre tapissée de liège pour aller faire quelques parcours de minigolf aux Tuileries, ou là où ça se pratique à Paris. Quand on y pense, c'est une assez belle image : Marcel Proust en redingote et chapeau haut-de-forme, sur la piste de minigolf, tôt le matin, quand il n'y a personne d'autre, en train de s'adonner à son vice secret. Peut-être qu'il faisait quelques parcours avec Gustave Flaubert, ou André Gide. Je ne sais pas qui était vivant au même moment, ni s'il y a une quelconque allusion au minigolf dans *La Recherche du temps perdu*. Ça se pourrait, mais j'ai quand même du mal à le croire. Cela dit, je ne peux pas le savoir, puisque je n'ai pas encore lu le livre en entier. Ça ne fait pas très longtemps que je l'ai emprunté à la bibliothèque, mais j'ai sûrement déjà dépassé la date de retour. Je n'ai jamais trouvé ça logique : on prête à quelqu'un un exemplaire de l'œuvre maîtresse de Marcel Proust, ou de *Moby Dick*, ou un des gros bouquins industrieux de George Eliot, et ensuite on lui dit qu'il n'a que trois semaines pour le lire. En fait, il devrait y avoir des durées modulables, comme ça, quand on emprunte Proust, on aurait droit à trois mois ou, encore mieux, trois ans. Ça serait beaucoup plus cohérent.

J'ai décidé de porter les sacs noirs à la décharge à vélo avant qu'il fasse trop jour. Je voulais m'en débarrasser le plus tôt possible et je ne pourrais pas dormir tant que ce ne serait pas fait. Mon père était bien, il allait rester au lit, à écouter le monde s'éveiller pendant encore une heure ou deux, et, à vélo, ça ne prendrait pas longtemps d'aller à la décharge et de larguer ces trucs. Ensuite, je pourrais me reposer. J'étais censé voir Elspeth plus tard dans la journée, mais je ne pensais pas y aller. J'avais les sacs noirs à liquider, et après j'aurais besoin de dormir un peu. Du reste, je n'avais pas vraiment envie de la voir. Je me disais que si je passais encore du temps avec elle, elle allait sentir que quelque chose clochait et me forcer à dire quoi. J'étais fatigué et je n'avais pas envie de baiser ni quoi que ce soit du genre. J'avais juste envie de monter dans ma chambre et de dormir. Après ça, je pourrais faire un peu à manger pour mon père et moi, et rester à la maison, lire. Je n'avais pas envie d'être dehors, dans le monde extérieur, où les gens pouvaient me voir. Les plans façon *Crime et Châtiment*, je connaissais sur le bout du doigt. Ce n'était pas que je me sente vraiment coupable ou quoi que ce soit du genre – je n'avais pas tout à fait assassiné sans raison une vieille dame pleine de bonté, comme le type du livre, et j'avais toujours eu le sentiment que l'autre, la prêteuse sur gages, méritait drôlement ce qui lui était arrivé. Je n'étais pas le méchant de l'histoire, ou en tout cas pas tant que certains, bien que je doive reconnaître, ce matin-là, que ç'avait été une erreur d'accompagner Jimmy et sa bande. Mais même si je n'étais pas totalement responsable, j'avais commis une mauvaise action, et on ne peut pas lire Dostoïevski sans comprendre comment ce genre de situation fonctionne. Il suffirait que j'aille faire un tour à pied dans la grand-rue pour que la culpabilité se mette à suinter de ma personne au vu de tout un chacun. Avant même de comprendre, je me retrouverais en train de pleurer comme une madeleine et d'avouer l'enlèvement du bébé Lindbergh. Mieux valait rester chez moi, faire profil bas et mettre au point la suite du programme. Lire un peu, peut-être. Je pourrais sans doute avancer un peu dans *Les Sept Piliers de la sagesse*.

Pourtant, au bout d'un jour ou deux de ce régime, je ne pouvais plus supporter de rester enfermé, sans compter qu'on était à court de toutes les denrées de première nécessité, si bien qu'il devenait temps de sortir de là pour faire des courses. J'aime vraiment faire les courses. J'ai toujours envie d'acheter des conneries hors de prix ou décadentes, genre asperges en conserve ou petits pots de crème brûlée, cheese-cake au citron de Sicile, mais la plupart du temps j'arrive à restreindre mes choix aux trucs raisonnables, pommes de terre, riz, saucisses, petits pois surgelés, tous les aliments fiables, bourratifs, avec lesquels on s'est toujours nourris. Qu'on m'accorde deux jours de crabe cuisiné en conserve et de l'Asti spumante et je serai le roi du pétrole, mais je chierai sans doute des obus ou je vomirai partout dans le jardin. Les gens comme nous, l'évolution les a conduits à manger de la tourte à la viande, de la purée, des saucisses, des frites, du poulet rôti, des petits pois, des légumes en conserve. Qu'on nous donne quoi que ce soit d'autre et on se transforme comme par magie en grands bébés malades, qui n'arrêtent pas de roter, péter et d'avoir des diarrhées. Alors, je m'en tiens à ce que je connais. Ou peut-être à ce que j'aime. Je sais que mon père ne pourrait rien avaler d'autre, bien qu'on ne puisse pas dire qu'il mange grand-chose, de toute façon. Il aime le Délice des Anges. Il aime les frites. À mesure qu'il dégringole la pente en direction de la mort, il engrange une deuxième enfance avant qu'il soit trop tard. Tant mieux pour lui. Il fait partie des rares personnes à qui je peux faire plaisir, et ça ne demande pas plus que de battre au fouet une poudre pastel dans un peu de lait.

Je rentre chez moi en pensant à mon père, mes sacs de courses à bout de bras, et mon imagination divague. C'est toujours le même combat du je-ne-veux-pas-qu'il-meure contre la délivrance, un débat qui n'est pas près d'avoir fait son temps, du coup je suis un peu à côté de la plaque quand Jimmy et sa bande se pointent. Tellement à côté de la plaque, en fait, que je ne les vois que quand Jimmy surgit au milieu de mon chemin, sous mon *nez*, et commence son numéro.

— L'autre, là, Rivers, il n'a pas ressuscité comme tu l'avais dit, il lance.

Ça suffit à me réveiller. Je pose mes courses pour avoir les mains libres, puis j'en glisse une dans mon blouson, là où je mets mon couteau. Je le garde sur moi en permanence depuis la partie de chasse. La seule chose que je puisse faire pour le moment, c'est tenir Jimmy à l'œil. Je sais que, s'il doit se passer quelque chose, c'est lui qui en décidera, alors je veux voir le signal. Quand je le verrai, c'est lui que je prendrai en otage. Je pense qu'il fait le même calcul de son côté.

— Je n'ai pas dit qu'il ressusciterait, je réponds.

— Ah, mais c'est dans la Bible, Leonard, il dit. C'est toi, le spécialiste de la Bible dans ce gang.

207

Je ne relève pas. Je ne fais pas partie de ce gang, ni d'aucun autre.

— Alors, à ton avis, qu'est-ce qui a foiré, Leonard? il dit.

Je vois qu'il réfléchit tout en parlant. Il cherche à deviner ce que je ferais pour peu qu'il laisse les choses suivre leur cours. Je n'en suis pas sûr, vu qu'il a encore son gang pour le soutenir, mais je pense qu'il se pourrait qu'il ait peur.

— C'était pas Jésus de Nazareth, le gus, faut peut-être commencer par chercher de ce côté-là, je dis.

Jimmy sourit. Il veut me faire savoir qu'il trouve réellement ça drôle. Je ne le lâche pas des yeux. Mon regard reste rivé au sien, et on oublie le reste de la bande. Il n'y a que Jimmy et moi. Le premier qui bouge, je plante Jimmy en beauté.

— Eh bien, il dit, d'un ton lent et décidé, tu aurais peut-être dû penser à ça quand tu l'as tué.

— Ce n'est pas moi qui l'ai tué, je dis. C'est nous tous.

Jimmy soupèse un instant ma réponse. Je sens Tone qui commence à s'impatienter, un peu à l'écart. Je cherche des yeux Eddie. Je n'attends pourtant rien de sa part. Je pense que ça l'a effrayée, ce que j'ai fait à Rivers. Elle n'est plus en confiance avec moi, et Jimmy a sans doute trouvé quelque chose à lui dire en particulier. Du coup elle ne fait rien, elle se contente de regarder. Je me dis que, si ça doit chauffer, elle ne se rangera pas du côté des autres, mais elle ne cherchera pas à aider non plus. Ça ne veut pourtant pas dire qu'elle me trahit. Je ne peux pas vraiment lui en vouloir si elle n'est pas en confiance avec moi. Plus que n'importe lequel d'entre eux, elle fait partie des éléments incontrôlables — un peu informe, peut-être, mais belle aussi. Tout ce qui lui manque, c'est un peu de précision, un peu de netteté. En tout cas, j'espère qu'elle sait que je ne lui en veux pas. Je sais qu'elle ne sait pas vraiment quels sont ses sentiments en cette minute même, mais plus tard, quand elle aura le temps d'y réfléchir, elle comprendra peut-être qu'en dépit de qui et où on est, elle et moi, j'ai failli me mettre à l'aimer.

Finalement, Jimmy se décide. Il évite très soigneusement de regarder ma poche de blouson.

— Personne ne considère que tu es responsable de ce qui s'est passé, il dit. C'est le genre de choses qui arrive.

— C'est magnifiquement généreux de ta part, je dis.

Il rit en entendant ça. J'avais lu cette réplique quelque part dans un livre, sans doute Scott Fitzgerald, et je m'étais dit qu'elle pourrait avoir son utilité. Il se tourne vers Eddie et sourit.

— Par moments, il va trop loin, il dit, en imitant Dennis Hopper dans *Apocalypse now*. Il est toujours le premier à le reconnaître, par la suite, il dit.

Il garde les yeux rivés sur Eddie. Elle sourit. C'est un moment émouvant, vraiment. Il fait mine de m'épargner par égard pour elle. Comme si elle était vraiment amoureuse de moi, ou je ne sais quoi. Elle l'est peut-être, à sa manière, mais c'est lui qui l'y a poussée au début, d'une façon ou d'une autre. C'est ça l'ennui avec les gens qui ne savent pas se décider, on peut les livrer à la merci des autres sans que ça ait d'importance. Qu'on laisse une semaine à Eddie et elle aura tout oublié. Jimmy se retourne vers moi, le visage empreint d'un air triste, ou peut-être compatissant.

— C'est bon, Leonard, il dit. On ne te balancera pas.

— Jimmy!

C'est Tone, qui se voit privé de chair fraîche.

— La ferme, Tone, dit Jimmy. L'espace d'un instant, sa colère semble authentique. Tu ne vois pas que ça fait de la peine à Eddie?

Tone me regarde, puis il regarde Eddie. Il réfléchit un instant et finalement, la lumière se fait.

— Et merde, il dit.

Jimmy s'esclaffe.

— Tu n'as pas fini de répéter ça. Allez, les gars, les filles, il lance. On va tuer quelque chose.

Et c'est tout. Jimmy se détourne et s'éloigne, l'air triste, comme si je l'avais trahi ou je ne sais quoi, et les autres suivent.

D'abord Mickey, puis Tone. Et enfin Eddie. Elle se retourne pour me regarder, un beau geste. Elle m'adresse son pauvre regard désabusé à la noix, et j'ai envie de la serrer très fort pour lui dire au revoir comme il faut, mais je n'en fais rien.

Ce soir-là, je suis allé sur les quais et j'ai grimpé à l'intérieur d'une des anciennes grues qui surplombent la zone de chargement. Tout ce que je voulais, c'était rester dehors et contempler les étoiles. De là-haut, on les voyait toutes et quand on regardait vers le bas, en direction de la côte, on distinguait les endroits où les lumières étincelaient et clignotaient sur l'eau comme dans les vieux films, motifs géométriques parfaits qui disparaissaient un instant quand on posait les yeux dessus, puis se remettaient à scintiller, blancs et rouge cerise avec un éclat d'or par-ci par-là, venu de plus loin. Mais, ce soir-là, le vent avait décidé de tourner et, le temps que j'arrive au sommet de la grue, un énorme orage a éclaté au-dessus de moi, éclairs, puis tonnerre fracassant, puis éclairs de nouveau – pas simplement des lueurs, mais le ciel tout entier virant au doré livide au-dessus de la mer où tout se reflétait instantanément. C'était magnifique et dangereux, et j'avais beau me dire que je risquais de finir à l'état de frite carbonisée, tout là-haut, au milieu de tout ce métal, je n'aurais pas envisagé de descendre. Mieux valait mourir comme ça qu'au détour de je ne sais quelle embuscade mesquine, entre les mains de la bande de Jimmy, une lame dans les tripes, peut-être celle d'Eddie, et moi qui m'affale par terre comme Rivers, en saignant, jurant et sanglotant sur mon sort, animal perdu, mourant dans le regard des autres. Si tu dois mourir, meurs seul, au sommet d'une grue, et laisse la Nature se charger de te tuer, avec grâce et beauté, avec la somptueuse cruauté du hasard. Sauf que je ne suis pas mort ; je suis resté installé là-haut et j'ai regardé le feu d'artifice le plus grandiose que quiconque verrait jamais, les éclairs fusant à quelques centimètres, apparemment, le tonnerre résonnant dans mes os et mes muscles. Ça défiait toute description. Quand ç'a été fini, je me foutais éperdument de tout. S'il le fallait, j'éliminerais les gars de Jimmy un par un, Eddie comprise, ou bien je le débusquerais lui et le découperais en lambeaux sous les yeux de sa bande. Je m'en fichais. J'aurais tué n'importe qui ce soir-là, à cause de l'orage. Parce que je savais que, si j'avais ma place où que ce soit, c'était là. Pas au sein de leur bande, mais parmi les éclairs et le tonnerre. La pluie noire. Le métal froid. Le ciel.

En arrivant chez moi, j'ai trouvé un message d'Elspeth disant que j'avais été un vilain et qu'elle passerait à l'heure du déjeuner pour me punir. Je l'ai ramassé sur le paillasson de l'entrée et j'étais en train de le lire quand je suis arrivé dans la cuisine où j'ai trouvé mon père par terre, à côté de la table. Il était mi-agenouillé mi-assis, avec un air perplexe, comme s'il avait été tranquillement installé sur sa chaise l'instant d'avant et se demandait pourquoi maintenant il se retrouvait par terre. J'ai d'abord pensé que c'était tout, qu'il avait fait une chute; puis, quand il m'a vu entrer, il a ouvert la bouche et il en est sorti du sang. J'avais cru qu'il allait dire quelque chose, mais ce n'était pas des mots, c'était du sang, une grande quantité, qui se déversait de sa bouche. Il a ensuite recommencé, comme quelqu'un qui répéterait un tour spectaculaire, et un flot abondant s'est répandu de nouveau. Il a eu l'air encore plus étonné, puis il a basculé et il est tombé de tout son long par terre, sur le flanc. Du sang a encore jailli. Je me suis précipité et je me suis agenouillé à côté de lui. Il avait un air triste à présent, un air qui englobait toutes les déceptions qu'il avait connues tout au long de sa vie et les rassemblait en une unique conclusion courue d'avance. J'ai passé les bras autour de ses épaules et tenté de le soulever, mais je n'y suis pas parvenu, bien qu'il ait beaucoup maigri au bout de tant d'années de maladie. Il était trop lourd pour moi. Un poids mort. Ses lèvres remuaient, à présent, et il avait l'air de vouloir parler, mais rouvrir la bouche lui faisait peur. En fin de compte, il a murmuré quelque chose, mais je n'ai pas pu discerner quoi.

— Qu'est-ce qu'il y a, papa? j'ai dit. Puis j'ai compris que je ne devais pas l'inciter à parler, je devais lui dire de ne pas bouger, de rester tranquille. N'essaie pas de parler, d'accord? j'ai dit.

Il a eu l'air désorienté en entendant ça, mais il a rouvert la bouche et cette fois des mots en sont sortis, ainsi qu'une curieuse toux pareille à un aboiement de phoque et une pluie de minuscule gouttelettes de sang qui m'ont constellé le visage et le cou.

— Temps de rentrer, fiston, il a dit.

— Ne dis rien, papa, j'ai répondu. Je ne savais pas de quoi il parlait, mais il me faisait peur avec ça.

Il s'est alors débattu, il a étendu les jambes et essayé de se hisser sur ses pieds, mais il n'a fait que déraper et s'étaler par terre comme ces vaches qu'on voit toujours dans les reportages sur la maladie de Creutzfeldt-Jakob. Il n'arrivait pas à se lever, mais il ne pouvait pas s'empêcher de se débattre.

— Temps de rentrer, il a répété, et il essayait de se relever pendant que moi j'essayais de le maintenir à terre, pour l'installer dans la position latérale de sécurité ou je ne sais quoi, tout en réfléchissant à ce qu'il fallait faire. Il se fait tard, il a dit. Des bulles de sang écumeux lui sortaient maintenant de la bouche et je sentais que la peau de ses mains était froide, mais c'était son air égaré qui m'effrayait plus que tout le reste. Il fallait que j'aille chercher un médecin, je le savais, mais je ne pouvais pas le laisser seul dans cet état. Et au bout d'une bonne minute comme ça il était mort, la vie refluant carrément de sa personne. Mort, voilà tout. Comme quand on apporte un seau d'eau jusqu'à l'évier et qu'on le verse, tout le poids s'en va et on reste là, avec cette sensation de vide et de légèreté. Ça a fait la même chose, sur le moment. Il s'est vidé, tout simplement.

– Papa, j'ai crié. Il ne pouvait pas faire ça. Il ne pouvait pas mourir et puis c'est tout, au bout de si longtemps. Il fallait que ça aille plus loin. Allez, papa, j'ai dit. Allez. Tu vas y arriver.

Pendant un instant, j'ai même cru qu'il pourrait, puis j'ai cessé d'y croire et je suis resté silencieux, à le serrer dans mes bras. Je suis resté comme ça un moment, pas longtemps je pense, quoique peut-être un peu, je ne me rappelle pas. J'étais loin, quelque part, sans doute parti avec lui pour l'accompagner un peu dans son voyage, mentalement, spirituellement ou je ne sais quoi, puis j'ai retrouvé mes esprits et me suis levé tant bien que mal en le laissant doucement glisser à terre. Il ne pesait plus rien à présent. J'aurais pu le transporter n'importe où. Je me souviens qu'après avoir retrouvé mes esprits, j'essayais de me rappeler quel âge il avait, sans succès.

C'est alors que j'ai vu à quoi il s'occupait dans la cuisine, avant de se mettre à perdre son sang. Là, sur la table, un vieil album était ouvert sur une photo d'elle et lui, quelque temps avant ma naissance, tous les deux souriants, un peu intimidés, peut-être, par la personne qui prenait la photo, avec le gris des arbres à l'arrière-plan, pas un endroit que je connaissais, peut-être une photo de lune de miel ou un cliché pris alors qu'ils venaient de se rencontrer, quand ils étaient heureux et que l'avenir se déployait devant eux comme une esquisse ponctuée d'enfants, d'argent et de bonheur. Je me suis alors senti triste et je me suis mis à pleurer, parce que putain c'était vraiment injuste que ça se soit fini comme ça, lui avec ses vieux vêtements, en train de regarder les photos de sa vie perdue. De son amour perdu. Parce qu'il l'avait aimée, ça c'était sûr, et qu'elle l'avait planté là au moment où il avait le plus besoin d'elle. Garce. C'était ma mère, là, sur la photo, tout sourire, en train de poser pour l'objectif, en jolie robe d'été, les cheveux bien coiffés, exactement pareille que quand elle nous a quittés, jolie et jeune, avec toute la vie devant elle, belle même, en poussant un peu. Une belle femme avec toute la vie devant elle. Sur le coup, j'aurais aimé savoir où elle était, pour pouvoir lui écrire et lui raconter de quelle façon son mari était mort, sans cesser de penser à elle, son amour perdu. Son putain d'amour perdu.

Qu'on me donne le temps de réfléchir, plus quelques indices, et en général j'arrive à comprendre. Et le premier jour où je me retrouve complètement seul, alors que j'erre à travers la presqu'île, pas trop sûr de ce que je dois faire à propos de mon père, je trouve le premier véritable indice. C'est comme ça, le monde, par moments : par moments il nous fait des dons, purs et simples ; à d'autres, il nous donne des indices. Un indice équivaut à un don pour lequel il faut se donner du mal. On pourrait dire, bien sûr, que le monde regorge d'indices, à condition de savoir les déchiffrer. Indices, dons. C'est de ça qu'on se sert pour comprendre le monde. Sans quoi il n'y a rien. On n'est pas obligé d'avoir la foi, comme dit Miss Golding en Instruction religieuse. La foi n'est pas un don. Les dons, il faut que ça vienne du monde, pas de l'intérieur de notre tête. Les indices aussi. Il faut que tout ça vienne de quelque part. Enfin bon, il y a des gens tout à fait respectables, philosophes et autres, qui pensent que le monde est une chose qu'on imagine, que ce n'est qu'une vaste illusion qu'on invente chemin faisant. Ce qui signifie que j'invente l'usine, et les meurtres, et mon père en train de vomir du sang par terre dans la cuisine. Bien sûr que j'invente.
Mon indice est un pur hasard, une chance sur mille. J'avais passé ma dernière nuit à dormir dans le grenier, je bivouaquais à même le sol avec un duvet et quelques oreillers – je n'avais pas envie de dormir dans mon lit, parce que je m'étais mis à croire que je serais le prochain garçon de l'Intraville à disparaître et qu'on ne tarderait pas à venir me chercher, à me soulever hors de mon lit, comme ça s'était passé pour Tommy O'Donnell. Je n'avais pas non plus envie de dormir dehors sur la presqu'île, parce que je voulais être près de mon père, au moins pour

cette première nuit. Je ne sais pas pourquoi, c'était juste un truc sentimental. Je ne pouvais rien faire pour lui et je savais que j'allais bientôt devoir le quitter. L'envie m'était venue de l'étendre comme il faut sur son lit, puis je m'étais dit que ça lui rappellerait ce visage dans la lumière embrumée, cette bonne vieille Laura, une jeune femme avec toute la vie devant elle, et cetera, et cetera, et ça je ne voulais pas. D'ailleurs, ç'aurait été trop indigne de le trimballer dans cet escalier étroit. Alors je l'ai installé dans le gros fauteuil, assis à peu près droit, comme s'il était en train de lire ou d'écouter la radio. J'ai pensé brûler l'album qu'il avait feuilleté, mais je n'ai pas pu me décider à le faire. J'ai pensé le lui donner à regarder pendant qu'il était installé là, le temps d'attendre sa récompense céleste ou je ne sais quoi, mais je n'ai pas pu non plus. Du coup je l'ai juste assis dans le fauteuil, et j'ai allumé la radio. Doucement, mais assez fort quand même pour qu'il entende, des fois qu'il reste un trait de quelque chose là-dedans, un résidu de conscience, de mémoire ou d'esprit en train de s'éteindre silencieusement dans sa tête, telle une braise qui meurt. Il se trouve des gens qui pensent que la mort n'est pas la fin de la vie mais le début de l'étape suivante du voyage et que peut-être l'âme s'attarde un moment, fait le point ou quelque chose du genre. Je ne suis pas sûr que j'arriverais à être d'accord avec ça – sans doute pas –, mais il faut s'ouvrir à toutes les éventualités, surtout quand c'est de son père qu'il est question. On n'a qu'un père, et celui que j'avais eu n'était pas mal, simplement il n'avait pas de chance. D'un autre côté, peut-être qu'il avait eu la chance qu'il lui fallait. Jusqu'à ce soir, il m'avait toujours fait peine. Parce que, pendant sa vie entière, tout ce qu'il avait voulu c'était aimer quelqu'un. C'était l'unique don qu'il avait eu : un étrange talent muet pour aimer. La personne qu'il aimait, c'était Laura, et si elle lui avait rendu son amour, il aurait été heureux, quoi qu'il puisse arriver par ailleurs. Mais ce soir il ne me faisait plus du tout peine, parce que, d'une certaine manière, il avait eu ce qu'il voulait. Il avait eu quelqu'un à

215

aimer, ce qui signifiait qu'il avait été en mesure d'utiliser son unique don. Ça n'avait peut-être aucune importance que Laura l'aime ou pas. Peut-être que, pour lui, ça ne passait pas avant tout le reste.

J'ai donc dormi par terre dans le grenier, puis j'ai fourré quelques affaires dans un sac, nourriture, café et autre, pour pouvoir me faire des petits repas de camping, comme l'Homme-Papillon. Je me suis dis que, s'il y arrivait, j'y arriverais aussi. Je me trouverais peut-être une camionnette, j'en piquerais une un jour dans l'Extraville et je partirais avec, je serais nomade, je m'en irais d'ici. Mais chaque chose en son temps. J'ai dit au revoir à mon père et j'ai pris tout l'argent que j'ai pu trouver dans la maison ; puis je suis parti. C'était une belle journée estivale, déjà chaude, même de si bonne heure. J'ai coupé à travers le jardin par l'arrière de la maison et je suis sorti par le portillon, puis j'ai suivi la petite ruelle, derrière, avec sa ribambelle de poubelles à roulettes, une devant chaque portillon, solennelles et secrètes, pleines d'indices et d'histoires, pareilles à de noirs tabernacles. Au bout, j'ai scruté pour voir si quelqu'un était déjà levé, mais la seule chose que j'ai vue, c'était le chat blanc de Mme Hatcher, celui que tous les gamins appellent "la chatte à Mme Hatcher". Les gamins de l'Intraville ont un tas de qualités, mais l'originalité n'en fait pas partie. J'imagine qu'Elspeth est un peu une originale, quoique ça serait mieux si elle se donnait moins de mal pour ça.

Elspeth. Comme je lui avais posé un lapin, elle avait laissé un message disant qu'elle repasserait plus tard. J'avais oublié ça. Ce qu'elle disait dans ce message ne pouvait signifier qu'une chose, et c'était très tentant. Très. Mais il allait falloir que je me discipline et que je m'en tienne au plan pendant quelque temps. Je pourrais la contacter plus tard, lui expliquer pour mon père. Me servir de lui comme excuse.

J'étais donc sorti sans problème de l'Intraville et j'avais déposé mon sac d'affaires dans ma cachette secrète, une cachette comme en ont tous les gamins, même quand ils se font un poil trop grands pour les cachettes secrètes, puis je suis parti en direction du littoral ouest, de façon à pouvoir me planquer un moment dans les bois et prendre le temps de réfléchir. C'est alors que je suis tombé sur Morrison, le policier, tout seul dans une petite clairière au milieu des arbres, tout silencieux et pensif, tout préoccupé. Tellement préoccupé qu'il ne me voit même pas, bien qu'il lève les yeux à peine un instant après que j'ai plongé à couvert, comme s'il avait senti que j'étais là ou quoi. Perçu ma présence. Ou peut-être *une* présence. Parce que, si bizarre que ça paraisse, je pense qu'il devait être en train de prier, ou quelque chose comme ça, quand je suis tombé sur lui. Il restait debout, là comme ça, à regarder quelque chose par terre, la tête basse, comme quelqu'un qui se tient devant une tombe, qui dit au revoir. C'est ce que je devrais être en train de faire, bien sûr. Me tenir devant la tombe de mon père et dire au revoir. Peut-être dire une prière pour lui.

En tout cas, j'ai dû déranger Morrison parce que, même s'il ne me voit pas, même s'il ne pense pas que quelqu'un d'autre soit là, sa concentration est flinguée, alors il tourne les talons et s'en va – vite, comme si soudain il ne voulait plus être là –, du coup j'ai l'endroit pour moi tout seul. J'attends un moment, deux minutes, peut-être plus, avant de sortir de l'endroit où je me cache. J'ai dans l'idée que *là*, je tiens quelque chose. Je pense même que ça pourrait être un indice. Je n'ai pas envie que Morrison rebrousse chemin et me trouve, parce que alors l'indice risque d'être perdu à tout jamais. Il arrive qu'un indice soit ténu à ce point: on entrevoit quelqu'un alors qu'il pense être seul, et on en découvre une autre facette. Quelque chose dont on ignorait jusque-là l'existence.

Quand je suis sûr qu'il est parti, je m'aventure hors de ma planque et, tout innocent, tel un gamin qui traîne dans les bois, je vais voir ce qu'il regardait. Ça se situait bas, sur le sol, à l'autre bout de la clairière, en bordure. Il me faut un moment pour trouver, ou peut-être pas tant trouver que comprendre de quoi il s'agit. Parce que au début, je me dis que ce n'est que du bric-à-brac de jardin que quelqu'un a déchargé là. C'est seulement en approchant que je vois qu'il s'agit d'un véritable jardin, avec des œillets, des coquelicots et un petit buisson de roses qui a l'air planté de fraîche date. Tout autour des plantes, autour des racines, quelqu'un a disposé des galets, comme ceux qu'on trouve à la plage, tout polis par le sable et l'eau, des galets clairs et luisants, des morceaux de verre coloré et des éclats de porcelaine cassée. On dirait le jardin d'une pie, ou peut-être ces nids que font les oiseaux jardiniers, ceux que décrivent les livres sur la nature et ces trucs-là. J'ai vu une émission sur eux à la télé, une fois – sans doute une des émissions sur les oiseaux que faisait David Attenborough. Une des rares phrases complètes que je me rappelle avoir entendu mon père prononcer – ça devait être quand j'étais sacrément petit, peut-être même que je marchais à peine –, c'était pendant une des émissions d'Attenborough. Ou peut-être à la fin, au moment où le générique défilait. Ce serait plus plausible. Ça devait être une question de respect. Soudain je m'en suis souvenu comme si c'était hier, et je me suis souvenu des mots précis qu'il avait employés.

– Voir une émission comme celle-là, il a dit, ça justifie presque la redevance qu'on paie.

Voilà donc ce petit carré de terre, mi-jardin mi-énigme naturelle susurrée style oiseau-jardinier-d'Attenborough mâtiné de N'est-ce pas que la Nature est merveilleuse – et je me demande à quoi il sert. Pourquoi y a-t-il un jardin ici, dans le bois empoisonné ? Un petit jardin de fleurs, pareil à une concession de cimetière ? Et que fait Morrison ici ? Est-ce que c'est lui qui y plante des fleurs, au beau milieu de nulle part, comme un barjo ?

Même alors, je mets quelques instants à comprendre quel idiot je suis. Ce n'est pas un jardin, c'est exactement ce que j'ai cru la première fois que je l'ai vu. Il faut parfois se fier à ses premières impressions. Même si elles ne tombent pas pile, elles peuvent contenir des indices. Ce n'est pas un jardin, c'est une tombe. Quelque chose est enterré là. Quelque chose, ou quelqu'un.

Et alors il me vient à l'idée que Morrison n'est pas un barjo, il était venu là pour une bonne raison, et cette raison était liée aux garçons perdus. Il était là pour s'occuper d'une tombe. Mais la tombe de qui ? Est-il vraiment possible qu'un des garçons soit enterré là, à l'endroit où notre mystérieux policier a fait son petit jardin ? Morrison est-il l'assassin ? Parce que tous ces garçons sont morts, c'est évident. C'est Morrison qui dit le contraire, c'est lui qui a fait courir le bruit que les garçons étaient tous partis pour la grande ville comme le Dick Whittington de la fable, avec leur baluchon, leurs bottes de sept lieues et leur animal de compagnie doué de parole, convaincus qu'ils y trouveraient les rues pavées d'or. On est bien obligé de se demander dans quel but il déploie autant d'efforts. Est-ce qu'il y croit lui-même ? Ou est-ce qu'il a quelque chose à cacher ? Quelqu'un a tué les garçons perdus et s'en sort blanc comme neige depuis toutes ces années. Qui d'autre pourrait commettre toute une série de meurtres et s'en tirer sans être inquiété, à part un policier ? Qui d'autre pourrait étouffer tout ça et veiller à ce qu'il n'y ait pas la moindre enquête ? C'est vrai quoi, il a l'air d'avoir la carrure. Il est un peu énigmatique, tout le monde le dit. Même si ce n'est pas lui l'assassin, il doit être dans le coup. Mais la question que je me pose alors, c'est pourquoi ?

Puis je comprends. Ce n'est pas Morrison, bien sûr. Ce n'est pas lui l'auteur des meurtres, des enlèvements ou je ne sais quoi ; lui il couvre, c'est tout. Il connaît les véritables assassins et les protège. Mais il y a peut-être plus d'un assassin. Peut-être toute une bande. Peut-être que les garçons ne sont pas morts, que quelqu'un les détient quelque part, pour on ne sait quelle raison. Peut-être que les gens ont raison, en ville, et qu'en réalité il s'agit d'une sorte d'expérience. J'en ai la nausée quand j'y pense, pas à cause de cette idée, que j'ai entendue assez souvent, mais parce qu'elle pourrait effectivement être fondée. On peut nourrir calmement les idées les plus horribles, du moment qu'on n'est pas certain qu'elles soient fondées. Mais voilà que tout à coup elles le *sont*, et on en a l'estomac retourné. Morrison a sans doute la nausée, lui aussi, et peut-être qu'il se sent coupable de s'être fourré dans un truc pareil, et c'est pour ça qu'il a fait ce petit jardin dans le bois empoisonné. Mais bon, pourquoi là? Pourquoi pas dans son propre jardin, chez lui? Son petit carré secret. Par ici, où n'importe qui peut tomber dessus, son pitoyable petit jardin est vulnérable. J'imagine sans peine ce qui se passerait si Jimmy et sa bande le trouvaient. Pourquoi ne pas l'installer ailleurs, là où il pourrait le protéger?

Mais je comprends pourquoi. Je regarde au loin, dans la direction où Morrison a disparu, et il n'y a personne. Juste moi, dans cette partie silencieuse du bois empoisonné que même les gamins évitent. Il y a longtemps, le premier garçon a disparu dans ce bois, et ensuite son meilleur ami s'est volatilisé aussi, si bien que l'endroit porte un peu malheur aux yeux de certains. Pas aux miens, par contre. Pas un endroit de la presqu'île n'est mauvais, ou maudit, et chacun a son histoire propre. Ce bois a du poison qui court dans les veines, dans la sève de chaque arbre, dans la moindre poignée d'humus, le moindre brin d'herbe sous mes pieds, mais c'était jadis un endroit où les amoureux venaient pour être tranquilles, les jeunes filles que leur père ne voulait pas laisser sortir avec des garçons, les maris à qui leurs femmes ne donnaient pas d'amour, les femmes dont les maris n'étaient jamais là se glissaient furtivement par couples pour venir se cacher sous les arbres et les fourrés, baiser, discuter et échafauder des plans de fuite. Ça fait partie de l'histoire aussi. Ce jardin fait partie de l'histoire, et le fait que je le trouve, aussi. Ça fait donc partie de l'histoire aussi quand je me mets à genoux et que je commence à creuser, arrachant les plantes, éparpillant la verroterie et les galets, creusant profond dans la terre noire pour découvrir ce qui est caché dessous. Car quelque chose *est* caché là. Je ne dis pas que j'ai trouvé un corps, je sais simplement qu'il y a un indice quelque part dans toute cette terre et cette herbe et ce poison. Je dois creuser longtemps : profond, plus profond, au plus profond. J'ai peur que le policier revienne et me surprenne, mais je ne peux pas arrêter ; ça fait partie de l'histoire du lieu que je creuse et que je continue de creuser, jusqu'à ce que je trouve mon indice. Or, quand je le trouve, ce n'est pas ce à quoi je m'attendais – bien que ce soit quand même un indice. Un indice minuscule, éloquent.

Une montre. Précieuse possession d'un jeune garçon, une belle montre, assez coûteuse d'après les critères de l'Intraville. Elle est toute couverte de rouille et de terre et le verre est cassé, mais c'est tout de même un indice, je le sais, pas simplement une cochonnerie que quelqu'un a jetée dans le coin. Alors je frotte pour détacher la terre et je gratte la rouille et, au bout d'un moment, je vois qu'il y a une inscription au dos de la montre, une inscription que j'arrive à peine à déchiffrer. C'est écrit : *Pour Mark de la part de tata Sally.* J'ai l'impression qu'il s'agit d'un objet adoré, un objet qu'un garçon n'aurait perdu que s'il n'avait pas pu rebrousser chemin pour le chercher, et bien que ça ne prouve rien, bien que ça n'ait aucune valeur devant un tribunal, monsieur le président, je sais ce que c'est et je sais à qui cette montre a un jour appartenu. Mark Wilkinson n'est pas enterré là, mais c'est là que son fantôme est resté, parce que c'est là que ce qu'il aimait le plus a été cassé. Morrison le sait. C'est pour ça qu'il a fait ce jardin. Il prie un fantôme… mais pourquoi ?

Et alors, je devine. Je n'ai aucun moyen d'en être sûr, mais je sais que j'ai raison. C'est pour obtenir le pardon. Il prie ce fantôme pour obtenir son pardon. Pourtant, il sait sans doute que le pardon ne s'obtient pas sans contrition ? Il sait sans doute que, pour être pardonné, il doit confesser ses péchés, ne serait-ce qu'au fond de son cœur, et faire ainsi la paix avec le monde ? Et comment peut-il faire ça si personne ne l'aide ?

Après ça, je quitte le site funéraire, le jardin commémoratif, ou je ne sais quelle autre fonction l'endroit est censé avoir, et je reprends la direction des profondeurs de l'usine. J'avais envisagé, avant, de retourner voir Elspeth, mais je sais qu'il faudra remettre ça à plus tard, ou peut-être à jamais. Pour le moment, il faut que je sois seul. Pour le moment, j'ai à faire.

ELSPETH

À ce stade de l'histoire, Elspeth est carrément en rogne. Si on lui demandait pourquoi, elle dirait qu'elle est énervée parce que son petit ami lui a de nouveau posé un lapin et qu'elle a vraiment besoin de tirer un coup, mais en vérité elle s'inquiète. Elle est en rogne aussi, bien sûr. S'il avait un poil de bon sens, pense-t-elle, c'est elle que Leonard viendrait trouver avec ses ennuis, pas Jimmy Van Doren. S'il a besoin de quelqu'un à qui se fier, c'est sûrement *elle* la plus indiquée – mais pour autant qu'elle le sache, il est parti quelque part avec Jimmy et sa saleté de bande, à destination de quelque égout de la presqu'île, sans doute, pour y côtoyer les rats et les mutants. À moins que ce soit avec la fille qu'il est parti. Comment déjà? Eddie. Tout en se dirigeant vers l'ancienne usine, sans trop savoir pourquoi elle y va et sans vraiment espérer y trouver quiconque, Elspeth se dit qu'elle ne serait pas étonnée que Leonard se fasse cette drôle de petite garce vu que, soyons lucide, il est bien du genre... incapable de passer devant un chiot malade sans se mettre à le tripoter. Cela dit, si c'est *ça* qu'il trafique, ce n'est pas aussi grave que se mettre comme cul et chemise avec Jimmy, parce que Jimmy Van Doren n'est *pas* le genre de type qu'on va trouver quand on a des ennuis. Bien entendu, si on n'a pas d'ennuis à proprement parler, il se fera un plaisir de nous en créer. Elspeth lui avait posé la question, à l'époque où elle le fréquentait encore. Pourquoi est-ce qu'il aimait voir les gens souffrir. Pourquoi il les blessait sans raison.

– C'est un don, avait-il répondu. Avec un grand sourire aux lèvres. Un don... et un service public.

— C'est le nom que tu donnes à ça ?

— Et comment, il avait dit. Les gens se sentent bien quand ils sont malheureux. Ils savent qu'ils ne méritent pas mieux.

Ses yeux pétillaient.

— C'est quand tout va bien qu'ils commencent à s'inquiéter. Ils ne savent pas quoi faire de leur peau. Le monde a soudain l'air étrange et effrayant, et ils languissent de retrouver ce qu'ils connaissent. Quelque chose de familier... comme la souffrance.

Donc, à moins que Leonard se la joue dans le genre baise en milieu défavorisé, Elspeth est presque sûre que Jimmy et lui sont quelque part dans la presqu'île, en train de s'attirer un peu plus d'ennuis, et peut-être de comparer leurs notes. On devrait toujours juger les gens d'après leurs fréquentations. Après tout, c'est ce qui l'a d'abord attirée chez Leonard, le fait qu'il ne fréquente personne : il gardait son quant-à-soi. Il avait ses livres, ses films, tout ça et voilà. Elspeth ne s'était jamais trop penchée là-dessus, mais elle était contente qu'il ait quelque chose, vu que ça avait dû être dur pour lui de s'occuper tout seul de son père toutes ces années. Sa mère avait été une femme vraiment bien – un vrai canon, en plus –, mais au bout d'un moment elle n'avait plus pu supporter ça et elle s'était tirée avec un type qu'elle avait rencontré chez le dentiste ou quelque chose du genre.

Leonard n'aime pas du tout parler d'elle, bien sûr – ça tombe bien, parce que Elspeth n'a jamais été très portée sur les trucs comme la compassion. Elle n'est pas très fan de lecture ou de films non plus, mais elle a essayé. Leonard empruntait des vidéos à John, le givré fumeur d'herbe de la bibliothèque, et ils les regardaient dans sa chambre, sur un vieux magnétoscope que Leonard avait récupéré à la décharge, mais Elspeth n'en voyait pas l'intérêt. Il n'y avait jamais d'intrigue, les dialogues étaient tous en français, japonais ou autre, et les sous-titres tout troubles, si bien qu'on pouvait à peine les déchiffrer. Quand ils regardaient ces trucs-là, elle se demandait tout du long ce qu'il avait à reprocher aux bons vieux films hollywoodiens, aux vraies histoires pleines de vrais gens, comme l'autre, Bill Pullman, dans *L'Amour à tout prix*. Elspeth aime bien Hollywood, elle ne voit aucun mal à tout simplement s'asseoir et se laisser distraire. La télé c'est bien aussi – même certains feuilletons sont bien joués. Mais les films que Leonard empruntait à John ! Elle a encore des cauchemars en repensant à celui où un type déambule dans un terrain vague avec un gros chien noir et où la caméra zoome lentement sur un débris de verre, un livre ou autre, pendant que quelqu'un qu'on ne voit pas parle en voix off, et il y a de l'eau partout et c'est tout, sauf que ça dure comme ça pendant quatre heures… en *russe*.

Leonard a essayé de l'éduquer, bien sûr. Il essayait de lui faire lire des livres. Les classiques : *Les Frères Karamazov, Anna Karénine* – encore une de ces conneries russes – et l'autre *Moby Dick* à la con. Elle n'a adressé qu'un regard à *Anna Karénine* et elle s'est marrée.

– Tu rigoles ? elle a dit. Regarde-moi ce pavé. Si tu te le fais tomber sur le pied, tu te casses un orteil.

Il avait failli rire, mais il est quand même revenu à la charge. C'était son truc, ça, à Leonard, il attachait vraiment de l'importance à ces choses-là. Il était pire que John le Bibliothécaire.

– C'est un des meilleurs livres jamais écrits, il a dit. Tu devrais tenter le coup.

– C'est un des plus *gros* livres jamais écrits, elle a répondu. Je vais rater le coup.

Elle a pourtant essayé D.H. Lawrence, mais d'après les spécialistes il n'avait écrit qu'un bon livre, qui n'était pas à la bibliothèque. Quand elle a demandé pourquoi à John, il s'est contenté de lâcher un reniflement sarcastique. Elle lui a expliqué qu'elle voulait lire les classiques, pour se développer l'esprit, tout ça. Elle a précisé qu'elle pensait commencer par *L'Amant de lady Chatterley*, à cause de la psychologie et tout. Ça a fait marrer John.

– On ne l'a pas, dit-il. En revanche, on a *La Vallée des poupées*. Si ce sont des classiques que tu veux.

Mais Elspeth ne veut pas de classiques. Pas vraiment. Ce qu'elle veut – ce qu'elle *aime* vraiment –, c'est les revues porno. Pas uniquement les trucs hard ; le genre propre, style *Penthouse*, c'est bien aussi. Parce que, comme elle a déjà essayé plusieurs fois de l'expliquer à Leonard, on apprend des tas de choses dans les bouquins de cul. Évidemment, on apprend les différentes positions et ce qu'on peut faire pour rendre la baise plus excitante. Mais on apprend aussi des tas de trucs sur les gens. Et ça, ça ne ferait pas de mal à Leonard. S'il s'était contenté de lire du porno, ou *Histoire d'O*, ou quelque chose dans le genre, il aurait peut-être un peu plus de bon sens, du coup il ne serait pas au diable avec Jimmy Van Doren et sa petite bande, à chercher les ennuis.

Cela dit, pense Elspeth, c'est son problème. Le sien à elle, c'est qu'elle a besoin d'un bon gros câlin. Mais comme ce n'est pas possible dans l'immédiat, elle décide d'aller se balader sur la route de l'ancienne ferme du littoral est, histoire de passer sa contrariété en marchant. C'est une belle journée, tout ensoleillée et claire, et pour une fois l'air sent bon, comme l'été sent sûrement dans les endroits normaux, alors elle poursuit le long de la haie qui borde la route, dépasse la décharge et continue sur le chemin de terre qui descend jusqu'à la plage. Elle ne s'attend pas à voir qui que ce soit là-bas, mais elle n'a pas fait un kilomètre qu'elle tombe sur ce type qu'elle n'a encore jamais vu, un genre de manouche vu sa dégaine, en train de faire cuire quelque chose sur un feu. Elle s'arrête une minute et le regarde vite fait : et il se trouve que ce n'est pas du tout un manouche, qu'il est très bien sapé, pour le style campagne en tout cas. En fait, vu sous cet angle, il est plutôt pas mal, avec de beaux cheveux cendrés, pas tout à fait blonds, mais elle ne voit pas ses yeux, or elle sait qu'on doit toujours se fier aux yeux de quelqu'un. Il a pourtant l'air bien, et elle voit en plus qu'il a une voiture, une vieille camionnette verte moche garée là-bas, sur une parcelle en friche, pas loin de l'endroit où il fait son feu. Il n'a pas de chien, ça c'est bien. Les manouches ont toujours des chiens. En général, les chiens sont plus sympas que les maîtres, surtout les chiens de chasse. Quoiqu'elle doive reconnaître qu'elle généralise un peu, là. En tout cas, elle fait encore quelques mètres sur le chemin, jusqu'à se trouver pile sous le vent du type, et elle voit qu'il est en train de faire mijoter un genre de ragoût. Il a une grande bouteille de Fanta ou un truc du genre, posée sur une petite nappe, une tasse et un peu de pain, et il fait mijoter ce ragoût, peut-être de lapin, quoique, s'il a un brin de bon sens, il ne touchera pas à un seul des lapins du coin. Il est complètement absorbé dans ce qu'il est en train de faire, si bien qu'il ne voit Elspeth qu'au dernier moment. Elle se coule en douce jusqu'à lui et lance sa meilleure réplique avant même qu'il sache ce qui lui tombe dessus.

— Ça vous dit une petite pipe, monsieur ? elle lance juste au moment où il se retourne. Il est vraiment beau, avec un visage gentil et un regard clair, bleu-gris.

Il a l'air un peu interloqué, à moins que ce soit juste parce qu'il a le soleil dans les yeux. Puis il rigole et se lève, en s'essuyant les mains sur sa veste.

— Eh bien, il dit, pour être honnête, ça me dirait sans doute. Mais pas venant de toi.

Elle est un peu vexée de cette réponse, bien sûr, mais elle prend l'air décontracté.

— Et qu'est-ce que j'ai qui ne va pas, hein ? elle dit, en prenant son plus bel air genre rien-à-foutre-de-ce-que-vous-pensez. Sauf qu'elle n'en a pas rien à foutre, bien sûr, vu qu'elle a vraiment salement envie d'une bonne baise, alors si Leonard n'est pas foutu d'assurer, ce type-là pourra très bien le remplacer.

L'homme rit de nouveau.

— Tu n'as rien qui ne va pas, il dit. Simplement tu n'es encore qu'une petite fille. Tu n'es qu'une gamine, et tu ne devrais pas traîner dans la campagne en proposant tes services à de parfaits inconnus.

— J'ai dix-huit ans, elle dit.

Il secoue la tête.

— Ça, j'en *doute* fort, il dit.

— Vous voulez une preuve?

— Comment veux-tu prouver ça?

Elle sourit.

— Venez un peu là, et je vous montrerai, elle dit.

Il rit de plus belle.

— Non, il dit, tu n'as pas besoin de le prouver.

Il jette un rapide coup d'œil pour vérifier son déjeuner.

— Tu as faim? il demande en s'agenouillant pour remuer le contenu de sa gamelle.

Maintenant qu'il en parle, elle a faim, vu qu'elle n'a pas mangé avant de partir, tellement elle était pressée d'aller retrouver Leonard, mais elle est trop excitée pour penser à manger. Ce type l'a remontée, elle en mouille, on dirait un truc tout droit sorti des conneries de D.H. Lawrence. Sûrement. Mais elle est quand même contente d'accepter ce qu'on lui propose, ça fera toujours un point de départ.

— Je *crève* de faim, elle dit avec peut-être un peu d'exagération.

Il lève les yeux vers elle et secoue la tête.

— Alors assieds-toi, il dit. Je ne vais pas te renvoyer alors que tu *crèves* de faim.

Elle ne voit pas qui c'est. Pas d'entrée de jeu. Mais quand elle lui demande ce qu'il fait là, il lui parle de l'étude truc-machin sur les Papillons et elle comprend que c'est celui dont Leonard lui a parlé. Pas ce qui l'empêcherait de tirer un coup avec lui, bien sûr, mais il n'est sincèrement pas intéressé. Elle pousse un peu le bouchon, mais il se contente de rire pour la décourager. Elle lui explique qu'il pourra lui faire tout ce qu'il veut — elle n'a jamais croisé un type que ça ne branche pas.

Quand on leur dit, l'air tout gentil et soumis, *tu pourras me faire tout ce que tu veux*, en général ils passent direct en mode réflexe et ensuite on peut *leur* faire à peu près tout ce qu'on veut. Mais pas ce type-là. C'est un mec bien, beau et tout, mais un peu demeuré. Ce n'est pourtant pas qu'elle veuille se *marier* avec lui ni rien, et comme elle lui a dit qu'elle avait dix-huit ans, il a toutes les garanties pour prévenir un quelconque retournement juridique. Évidemment, il pourrait être homo. Peut-être qu'il aime Leonard. Ou peut-être que c'est juste un crétin de base qui se balade dans la campagne pour attraper des papillons et les compter. Ce qui, tout bien pensé, n'est pas un si mauvais plan. Ça permet de voir du pays. Mieux que de vivre ici. Ce qui, par enchaînement, lui donne une idée. Ils sont assis devant le feu, à présent, en train de manger son ragoût maison. Elle ne sait pas ce qu'il y a dedans, mais c'est bon.

— Et alors, elle lance sur le ton de la conversation-sympa-amicale, aucune-pression-sur-lui, vous venez d'où? Vous n'êtes pas de par ici.

Il secoue la tête.

— Je ne suis de nulle part, il dit. Ou peut-être de partout. J'ai même vécu ici, à une époque.

— Ici?

— Quand j'étais gosse.

Il jette un bref regard du côté de l'usine et on dirait qu'il remonte le passé. Il a l'air du genre à voir ce dont il parle, ce qu'il se remémore. Pas simplement des mots ou des pensées, mais des images.

— Mon vieux a travaillé ici quelques fois, il dit.

— Ah oui?

Elspeth ne connaît personne qui travaille ici et ne soit pas resté sur place.

— Qu'est-ce qu'il faisait?

— Il travaillait pour Lister.

— C'est quoi?

– George Lister & Fils, il dit. Une des compagnies qui ont construit l'usine. Il a aidé à la dessiner, puis il est revenu, quand tout a fermé, pour aider à la réformer.

– Ça veut dire quoi, au juste ?

– Il a aidé à désaffecter l'usine.

– Ah, elle dit. Il devait être apprécié, alors.

L'homme a un sourire amer.

– Je ne pense pas, non, il dit.

– Et alors, c'est comment ? elle demande, pour lui changer les idées. Elle a envie qu'il soit un peu plus joyeux.

– Qu'est-ce qui est comment ?

– Là-bas. Vous savez. Dans le vrai monde.

Il rit.

– *Tout* est vrai, il dit. Mais c'est différent. Ça change, d'un endroit à l'autre.

Il jette un regard alentour.

– Où qu'on aille, c'est ici le mieux.

Elle s'esclaffe.

– *Ici* ? elle dit. Vous rigolez, ça c'est *sûr*.

– Disons, il ajoute, pas précisément l'endroit où nous sommes. Mais le plein air, la terre. Les endroits où on peut rester tranquille, ou faire son boulot sans que personne ne vienne déranger. On ne voit pas ça très souvent.

– Racontez-moi, elle dit. Elle avance le buste et se cale le menton au creux de la main : chaleureuse, compréhensive, intéressée. Elle saurait faire ça les yeux fermés, s'il le fallait.

Il rit.

– En tout cas, il dit, comme s'il éludait une question qu'elle ne lui a pas encore posée, j'en ai presque terminé, ici.

– Ah ouais ?

– Oui, il dit.

– Alors, vous partez ?

Il hoche la tête.

– Bientôt.

Elle hoche la tête à son tour. Elle est à deux doigts de laisser tomber, à ce stade de la conversation, parce qu'elle sent qu'il se dérobe, mais elle tente le coup encore une fois.

— Je peux venir avec vous ? elle lui demande.

Il a l'air étonné, mais il ne l'est pas vraiment.

— Pourquoi voudrais-tu ? il demande.

— Pour m'en aller d'ici, elle dit.

— Et tes parents ?

— J'en ai pas, de parents, elle dit, ce qui n'est pas tout à fait vrai, même si ça l'est au fond. Écoutez, moi, tout ce que je veux, c'est qu'on me fasse faire un bout de chemin en voiture. Je ne vous sauterai pas dessus, rien.

— C'est bien vrai ?

— Enfin bon, elle dit, sauf si vous me le demandez.

Il sourit. Il a un beau sourire et elle se sent un peu mélancolique, sur l'instant. Il lui fait comme un peu peine, pour être honnête. Il devrait la baiser, ça le requinquerait sûrement. Ça *la* requinquerait *elle*, ça c'est sûr. Cela dit, inutile d'exclure quoi que ce soit. Plus loin sur la route, tout ça. Il n'y a rien de plus bandant que de prendre la route de nuit et de s'en aller sans trop savoir où on va. D'enchaîner des kilomètres et des kilomètres de maisons éclairées et de routes de campagne, les prés tout autour pleins de bétail en train de rêver et d'oiseaux nocturnes qui traversent à tire-d'aile le pinceau des phares. Exactement comme dans le film français qu'elle a vu chez Leonard. Elle ne serait pas surprise qu'il se range sur le bas-côté et la saute vite fait avant même qu'ils aient quitté la péninsule.

— Ma foi, il dit après avoir fait semblant d'y réfléchir. Je n'irais pas dire que je ne suis pas tenté. Mais il y a encore une chose dont je dois m'occuper avant de partir.

Il détourne la tête pour contempler la friche qui s'étend en direction de l'ancienne usine. Il a l'air triste, ou peut-être un peu effrayé, et elle se demande en quoi consiste ce qu'il a à faire.

231

— Vous ne savez pas ce que vous perdez, elle dit en essayant de chasser la déception d'un haussement d'épaules pour s'en sortir l'amour-propre intact, mais il commence à l'inquiéter, maintenant. Le voilà tout angoissé et tracassé devant elle, du coup Elspeth ne peut s'empêcher de penser qu'une chose terrible est sur le point d'arriver. Parce qu'il n'est plus pareil, maintenant, et pendant un bref instant elle le voit. Ce n'est qu'un aperçu qu'elle saisit au vol, et elle ne comprend pas de quoi elle est témoin, mais elle dévisage l'homme et pendant ce bref instant-là elle voit la lumière noire du soleil, et elle est obligée de se détourner, effrayée et troublée. Ce n'est qu'un aperçu, toutefois, et quand elle regarde à nouveau, du coin de l'œil, cette lumière noire est masquée et il ne reste plus que de la tristesse. Elle se sent tellement triste, en fait, qu'elle est sur le point d'éclater en sanglots, comme ça lui arrive parfois chez elle sans raison, alors qu'elle regarde un film débile à la télé ou qu'elle écoute un des vieux disques de sa mère.

L'homme la regarde longuement, puis il hoche la tête.

— Je n'en doute pas, il dit. Il se penche en avant et tisonne le feu. Il commence à faire froid. Ça sera bientôt l'automne.

Il lève la tête et sourit – mais Elspeth a froid, à présent, elle a froid et elle est fatiguée, et elle se met vraiment à pleurer.

— Ne dites pas ça, elle dit.

L'homme secoue la tête.

— Tout va bien, il dit.

Elspeth a envie de le croire, mais elle n'y arrive pas. Elle pleure vraiment, à présent ; les larmes roulent sur ses joues et elle voudrait que, juste pour cette fois, tout se passe comme c'est censé se passer. Elle regarde l'Homme-Papillon et elle se dit que si seulement il avait pu être quelqu'un d'autre, s'il avait pu juste la toucher, ça réparerait tout. Famille, école, Jimmy Van Doren, Leonard, l'Intraville – tout ça se dissiperait et elle serait libre à tout jamais. La seule chose qu'il ait à faire, c'est la toucher, et cette histoire neuve pourra commencer. Routes, chambres, villes, océans. Été. Elle voudrait qu'il s'en rende compte. Elle voudrait qu'il arrête d'être aussi angoissé et qu'il se contente de la prendre dans ses bras et ensuite, une fois qu'ils auront baisé pendant des heures dans les hautes herbes, au pied de la haie, ils s'en iraient dans sa camionnette verte et la chose terrible n'arriverait pas. La chose terrible n'arriverait pas et quelqu'un, quelque part, resterait sain et sauf – et c'est alors qu'elle pense à Leonard, sans savoir pourquoi, sans vraiment croire que c'est lui qui est en danger. Elle voit Leonard un instant, mentalement, qui lève la tête et pose son livre pour saluer quelqu'un qu'il vient juste de remarquer et ne s'attendait pas à voir, comme il a fait cette fameuse première fois, à la bibliothèque, puis le froid et la tristesse engloutissent Elspeth, jusqu'à ce qu'elle ne puisse plus penser qu'à s'en aller dans une camionnette verte, à rouler vers l'ouest jusque-là où c'est encore l'été. Car c'est encore l'été, quelque part, elle le sait. C'est toujours l'été, à un endroit ou un autre, pour quelqu'un.

J'étais suivi. Ou plutôt que suivi, observé. Quelqu'un m'observait, parmi les arbres, ou depuis l'un des fours en ruine. Pourtant ça ne m'a pas dérangé, au début. J'avais peur que Morrison, ou quelqu'un, cherche à me cueillir, mais je ne pensais pas que mon observateur soit de l'Intraville. Ce qui n'était sans doute pas tellement logique, mais je me suis dit que si j'étais le prochain – et pendant un jour ou deux, là, j'ai vraiment eu la *conviction* que je serais le prochain gamin à disparaître –, si j'étais le prochain, si ces enfoirés me recherchaient, ils pourraient me trouver n'importe quand chez moi, alors qu'à mon avis, ils n'auraient pas moyen de mettre la main sur moi ici, dans la presqu'île. Ce qui était idiot car j'aurais dû savoir que, pour peu qu'ils me recherchent, ils se contenteraient de venir me cueillir, et je ne pourrais strictement rien y faire. La police était dans le coup, c'était évident à présent, et la municipalité sans doute aussi. La Compagnie Presqu'île-Terre de mes deux n'était pas seulement dans le coup, c'était sans doute ces gens-là qui tiraient les ficelles de toute l'affaire, quelque part dans leurs bureaux de l'Extraville, une espèce de programme d'épuration ethnique, visant à débarrasser les rues des fauteurs de troubles potentiels ou va savoir quoi, ou peut-être simplement à entretenir la peur dans laquelle on vit tous, de façon à ce qu'une fois leur grand projet Péninsule-Terre d'origine enfin mis en route, ils disposent d'une population docile pour faire fonctionner les unités d'incinération d'ordures ou je ne sais quels trucs ils vont construire pour remplacer l'usine. À moins qu'il s'agisse d'une histoire religieuse louche, comme quand Dieu a laissé Satan tuer les fils de Job, ou qu'il a envoyé l'ange pour tuer tous les fils aînés des Égyptiens, mais a épargné les gosses des Israélites. Il faut reconnaître que ce sont de sacrés coriaces, ces Israélites. Ils se sont contentés de faire une marque blanche à la peinture sur le montant de la porte ou je ne sais quoi, de se préparer une tasse d'Ovomaltine et d'aller se coucher. Une connerie d'ange allait parcourir la ville en tuant des enfants, et eux ils se sont mis au lit et ont passé une bonne nuit, sans chercher plus loin. Moi, je me serais senti un peu mal à propos des gamins égyptiens. J'aurais eu envie de prévenir quelqu'un, peut-être le gentil marchand de briques d'en face, ou le boulanger du bout de la rue, celui à la femme si mignonne. Ou j'aurais veillé toute la nuit, des fois qu'il pleuve et que la marque blanche sur ma porte soit effacée. On n'a qu'un fils aîné, bon Dieu. On ne tient pas à ce qu'il y ait la moindre embrouille.

Je m'étais dit que j'allais rester en sécurité un jour ou deux, le temps de trouver quoi faire de ce que je savais, c'est-à-dire presque rien, mais je tenais au moins un début et, comme début, c'était mieux que de torturer Rivers avec des lames de rasoir. Et voilà que j'étais suivi. Je ne savais pas par qui et, au début, ils ont gardé leurs distances, mais en milieu de matinée le lendemain j'étais dans un des anciens entrepôts, un grand plein d'échos avec du lierre et tout qui poussait partout à travers les trous dans le toit et des oiseaux qui entraient et sortaient sans arrêt à tire-d'aile, et là j'ai senti que quelqu'un était tout proche. Vraiment tout proche. Sauf que je ne voyais personne. La seule chose que je voyais, c'était du soleil et de l'ombre, et des silhouettes d'oiseaux qui voletaient par-ci par-là, et la seule chose que j'entendais c'était les chants. J'ai stoppé net et regardé alentour, puis j'ai appelé : "Jimmy ?" C'était prendre mes désirs pour des réalités, plus qu'autre chose, parce que Jimmy je pouvais l'affronter, mais je savais très bien que ce n'était pas Jimmy, là-bas, dans l'ombre. C'était quelque chose de complètement différent. C'était une *personne*, à mon avis, quelqu'un de plus grand et plus discret que Jimmy ou n'importe quel membre de sa bande. Quelqu'un qui avait l'habitude d'être seul et de ne faire aucun bruit. Un guetteur, comme un des personnages qu'il y avait dans les vieux romans à suspense. Le Guetteur de l'ombre. Le Guetteur des cieux. Sauf que, sur le moment, je ne savais pas s'il était là parce qu'il me *pourchassait*, ou parce qu'il cherchait à me protéger. À veiller sur moi. Mais peut-être qu'il était simplement là, à guetter. Que ce soit moi n'avait aucune importance, ç'aurait pu être n'importe qui. Et peut-être que ce n'était pas du tout une personne, peut-être juste une présence. L'esprit du lieu. On dit que tous les lieux ont un esprit propre, mais quand on parle de ça dans les livres, les poèmes, et tout, il est toujours question de lieux du genre bosquets de verdure ou sombres fouillis de roseaux où Pan joue de la flûte pour une nymphe perdue, ou peut-être un lac où dort une dame à fleur d'eau, mais pourquoi pas un ancien entrepôt ou un haut-fourneau éteint? Pourquoi pas une décharge? Est-ce qu'on ne raconte pas ces histoires-là tout simplement pour que ces trucs – ces esprits – finissent par appartenir à quelqu'un d'autre? J'avais toujours senti quelque chose là-bas, à l'usine chimique, où que j'aille. On pourrait appeler ça un esprit, ou un *genius loci* – pourquoi pas? C'était là, présent, et j'ai toujours pensé que ça tentait de me parler. Mais pas avec des mots. Pas comme ça. On aurait plutôt dit que ça désignait. C'était là, à me désigner une chose que je devrais savoir, une chose que j'aurais dû voir par-delà ce que j'étais en train de voir, mais ça ne se souciait pas de ce qu'on pouvait dire avec des mots. On a une lune énorme dans un ciel indigo, qui flotte au-dessus des eaux poussiéreuses près des quais, au-dessus des grues rouillées et du vieux bateau mangé de corrosion, on a cette grosse lune au-dessus du port et on entend des chouettes appeler dans les bois plus loin, sur le littoral ouest – quels mots on va trouver pour ça? Ce n'est pas une description qu'il nous faut, de toute façon, mais quelque chose de plus fin. Comme l'analyse grammaticale, ou la chromatographie. Par moments, le monde entier désigne une chose qu'on ne voit pas, une essence, un principe caché. On ne la voit pas, mais on la sent, bien qu'on ne sache pas du tout comment la formuler à l'aide de mots. Et par moments c'est simplement que tout est beau, sauf que ce qu'on entend par beau est différent de ce que les gens veulent généralement dire quand ils emploient ce mot. Ça ne veut pas dire sentimental ni cucul la praline. C'est beau, et c'est aussi terrible. Ça coupe le souffle, mais on ne sait pas si c'est d'admiration ou de terreur. Par moments, je me demande pourquoi les gens pensent si peu à la beauté, pourquoi ils pensent que c'est juste une affaire de calendriers et de photos de petites églises blanches ou de torrents de montagne dans des publicités ou des catalogues touristiques. Pourquoi se contentent-ils de ça? Même moi qui n'ai que quinze ans, je vois bien que ça ne se limite pas à ça.

Je sais aussi ce que laid veut dire. Ce jour-là, dans l'entrepôt délabré, au milieu de ce ballet de soleil et d'ombre, sans personne d'autre que les oiseaux et moi, et cette personne, qui ou quoi qu'elle soit, le monde avait l'air plus qu'ordinairement beau à mes yeux, mais je savais que c'était dû en partie au contraste avec toute la laideur, là-bas en ville. Tout le monde pensait que l'usine était une chose horrible, qu'on devrait enfin démolir tout ce qu'il en restait et construire quelque chose de nouveau sur la presqu'île, mais c'était prendre le problème à l'envers: c'était la ville qu'il fallait démolir, l'Intraville et l'Extraville, les alignements d'immeubles et les villas, les pauvres et les riches, tout. Il fallait tout abattre et recommencer, sans doute dans des cabanes et des huttes en terre, pour que les gens puissent réapprendre à vivre, au lieu de se contenter de regarder la télé à longueur de journée en laissant leurs gamins faire n'importe quoi. Il fallait transférer les gens plus loin sur la côte et leur apprendre à pêcher, leur donner de petites parcelles de terre à cultiver, des petits lopins, quelques outils et un ou deux sacs de graines, et il fallait les laisser pendant une génération, les laisser apprendre à vivre et à éduquer leurs enfants. Il ne fallait pas plus que ça. Une seule génération, et ils auraient acquis de nouvelles compétences, de nouvelles habitations, de nouvelles histoires. Alors ils pourraient commencer à s'en aller plus loin, quelques-uns à la fois, à s'en aller dans le monde pour éduquer les autres, nomades magnifiques, allant de place en place, ramenant le plaisir d'être en vie.

J'étais là, à penser tout ça, sans vraiment savoir si c'était bien moi qui le pensais ou si c'était quelqu'un d'autre. Les pensées me venaient à l'esprit de leur propre chef, surgies de nulle part, ou peut-être de la personne là-bas, qui m'observait : pensées d'abord, puis images et sons, bribes de souvenirs, fragments sans être des fragments, car je voyais que quelque part, derrière tout ça, tout était lié à tout, sauf que je ne discernais pas tous les liens car je n'étais pas prêt. Je n'avais pas l'habitude des liens, j'avais l'habitude des bribes disparates. J'avais l'habitude des fragments.

Puis, au bout de je ne sais combien de temps à juste rester planté là, j'ai regardé autour de moi et vu une forme. C'était la forme d'un homme, d'un homme vivant qui venait de sortir de quelque part. Sauf qu'il n'y avait nulle part d'où sortir, il était au milieu de l'entrepôt, en plein milieu des chants, du soleil et de l'ombre, et pourtant, malgré tout, il avait l'air de sortir à l'instant de quelque part car c'était le cas. Il venait de sortir de ça – de la lumière, de l'ombre, des chants d'oiseaux. C'était un homme : plus grand que moi, mais guère ; il se tenait immobile et se contentait de me regarder, sans intentions, rien qui inspire la crainte.

– Qui êtes-vous ? je lui ai demandé. Je n'avais réellement pas peur. J'étais simplement curieux – sauf que ce n'était pas la curiosité habituelle, où on est partagé entre envie de savoir et rien à foutre, vu que de toute manière qu'est-ce que ça change, hein ? Là, c'était une curiosité pure, suave, délectable, une fin en soi, qui n'avait peut-être pas de réponse, de toute façon. Ce qui comptait, c'était de s'interroger.

Il s'est écoulé un long moment avant qu'il s'avance dans une flaque de soleil et que je voie son visage. Il ne m'était pas inconnu, mais au début je n'arrivais pas à le resituer. Je l'avais déjà vu quelque part, mais je n'ai compris que quand il s'est mis à parler, pourtant même à ce moment-là, je n'ai pas bien entendu ce qu'il disait. C'était juste un son, une voix dans l'air ambiant, comme ce qu'on pourrait entendre si on réglait sa radio sur une nouvelle longueur d'onde. L'espace d'un instant, j'ai cru m'être aventuré dans je ne sais quel endroit nouveau, quelque rêve de paradis céleste, ou tout au moins dans l'au-delà, et me trouver en présence d'une chose surnaturelle, d'un être venu d'ailleurs, lequel, si étrange que ça puisse paraître, me considérait comme un ami. Car il me semblait que c'était *mon* ami. Celui que j'avais toujours cherché, aussi loin que je puisse me rappeler. Puis il a bougé, juste un peu, et j'ai vu que c'était l'Homme-Papillon. Je le reconnaissais à présent, même s'il avait l'air différent ; ou, plutôt, c'était le même qu'avant, mais plus grand – pas en taille : plus grand en soi, plus défini et en même temps plein de possibilités. C'était l'Homme-Papillon et nul autre que lui, pourtant, quand il est sorti de l'ombre, j'ai cru voir quelqu'un d'autre en lui, quelqu'un que je connaissais, et je me suis senti un instant dérouté, et j'ai failli tourner les talons, parce que j'ai cru que quelque chose n'allait pas, puis j'ai regardé à nouveau et j'ai vu que c'était réellement mon ami l'Homme-Papillon, et il souriait. Il s'est avancé d'encore un pas et m'a dévisagé, comme s'il cherchait à voir si j'étais éveillé ou somnambule. Puis il a ri doucement et s'est détourné.

— Viens, il a dit en s'éloignant. Je vais te préparer du thé.

Je n'arrêtais pas de faire la navette entre l'endroit où j'étais installé à côté du feu et un autre que je devais avoir vu dans un film ou un rêve, mais aucun de ces lieux n'était une illusion et aucun des deux n'était plus réel que l'autre. J'étais certain de ne pas avoir d'hallucinations. Un moment, j'étais assis sur un muret en ciment, en train d'écouter l'Homme-Papillon qui parlait de la machine que son père avait fabriquée au fond des entrailles de l'usine, l'instant d'après j'étais debout dans un champ d'abeilles, des marguerites et des verges d'or jusqu'à la taille, les abeilles se mouvant de droite et de gauche par centaines autour de moi, le soleil m'inondant le visage dans un lieu impossiblement propre, embaumant l'herbe et le pollen. Puis j'étais à nouveau près du feu, levant la tête vers l'Homme-Papillon, écoutant. J'ignorais complètement ce que contenait le thé qu'il venait de me donner, mais il m'avait fait dormir et dans ce sommeil un rêve était venu, bien qu'à présent, presque éveillé, je ne puisse pas me le rappeler précisément, je n'en voyais que des images. Je savais que je n'avais dormi qu'un court instant car il faisait encore jour, là, en ce bivouac à l'orée des bois, puis un instant plus tard, dans la vaste prairie où je me trouvais au milieu du va-et-vient des abeilles. C'est étonnant : je ne me rappelle pas m'être endormi, je ne me rappelle même pas m'être senti bizarre ou somnolent, et voilà que tout à coup je me réveille et tout a changé – alors que j'ai l'impression non pas d'être encore dans un rêve, mais d'être trop éveillé, chaque détail de chaque brin d'herbe et de chaque flammèche est entièrement présent dans ma tête, au point que c'est presque insoutenable, la réalité et la proximité de tout ça.

Au bout d'un moment, je me suis rendu compte qu'on était en train de marcher, mais je ne savais pas où on était ni où on allait. Ça m'étonne, maintenant, rétrospectivement, de ne pas avoir reconnu le bâtiment vers lequel on se dirigeait, ni la salle dans laquelle il m'a conduit après avoir sorti une clé et ouvert un vrai cadenas en état de marche qui fermait la porte, mais on devait se trouver dans un endroit sur lequel je n'étais jamais tombé jusqu'à ce jour, une immense salle poussiéreuse qui ressemblait à un laboratoire de lycée à un bout – trois rangées de paillasses abîmées avec éviers et becs Bunsen, une unique plante verte pas tout à fait morte sur le rebord noirci d'une fenêtre à côté de la porte –, puis s'étirait en un espace sombre et froid au-delà, un long néant, aussi loin que mon regard portait dans la pénombre, couloir autant que salle. On était à peine entrés que l'Homme-Papillon a refermé la porte et tout s'est trouvé dans le noir.

– Attends un instant, il a dit avant de s'aventurer dans l'obscurité en me laissant seul au cœur des ténèbres. Je sais, rétrospectivement, que l'attente n'a duré que quelques secondes, mais sur le moment ça a paru long – tellement long, même, que j'ai oublié sa présence, oublié pourquoi j'étais venu dans cet endroit, et, comme un enfant perdu au carnaval, je commençais à me sentir abandonné quand une lointaine lumière dorée s'est allumée, et l'Homme-Papillon est revenu vers moi, l'air bienveillant, peut-être un peu soucieux, comme s'il avait lu la peur dans mon regard et voulait que je sache qu'il n'y avait aucune raison de m'inquiéter, que tout allait bien. Tout ira au mieux et toutes choses de même, je me suis dit au moment où il m'a effleuré gentiment le bras : des mots tirés d'un livre, je le savais, mais ils avaient été autre chose jadis, des mots que quelqu'un avait pensés, dans un instant semblable à celui-là.

– Viens, il a dit. Il m'a regardé un moment, le visage calme, le regard vide de toute émotion, puis il s'est tourné et a commencé à s'éloigner lentement, à regagner la lumière dorée. J'ai suivi. Tout du long, j'ai eu l'impression que quelqu'un m'observait – pas une personne, pas des gens, mais quelque chose de petit, une chose dissimulée dans la structure de la salle. Quelque animal dans le lambris, quoi que signifie le mot lambris, quelque créature cachée dans l'ombre.

– Cet endroit est sacré.

Il se tenait devant une sorte de machine, peut-être un four, ou une chambre à gaz – je n'arrivais pas à la discerner, mais de toute façon j'étais incapable de rien discerner, j'avais du mal à voir nettement et du mal à entendre ce qu'il disait. Je manquais sans arrêt des choses, les expressions se dissipaient dans les airs avant que je puisse mettre le doigt dessus, ses mains maniaient, à mesure qu'il parlait, le tableau de commandes métallique de cette machine que je n'avais encore jamais vue, dans une pièce dont j'ignorais jusqu'à l'existence, alors que je m'étais baladé dans cette ancienne usine toute ma vie. J'ai pourtant distingué ça, cette tournure qu'il aimait tant. Il l'avait déjà prononcée, prononcée plus d'une fois quand on était dehors, dans les bois, ou en train d'attraper des papillons dans la friche qui s'étend entre la ville et l'estran. J'avais ri la première fois qu'il l'avait employée, pourtant je crois que même à ce moment-là j'entrevoyais vaguement ce qu'il voulait dire. Seulement, sacré n'était pas un mot que les gens employaient couramment quand ils parlaient de l'usine, alors j'avais ri.

— Ouais, j'avais dit. *Sacré.* Ça saute aux yeux.

Il avait souri, mais persisté dans cette idée.

— Tu sais ce que veut dire sacré ?

J'avais réfléchi un moment, puis secoué la tête – mais je savais où il voulait en venir. Je savais toujours où il voulait en venir, même quand il parlait des cycles de vie bizarres des lépidoptères ou du fonctionnement interne des colonies de champignons ; j'avais l'impression d'écouter une autre version de moi-même parler du monde, me mettre au courant de toutes les choses que je n'avais pas encore eu le temps de remarquer.

— D'accord, j'avais dit. Éclairez ma lanterne.

Il avait ri. Je ne savais pas comment il me percevait, s'il pensait que j'étais une autre version de lui, peut-être une version issue – merci qui ? – de l'Intraville, le gamin grande gueule qu'il n'était jamais devenu en grandissant. Il l'avait souvent dit depuis cette première fois, que la presqu'île était sacrée, mais là ça signifiait autre chose, quelque chose de plus dur, une chose aussi menaçante que magnifique. Cette fois, il parle d'une chose plus spécifique, d'une sorte d'engin qu'il a fabriqué, mais je n'arrive pas vraiment à suivre à cause du thé que j'ai bu. La seule chose que j'arrive à faire, c'est me tenir là, en tâchant de rester en un seul endroit, dans mon corps et dans ma tête, en tâchant de ne pas tanguer tout en regardant remuer ses lèvres comme le ferait quelqu'un qui est subitement devenu sourd et qui cherche désespérément à lire sur les lèvres sans avoir jamais appris. Quoique ça n'ait pas grande importance, à mon avis. Il n'explique rien. À un moment donné, je crois, il me parle de la façon dont il a découvert je ne sais quels vieux croquis et plans sur l'ordinateur de son père, qu'il a pris le temps de tirer au clair, et le rapport qu'ils ont avec l'usine. Au début, il a seulement pensé qu'il s'agissait de plans en vue d'une sorte de processus d'assainissement, sans doute quelque chose que son père avait inventé pour aider à nettoyer les saloperies que l'usine produisait, mais au bout d'un moment il entrevoit autre chose, un fantôme d'idée pour commencer, mais suffisant pour lui faire comprendre que ce à quoi le vieil homme travaillait – durant ses tout derniers jours, d'après les dates, quand il savait n'en avoir plus pour longtemps –, ce qu'il était tout près d'accomplir, n'était autre qu'une sorte de portail, un passage déjà en partie fabriqué dans les tréfonds des entrailles de l'usine, et qu'il suffit d'achever. Je *pense* que ce sont là les propos qu'il tient, quoique je puisse les avoir imaginés, ou peut-être les avoir ajoutés par la suite, histoire de comprendre un peu ce qui se passera plus tard, quand je m'avancerai dans cette gigantesque lumière sans une hésitation et arriverai où je me trouve à présent. Je ne sais pas. Ce que je sais, en revanche, c'est qu'il me montre une machine dans l'ombre, tout au fond d'une longue salle froide qui ressemble à un entrepôt mâtiné de laboratoire, puis il me parle d'une chose qui va se passer. Ça me concerne, mais ça ne donne pas l'impression que ce sera important. Ça reste abstrait. D'ici à peu près vingt-quatre heures, cette machine sera prête – pour le moment, elle est en train d'exécuter un processus spécial, comme se charger ou quelque chose du genre – et on franchira, ou peut-être que je franchirai tout seul, je ne suis pas très sûr des détails, quelqu'un franchira cette vieille porte rouillée et pénétrera dans… quelque chose. Un autre monde, un autre temps. Ou nulle part, jamais. Je n'arrive pas vraiment à suivre, je suis trop parti dans mon propre esprit. Par moments, j'ai envie de rire, par moments de pleurer, mais je ne ris pas, ne pleure pas, je reste simplement là dans cette longue salle, à l'écouter parler et à tanguer dans la pénombre, sans trop savoir si je suis bel et bien là. Sans trop savoir si je ne suis pas en train de rêver.

Plus tard, quand les effets du thé sont presque dissipés, je me retrouve de nouveau assis devant un feu, dans la clairière où on avait bivouaqué avant, à une dizaine de mètres à peine de la route de l'ancienne ferme. L'Homme-Papillon est assis en face de moi, en train de surveiller une grande gamelle d'un truc qui sent la soupe ou le ragoût, avec la lumière dorée du feu qui danse sur ses mains et son visage tandis qu'il contemple les flammes. Il semble avoir oublié ma présence – peut-être que j'ai dormi à nouveau –, mais il a l'air calme. Pas heureux, calme. Je ne peux pas en jurer, et c'est peut-être une chose qui me vient plus tard à l'esprit, mais il a l'air de quelqu'un qui a pris une décision finale concernant quelque chose et qui attend juste que les événements se déroulent.

Sa décision a quelque chose à voir avec moi, je le sais – sauf que je ne sais pas ce qui a été décidé, par lui, ou par moi, ou par nous deux. Quelque chose en rapport avec la machine de l'immense salle. J'ai envie de l'interroger là-dessus, mais les questions ne veulent pas se formuler correctement dans ma tête et je me mets à penser à d'autres trucs, comme au fait de voir Morrison dans les bois, ou de trouver la montre, ou à la théorie que j'avais imaginée à propos des garçons perdus. Je me ressaisis même au point de commencer à lui parler de tout ça. J'ai envie d'exposer mes soupçons, peut-être d'entendre son point de vue sur les éventuels complices de Morrison. J'ai envie qu'il m'aide à voir la cohérence de tout ça. Mais ça ne l'intéresse pas. Lui, il considère que l'Intraville est derrière nous. Il écoute patiemment jusqu'à ce que j'aie fini de parler, mais il ne dit rien. Je me dis d'abord que c'est parce que je raconte n'importe comment – j'ai encore les idées plutôt embrumées et je ne formule pas bien les choses –, puis je me rends compte que ce que je dis, ou la façon dont je le dis, importe peu, étant donné que pour sa part il en est à des considérations que je n'ai même pas commencé à explorer, et encore moins à comprendre. Ce qui est exact, bien sûr.

– Rien de tout ça ne te concerne, il dit quand je lui fais voir la montre.

Je secoue la tête. J'ai la sensation d'être en train de réciter le texte d'un scénario, comme l'un des personnages secondaires d'un vague polar, d'exposer au grand détective ma théorie lamentablement erronée.

– Quelqu'un a tué tous ces garçons… je dis.

Il agite la main.

– Ne te tracasse pas avec ces trucs, il dit.

Et c'est tout. Affaire classée. Je suis fatigué, j'ai l'esprit embrumé, et il a d'autres préoccupations en tête. Pourtant, juste au moment où je commence à me dire que c'est peine perdue, il se lève et dispose deux tas de couvertures par terre, à côté du feu. Il réfléchit à quelque chose, mais il n'est pas pressé du tout. Il dispose les couvertures, remet un peu de bois dans le feu, puis se redresse et regarde derrière, en direction des bois, de l'Intraville.

– Tu sais quoi? il lance. Demain, on ira discuter avec l'agent de police. Quand ce sera fait, tu arriveras peut-être à oublier tout ça et on pourra avancer.

Cette réponse m'étonne. Je manque de m'esclaffer, non pas à cause de ce qu'il est en train de dire, mais de la façon dont il le dit. *Discuter.* Ça a l'air tellement ordinaire; comme si on allait se contenter de faire un saut au poste et de demander à

Morrison s'il a tué cinq garçons et, si ce n'est pas le cas, s'il sait qui l'a fait. Je manque de m'esclaffer.

Il s'allonge sur un tapis de sol et tire sur lui quelques couvertures.

– Repose-toi un peu, maintenant, il dit. La journée sera longue.

Je ne pensais pas pouvoir dormir à nouveau, mais si. C'est le sommeil de l'épuisement, cette fois, et non je ne sais quelle rêverie hypnagogique causée par une drogue, quoiqu'il y ait des rêves dans ma tête qui doivent me venir des heures pendant lesquelles j'étais sous l'effet du thé bizarre de l'Homme-Papillon, des rêves issus des moments de la journée que je n'arrive pas à me rappeler, du moins pas consciemment – si tant est que ça veuille dire quelque chose. Je suis épuisé et je dors profondément, mais il est encore tôt quand je m'éveille – et il fait froid, beaucoup plus froid que je ne m'y serais attendu. Je suis allongé par terre, sous les couvertures qui embaument le camphre, et j'essaie de me remémorer sinon tout, au moins les points de jonction entre tels et tels éléments, de façon à pouvoir me faire le récit de ce qui s'est passé. Le récit de ce qui a été décidé. Je sais que je me suis engagé à faire quelque chose mais je ne sais pas très bien quoi. Ça a un lien avec la fameuse machine que l'Homme-Papillon m'a montrée, un lien avec un franchissement vers un autre lieu. À un moment donné au cours des douze dernières heures, je sais que j'ai vu quelque chose, et je sais qu'aux yeux de l'Homme-Papillon cette chose est sacrée d'une tout autre façon que tout ce qu'il m'a montré auparavant, et je pense que ça a un lien avec une espèce de divinité, ou d'esprit, mais j'ignore si je l'ai véritablement vue ou s'il m'en a seulement parlé, ou même s'il s'agissait d'une chose sortie d'un rêve qui se serait mêlée à l'histoire qu'il me racontait dans l'immense salle – sortie d'un rêve, ou de la terre, ce qui revient à peu près au même à cette heure. Allongé là, dans l'aube froide, je pense que, pour l'Homme-Papillon, c'est un dieu, un délire outrepassant son imaginaire qui a pris forme un bel après-midi alors qu'il était là tout seul et lui a montré une autre façon d'être dans l'univers. Un dieu sauvage, mais pas féroce. Pas cruel. Je ne sais pas ce qui est sur le point de se passer ni où la machine muette de l'immense salle risque de m'emporter, mais je sais, en revanche, sans l'ombre d'un doute, que c'est comme ça. Quoi qu'il advienne, quoi que les vingt-quatre heures à venir me réservent, je sais que le dieu de ce lieu est sauvage mais pas cruel. La cruauté, je le sais, est une propriété humaine, et quoi que je puisse découvrir dans l'immense salle, je sais que ce ne sera pas humain.

Je m'assieds. Le feu brûle encore, mais il n'est plus aussi vif ni aussi chaud qu'au moment où on parlait, avant que je m'endorme. Je cherche des yeux l'Homme-Papillon, mais il n'est pas là. Ça ne m'inquiète pourtant pas. Je sais qu'il ne doit pas être loin. Il est sans doute parti chercher du bois pour le feu, ou peut-être qu'il fait une cueillette de feuilles pour préparer à nouveau de ce thé qu'il m'a donné. Cette idée ne m'emballe pas. C'était *vraiment* incroyable et magnifique, dans un sens, mais je n'aime pas ne pas me souvenir de tout ce qui est arrivé. Pourtant, il aurait peut-être mieux valu que j'aie tout oublié. Ce qui me déconcerte vraiment, par contre, c'est la ribambelle d'images disparates qui défile dans ma tête, et cette impression d'une histoire toute décousue et sans suite logique.

Je me lève tant bien que mal et m'éloigne du feu, m'éloigne du bivouac, je marche jusqu'à l'orée de la clairière et parmi les arbres jusqu'à l'endroit où la route de l'ancienne ferme descend vers la mer. La presqu'île est toujours au mieux tôt le matin, mais ce jour-là elle est plus belle que jamais. Quand je dis belle, ça n'a aucun rapport avec les trucs pour catalogues touristiques, vu que jamais ça n'aurait pu être ce genre-là. D'abord, il n'y a pas grand-chose à regarder, juste un grand pré ponctué çà et là de coquelicots rouges transis et d'une rangée d'arbres tordus qui virent du noir au gris dans les premières lueurs du jour. Très haut dans le ciel, quelques mouettes s'éloignent de la grève, et ce qui pourrait être un petit oiseau nocturne franchit à tire-d'aile l'étendue d'herbe gris-vert pour gagner le couvert des arbres tandis que je traverse la route et reste là, à observer, l'esprit vide – mais agréablement vide, comme si cette absence, il se l'était promise pendant des années. Absence. Néant. Il existe une espèce de dicton – le néant habite l'être, et je comprends ce que ça veut dire, sauf que formulé dans ces termes c'est trop abstrait, trop philosophique. Plutôt rébarbatif, en plus – alors que ça ne l'est pas le moins du monde. John dirait que ça sonne mieux en français, mais ce n'est pas ça. Ça sonne mieux quand on est au bord d'un champ de coquelicots transis et qu'on laisse venir le néant, comme ça, rien de fracassant, juste un néant prosaïque. Ça sonne mieux quand on ne le formule pas avec des mots, quand on ne le commente même pas, qu'on se contente de regarder et d'écouter pendant qu'il nous emporte – pas du tout un truc négatif, pas une condition existentielle, mais un genre d'éclosion, un événement naturel. Une chose qui, lorsqu'elle finit par venir, n'a rien d'un coup d'éclat. La conscience qui s'épanche. Le rouge des coquelicots. La fraîcheur du matin.

À mon retour, l'Homme-Papillon est revenu près du feu, en train de faire ce qu'il fait toujours, comme s'il n'était rien arrivé qui sorte de l'ordinaire. Il lève la tête quand je passe pour aller me poster à quelques mètres et contempler le feu comme s'il s'agissait d'un genre de miracle, mais il ne dit rien. Il se contente de finir ce qu'il fait, puis il me sert un petit-déjeuner et une tasse de café normal, non hallucinogène. Je sais que quelque chose m'a échappé dans ce qu'il m'a raconté sur la machine et les croquis de son père, et je me demande s'il le sait, lui aussi. Dans ce cas, à mon avis, il va sûrement en dire plus, essayer d'expliquer – mais il ne dit rien. On reste là un moment, sans guère parler, en nous occupant juste du feu et en écoutant les bois qui mènent leur vie autour de nous. Ce silence n'est pas gênant, il n'y a aucune tension, aucune sensation d'attente ou d'appréhension. Au contraire, on dirait n'importe quel matin : juste deux amis venus bivouaquer dans les bois. C'est chaleureux, pourtant, avec cette lumière, cette impression tacite d'être bien ensemble au calme. On reste là un long moment, sans dire un mot ; puis on charge toutes ses affaires dans la camionnette et on roule jusqu'à l'Intraville, comme deux des anges les plus chers à Dieu, pour arracher l'âme d'un homme à l'enfer.

Au poste de police, Alice Morrison s'efforce de ne pas rêver. Elle est éveillée, maintenant, elle vient de s'en apercevoir, ce qui ne change rien, car les rêves continuent d'affluer, même quand elle se tient tête basse, les mains appuyées contre le mur, les yeux grand ouverts. Elle a toujours eu peur de ce qui est en train d'arriver, peur qu'un jour la tremblote ne passe pas au bout de quelques heures, ou même d'un jour ou deux, qu'elle reste là avec elle, en permanence, sa compagne constante, vigilante. À présent, des visages surgissent du plancher et montent vers elle, ou sortent du mur pour venir la lorgner, visages morts mais moqueurs, moqueurs et désespérés à la fois, yeux et bouches affreux, inconnus, fondent vers elle où qu'elle se tourne. Mais, pires encore, les bruits dans sa tête – pas des voix, plus des voix, jamais, juste un bruit comme de meubles qu'on déplace, pieds de table en bois grinçant sur un sol, couvercles de casseroles dégringolant à grand fracas sur du carrelage, ou peut-être le bruit de cordes de piano résonnant dans le noir, pendant que quelqu'un en secoue, secoue le cadre d'avant en arrière. Ou bien ce sont des cloches au loin, un son qui devrait être paisible, un beau son si les cloches étaient là-bas, dehors, dans le monde, et non à l'intérieur de sa tête. Puis, à travers tout ça, à travers de soudains instants de calme trompeur, vient un bruit d'enfant, le même enfant, sans cesse, inlassablement, assis ou agenouillé quelque part dans un coin, qui pleure et murmure tout seul, garçon ou fille, elle n'en sait rien, elle n'arrive pas à discerner les mots que prononce l'enfant. La seule chose qu'elle entend, c'est cet effroyable murmure.

Elle sait que Morrison est quelque part dans la maison. Quelque part en bas. Il la laisse se débrouiller seule, parce qu'il est arrivé quelquefois qu'elle lui dise de la laisser tranquille, si bien que maintenant il la laisse tranquille, maintenant il a renoncé et elle a la solitude qu'elle a toujours voulue. Sauf que maintenant, elle n'en veut plus. Elle ne peut pas la supporter. Elle s'est dit que ça n'allait pas durer, parce que c'est l'enfer, et elle n'a rien fait pour mériter l'enfer. Smith, Jenner et les autres de l'Extraville le méritent bien plus qu'elle. Morrison le mérite. Elle ne sait pas ce qu'il a fait, mais elle sait qu'il a fait quelque chose. Personne travaillant pour Smith n'est innocent. Cela dit, l'enfer n'est pas pour les coupables. Il est pour les gens comme les O'Donnell, qui n'ont rien fait de mal. C'est le hic avec l'enfer, le hic qu'on n'évoque jamais en instruction religieuse, le fait qu'en enfer, ce ne sont pas les coupables qui souffrent, ce sont les innocents. C'est ce qui en fait un enfer. Un principe aléatoire se balade de par le monde, choisit les gens sans la moindre raison et les précipite en enfer. Chagrin pour un enfant. Maladie épouvantable. Bruits et visages surgissant de nulle part, ponctués de terribles instants de lucidité, juste assez longs pour qu'on se rende compte où on est. Et on est en enfer.

Enfer, enfer, enfer, enfer, enfer. Le bruit enfle dans sa tête et quelque chose se crispe tout le long de ses bras et de ses jambes – comme des crampes, mais bien pire –, elle a l'impression que son corps est sur le point d'éclater, les tendons et muscles claquent et se déchirent, les os se brisent. Elle sait tout ça depuis toujours, elle en était au seuil depuis bien longtemps et voilà que ça finit par arriver. Morrison est en bas, en train de préparer le dîner ou de lire le journal, sans se soucier d'elle. Elle n'a pas besoin de lui, mais elle a besoin de *quelque chose.* Elle a besoin d'aide. D'un médicament, peut-être. Ça pourrait être aussi simple que ça. On pourrait venir lui faire une toute petite injection et cet enfer prendrait fin. La seule chose qu'il lui faut, c'est quelqu'un pour passer le coup de téléphone.

Elle ne peut pas le faire. Elle ne peut pas lui demander. Son corps tout entier a envie de hurler de douleur, son esprit de supplier qu'on lui donne quelque chose qui la libère, et elle ne peut pas émettre un son. Elle est en enfer, et l'enfer c'est pour l'éternité.

La première fois qu'elle voit l'homme, elle ne comprend pas. Elle le prend pour un visage de plus, qui s'adresse à elle en hurlant depuis l'entrée au moment où elle se tourne pour chercher une issue. Un fantôme. Elle sait, bon sang, que ce sont des fantômes, elle sait que ces choses sont des hallucinations, ou elle le sait la plupart du temps en tout cas, et ça n'y change rien. C'est là que vivent les fous, et elle ignore comment elle y est arrivée. Quelques verres, quelques cachets? Sûrement pas. Elle n'a jamais cru à ce genre d'injustice. Elle a cru à la faute, aux horreurs intimes, aux gestes honteux commis derrière des portes closes. Elle ne s'est pas imaginé que les fous méritent leur souffrance, mais elle a cru à un chemin, une voie empruntée, ou un passé de douleur et de solitude, se déployant à partir du plus sombre secret de l'enfance jusqu'à l'asile, où les médecins vont et viennent armés d'aiguilles, où les fous s'allongent pour dormir dans l'oubli, pendant quelques heures précieuses. Mais quelle a été sa voie personnelle? Nul n'a abusé d'elle enfant. Nul ne lui a volé son innocence ou n'a fait d'elle le témoin de vérités insoutenables. Elle ignore comment elle en est arrivée là. Elle ignore comment sa vie est devenue insupportable.

Cela dit, rien n'est insupportable. La première fois qu'elle le voit, ce n'est qu'un fantôme parmi tant d'autres, mais au bout d'un moment elle prend conscience d'une véritable présence, d'une chaleur qui emplit la pièce, alors elle regarde du fond de son enfer et le voit là, debout dans son propre îlot de lumière et pourtant à quelques mètres à peine. Il a une silhouette d'homme mais quand elle discerne son visage, c'est celui d'un jeune garçon. Un garçon doux, serein, qui la regarde, calme, indulgent, silencieux. Elle sait qu'il ne veut pas lui parler, mais elle a besoin de briser cette chaîne de bruit et de douleur dans sa tête et, quand elle finit par le voir là, elle est obligée de demander. Il ne répond pas ; elle ne s'attendait pas à ce qu'il le fasse, mais elle répète quand même sa question.

– Qui es-tu ? dit-elle. C'est une question plutôt simple.

Il ne répond pas, mais il s'approche et tend la main – et ce geste, pendant un instant terrible, est la chose la plus douloureuse qu'elle puisse imaginer. La main qui se tend, l'instant avant le contact. Mais quand il la touche – la main posée à plat sur son visage, lui couvrant les yeux et la bouche –, elle accède en titubant à un nouvel état, à une clarté inconnue. Il garde la main sur son visage et elle laisse ses yeux se fermer, et les bruits cessent. Les bruits cessent et la douleur dans ses bras cesse. La douleur reflue, comme une vague. Les bruits cessent et sa tête est silencieuse, fraîche, vide. La gratitude est presque insupportable, mais elle sait, d'un autre côté, qu'il n'est pas venu ici pour lui apporter sa bénédiction. Elle est quelqu'un qu'il a trouvé en chemin ; sa clémence est à ce point immense que la guérir ne lui coûte rien. C'est comme si elle avait rencontré l'Ange du Seigneur dans quelque vieille histoire biblique, qu'il l'ait effleurée un instant et guérie, mais elle sait que, depuis le début, l'intention qu'il nourrit est ailleurs. Elle tombe alors, par terre, tombe loin de cette main qui guérit et tombe en elle-même, la personne qu'elle était avant, la personne qu'elle a oubliée dans tout ce bruit, cette douleur, cette frayeur. Si bien que quand elle lève la tête, il est déjà parti, une ombre se dissipant, en route vers son rendez-vous divin. Mais ça lui est égal. Elle est calme. Son corps est silencieux. Elle est en mesure de dormir.

Quelques minutes plus tard, peut-être davantage, elle entend quelque chose au rez-de-chaussée, dans l'une des pièces en dessous. La voix de Morrison appelle, peut-être effrayée, peut-être en colère, elle ne saurait dire, d'ailleurs elle ne distingue pas ce qu'il dit. Elle n'est que moyennement intéressée, de toute façon, et au bout d'un moment le silence revient. Le silence de son épuisement. Dehors, quelque part dans les arbres, un couple de chouettes chasse, et plus proche, près de la fenêtre, elle entend une bouffée de vent. Des sons neufs, des sons qui proviennent du delà de sa souffrance. Elle entend une chose, puis en entend une autre, mais les bruits s'éteignent au moment où ils se produisent, parce qu'elle est en train de se frayer un chemin vers un lieu où le sommeil est total, et sur l'autre rive, une nouvelle vie. Elle s'appelle Alice. Son père l'adorait et elle a eu une enfance heureuse, en majeure partie. Ce sommeil, elle le mérite et le prend, avec gratitude et soulagement, en s'inquiétant à peine, alors qu'elle glisse et sombre dans ce lieu sans rêve, du fait que la dernière chose qu'elle remarque, la dernière infime étincelle de conscience, c'est que Morrison est parti et qu'elle est au poste de police, seule.

MORRISON

Quand il s'éveille, Morrison est assis droit, très droit, dans un fauteuil en bois trop petit pour lui, un lourd fauteuil à l'ancienne, ciré, avec un dossier et des accoudoirs capitonnés, le genre de fauteuil que plus personne ne fabrique depuis des années. Il a froid, ce qui ne le surprend pas puisqu'il est nu, la peau étonnamment blanche et flasque sous l'impitoyable lumière blafarde qui tombe de quelque part au-dessus. Il a instantanément conscience des entraves que quelqu'un lui a attachées autour des bras et des jambes, bien serré, mais pas des cordes, peut-être du cuir, ou une sorte d'adhésif isolant, enroulé autour de ses bras du poignet au coude, et autour de ses jambes des chevilles aux genoux, le maintenant dans une quasi-incapacité de bouger, cloué dans le fauteuil comme un insecte épinglé dans une boîte à spécimens. Ses jambes sont attachées de telle façon que ses genoux pointent légèrement vers l'extérieur, la plante des pieds au-dessus du sol, si bien qu'il ne peut pas prendre appui pour se hisser vers le haut. Celui qui l'a ligoté a des talents très spécifiques – sa pensée va droit à Jenner, qui attend sans doute depuis des années une occasion de faire exactement ça et d'éliminer ainsi un problème potentiel. C'est le genre d'homme qu'est Jenner : ordonné, cruel, mais en même temps quelqu'un qui prend vraiment soin de son travail, un homme qui n'aime pas les détails bâclés.

Le fauteuil dans lequel Morrison est cloué est disposé au centre de ce qui donne l'impression d'être un grand espace vide, un vaste espace sonore sous une unique ampoule nue suspendue au-dessus de sa tête, d'où tombe une flaque de lumière qui s'étend sur quelques mètres autour de lui, sans toutefois suffire à emplir la salle, laquelle donne une impression d'immensité – et Morrison comprend, sans savoir pourquoi, qu'il y a quelqu'un là-bas, à quelques mètres à peine, dans le noir, invisible, mais qui le surveille, attend qu'il se réveille, ce qui est chose faite maintenant. Quelqu'un, là-bas, guette sa peur – peur que Morrison est tout à coup, insolemment, inutilement, décidé à cacher, quoi qu'il advienne.

– Hé, ho ? Il lâche un bref rire moqueur et tourne la tête aussi loin que possible, d'abord à droite, puis vers la gauche, tout en sachant que celui qui le tient est posté droit devant, quelque part. Il y a quelqu'un ?

Il écoute. Il n'y a rien à entendre, mais il sait que quelqu'un observe. Il le sent. Il perçoit une respiration, il perçoit une tension, comme quelqu'un qui reste parfaitement immobile, se retient, respire en silence, lentement, écoute, guette. Observe : oui, c'est ça. Cet homme – et il est sûr, à présent, que ce n'est pas Jenner, qui, lui, aurait fait les choses simplement, rapidement –, cet homme patient et indépendant, fait partie des guetteurs de la vie, des observateurs. C'est pour ça qu'il travaille, non pas parce qu'il aime ce qu'il fait, au moment de l'acte final, mais pour ça, ce moment de pouvoir. Un planificateur minutieux, de toute évidence, mais pas en proie à l'animosité ou à une quelconque autre émotion, simplement quelqu'un qui aime jouir d'un pouvoir sur les autres. Avec quelqu'un comme ça, il n'existe pas d'autre stratégie que la temporisation, occasion de déterminer ce qui lui sera agréable, et peut-être de trouver une forme de compromis. Essayer de l'amener à oublier son projet initial, ou pousser les choses au-delà des limites premières de ce projet, voire de son jeu de consignes, de telle sorte qu'il puisse se retrouver dans une situation qu'il n'avait pas prévue. Peut-être, si le plan initial échoue, fera-t-il autre chose, commettra-t-il une erreur, dévoilera-t-il son jeu.

– Qui est là ? lance à nouveau Morrison. Il est bizarrement déconcerté par ce mauvais pas. D'un côté, il est furieux d'être ligoté, et furieux aussi d'avoir été immobilisé avec tant d'adresse, mais d'un autre côté il s'en fiche désormais, même de ça. Il est fatigué. Il ne sait pas où il se trouve – quelque part dans l'usine, sans aucun doute, mais il n'avait encore jamais vu l'intérieur de ce bâtiment-ci. Il lève la tête. La salle a un toit très haut, avec des traverses en bois et ce qui ressemble à un portique quelque part dans l'ombre, sur sa gauche. Il a froid, se sent un peu moite.

– Jenner ? Morrison est à peu près sûr que ce n'est pas Jenner, là-bas, mais il n'arrive pas à penser à quelqu'un d'autre qui soit capable d'une chose pareille. Jenner, si c'est vous, dites-moi ce que vous voulez, tout simplement.

Ce n'est pas Jenner. Jenner ne travaille pas comme ça. Celui qui se trouve là-bas est en train d'assister à un spectacle, peut-être de jouer avec Morrison, de le provoquer par ce silence. Il savoure l'énigme, il joue. Soudain, il lui vient à l'idée que ce sont des gamins, qu'il s'agit d'un genre de farce idiote. Cette idée, si farfelue qu'elle puisse paraître, est une meilleure explication à sa situation présente que Jenner. Jenner serait ici, à présent, au plus près de la besogne à exécuter, pas en train de rôder dans l'ombre. Jenner est un professionnel, mais là, ça pourrait être l'œuvre d'un amateur doué – un amateur au vrai sens du terme. Quelqu'un qui *aime* ce qu'il fait. Pas la personne qui a tué Mark Wilkinson et les autres ; là, c'est tout à fait autre chose. Il n'y a pas de respect, là, pas de tendresse. Tout est dur. À nouveau, l'idée lui vient qu'il y a des enfants, là-bas. Mais comment un enfant, ou même un groupe d'enfants, pourrait-il faire ça ?

– Je ne sais pas vraiment qui vous croyez que je suis, lance Morrison en direction de l'obscurité, pas trop fort, mais assez clairement pour montrer qu'il n'a pas peur. Mais je vais vous dire une chose : vous vous trompez. Je ne suis pas quelqu'un de spécial.

Il rit à nouveau, d'un rire étouffé qui s'adresse à lui-même et personne d'autre, même si on l'observe. Tout ça, toute cette situation lui donne envie de rire. Cette salle immense, ces présences dans l'ombre, lui attaché à ce fauteuil. C'est ridicule. D'un autre côté, rire n'est pas une si mauvaise stratégie non plus. Ça ne lui fait pas de mal, étant donné que ce n'est pas un rire insolent, il n'a même pas l'intention de lui donner cette tonalité. C'est un rire doux, triste, un peu pathétique même, et pourtant curieusement enjoué. Il l'entend lui-même quand il rit de nouveau : une note d'affliction, d'apitoiement à l'égard d'un homme qui n'a pas de vrai travail et un fantôme en guise de femme, un homme de son âge sans enfants, sans bons souvenirs, sans amour. Un homme qui était déjà arrivé au néant avant que l'autre, là-bas, le prenne au dépourvu et l'amène dans ce nouveau purgatoire pas particulièrement intéressant.

— C'est vrai, lance-t-il encore une fois, je ne suis *pas* celui que vous croyez.

Et en effet, ça a bel et bien des accents pathétiques, c'*est* pitoyable. Triste. Ce qui pourrait jouer en sa faveur car il est bien possible que l'autre, là-bas, soit sensible à la tristesse. Les gens aiment contempler la tristesse, parce que ce n'est pas de la douleur et parce que ça répond à quelque chose en eux.

Mais il ne se passe rien. Toujours pas de réponse.

— Où sommes-nous, de toute façon ? demande Morrison qui trouve son propre ton débile à souhait. Ce qui est peut-être parfaitement adapté, parce qu'il croit entendre quelque chose, quelque part sur la gauche. Il fait sacrément froid, dit-il sur le même ton débile.

Il entend alors un autre bruit. Pas grand-chose, juste un bruit, comme un objet roulant sur le sol, à quatre ou cinq mètres sur la gauche. Ce n'est pas un bruit qu'il reconnaît, mais il sait que c'est un bruit de mauvais augure. Il s'efforce pourtant de ne pas laisser voir qu'il a entendu et d'avoir l'air d'ignorer qu'il va lui arriver du vilain C'est la grande leçon qu'il a retenue de l'école : n'aie pas l'air d'une victime, et tu auras moins de chances d'en devenir une. Esquive au bluff. Se laisser aller à imaginer qu'il va y avoir du vilain est déjà un début, un premier pas dans la honteuse collaboration entre la victime et celui qui détient le pouvoir, une reconnaissance du fait que la douleur, sciemment infligée et profondément satisfaisante, est inévitable. Il écoute. Rien, puis quelque chose. Quelque chose, puis rien. Celui qui se tient là-bas se rapproche, ou fait le tour, peut-être, mais il n'est pas encore visible.

Puis une voix s'élève. Claire, juvénile, quoique peut-être pas celle d'un jeune garçon, et étonnamment douce.

— Vous êtes Morrison, le policier, dit la voix.

Morrison n'est pas certain qu'il s'agisse d'une question ou d'une affirmation, mais il répond, de toute façon.

— En effet, dit-il. Et en prononçant ces mots, il éprouve un vestige ténu de fierté, non pas de sa personne, mais du poste. De la *fonction*. Il écoute. L'homme dans le noir se déplace, avance, se fige en attente à la limite du cercle de lumière. Il tient quelque chose à la main – on dirait un seau – et le bas de son visage est masqué. En tout autres circonstances, Morrison se dirait que le masque est bon signe – mais dès qu'il voit cette haute silhouette plutôt svelte, jeune, il se rend compte que l'homme échappe à toute influence : qu'il a beau aimer observer, c'est aussi quelqu'un qui agit. Il sait ce qu'il va faire, simplement il a pour ce moment un scénario rédigé d'avance qu'il prend plaisir à suivre. Et voilà que, finalement, Morrison se laisse aller à l'insolence.

— Vous savez qui je suis, dit-il. Alors, dites-moi. Qui êtes-vous ?

L'homme ne parle pas – et Morrison comprend alors, à un signe si infime qu'il ne sait pas lui-même comment il l'a perçu, que quelqu'un d'autre est là aussi, un peu plus en retrait dans le noir, en train d'observer.

— Qui est votre ami ? demande Morrison.

L'homme le dévisage, à présent, d'un regard bleu étonnamment doux – et Morrison se rend compte qu'il n'est guère plus qu'un adolescent.

– Qui est *le vôtre*? demande-t-il à son tour, sans imiter, sans railler, en posant réellement la question.

Morrison sourit.

– Je n'ai pas d'amis, dit-il.

Il ne cherche pas à faire triste ni pathétique. Il n'a pas le moindre plan. Il n'a pas d'amis et cet homme, ce garçon, le sait très bien. En fait, ce garçon sait tout de lui. Ou pense qu'il sait tout – or il ne sait pas tout, car personne ne sait tout de qui que ce soit. En fait, pense Morrison, personne ne sait grand-chose.

– Quand j'étais gamin… lance-t-il, changeant de tactique.

– Insuffisant.

La voix de l'homme est toujours paisible, mais dure tout à coup.

– Qu'est-ce que vous entendez par "insuffisant"? Morrison est sincèrement agacé. Il venait juste de se rappeler quelque chose de lui-même, un détail véridique, et il voulait le rendre réel aussi, en le racontant. Vous n'avez pas écouté ce que j'allais dire.

L'homme s'approche encore d'un pas, puis s'arrête. Il est dans la lumière à présent et, parce qu'il est dans la lumière, Morrison est à même de constater que c'est effectivement un seau qu'il tient à la main.

– Pas de trucs de l'enfance, dit l'homme. C'est trop facile.

– Mais c'est là que tout commence, proteste Morrison. Il perçoit la légère fêlure dans sa voix et s'en veut. Il a lâché quelque chose, à présent, et ne pourra pas le récupérer. C'est la surprise à la vue du seau, bien sûr, qui a rompu sa concentration. Pour l'heure, la seule chose qu'il a envie de savoir, c'est ce qu'il y a dans ce seau. Où voulez-vous trouver une explication, sinon dans le passé lointain?

L'homme hoche la tête et pose le seau.

– Vous *avez* une explication? demande-t-il. Il semble sincèrement intrigué, non pas par la question en soi, mais par le fait de savoir si Morrison – qui commence à se voir lui-même à travers le regard de cet homme, sous les traits d'un archétype, d'un personnage de récit – a jamais ne serait-ce que pris la peine de chercher une explication. C'est une chose que Morrison trouve insultante, comme si cet homme cherchait à tout lui dénier, pas seulement la vie, ou une explication, mais jusqu'à une âme. À moins que ce qu'il dénie ne soit cette âme en soi. La possibilité même d'une âme. Quelqu'un comme Morrison ne peut avoir une âme à lui, car l'âme est intrinsèquement bonne, intrinsèquement propre, un bien emprunté à Dieu et à tous Ses anges, qui devra être restitué un jour, nacré, propre, intact. Cette idée met Morrison en colère et il a envie de dire à cet homme, ce garçon, qu'il se trompe, que l'âme est humide et sombre, une créature qui élit domicile dans le corps humain tel un parasite et s'en nourrit, une créature avide d'expérience et de pouvoir, possédée d'une joie inhumaine, qui n'a que faire de son hôte mais vit, comme elle doit vivre, dans une perpétuelle nostalgie défigurée.

– Alors? l'homme est toujours doucement intrigué et attend à présent, ménageant de l'espace pour que Morrison réponde.

Et voilà que Morrison arrive à voir l'intérieur du seau, du moins un flanc, qui est constellé et maculé d'une substance blanche, mais il ne veut pas avoir l'air trop curieux.

– Quand j'étais tout gamin, commence-t-il, délibérément, avec la mine d'un conférencier invité, ma mère m'a emmené en vacances. Mon père ne pouvait pas venir, il travaillait..

– Que faisait votre père?

– Il travaillait ici, à l'usine chimique, dit Morrison. Il regarde l'homme dans les yeux. Je suppose que c'est là que nous sommes. À l'usine chimique?

L'homme ignore la question.

– C'est *ça* votre explication ? demande-t-il. Morrison acquiesce. Bon, dit l'homme. Continuez.

Morrison regarde le seau. Le contenu en est blanc et mouillé, et il décèle une odeur. Une odeur familière, comme de la craie mais pas tout à fait.

– On est allés voir ma tante, poursuit Morrison. Il se sent triste, plus ou moins résigné, pas très intéressé par ce qu'il est en train de dire. Elle vivait au bord de la mer, mais ce n'était pas comme ici. C'était beau. Juste à côté de sa maison, il y avait une petite plage, avec du sable très blanc, et, sur la plage, un petit quai, ou une jetée qui s'élançait vers une eau claire, bleue. Je ne peux pas vous dire à quel point elle était bleue ni quel cadeau ce quai représentait pour un jeune garçon comme moi. Un garçon d'ici.

Il regarde l'homme. Qui a dû être un garçon d'ici, lui aussi, mais qui est-il ?

L'homme hoche la tête.

– Continuez, dit-il.

– Eh bien, dit Morrison, j'ai nagé tous les jours dans cette eau, bien sûr. Il n'y avait pas moyen de m'en faire sortir, même pour manger ou dormir. C'était l'été, il faisait vraiment chaud, mais l'eau était fraîche, très fraîche. Et j'adorais cette eau. C'était mon foyer, mon élément, une amie pour moi.

Il regarde le seau. Il comprend tout à coup qu'une chose atroce, vraiment atroce, l'attend, et qu'elle a un rapport avec cette substance blanche crayeuse qui a éclaboussé et moucheté le flanc du seau.

– Qu'y a-t-il dans ce seau ? demande-t-il. La question l'étonne. Il n'avait pas l'intention de la poser.

– Finissez l'histoire, dit l'homme. Nous avons *tout* le temps.

Pris de panique, conscient que l'histoire n'aura aucun effet sur quoi que ce soit, Morrison continue à raconter, mais à présent c'est à peine s'il supporte de parler. On dirait que l'histoire elle-même est une forme de torture plus que tout ce que cet homme et son complice, là-bas dans l'ombre, ont prévu de lui faire.

– J'adorais cette eau, dit-il. Je la considérais comme mon amie, ma compagne. Glisser dedans, du bout de ce quai noir, c'était comme rejoindre quelque chose qui avait toujours été là, une chose qui existait avant tout le reste dans ma vie. Je lui vouais une confiance totale.

Il s'interrompt. Il est essoufflé, à présent, à nouveau fatigué.

– Puis, le dernier jour des vacances, un courant est arrivé, de nulle part. C'était une vraie force de la nature, un mystérieux courant noir – non pas une vague en surface, mais une force noire rapide, sous l'eau, qui s'est jetée sur moi comme un animal et m'a entraîné vers le fond et le large, loin du quai, en direction du détroit.

Il s'arrête, souffle, voit le seau. Du plâtre de Paris, pense-t-il, sans savoir pourquoi. Il se souvient de l'odeur, une odeur ancienne, une odeur d'enfance.

– J'ai failli me noyer, dit-il. J'ai cru que j'allais mourir. Et ça se produit vraiment, au tout dernier instant. Vous savez, on dit qu'on se souvient de tout, qu'on voit toute sa vie défiler devant soi, les moindres détails, en un éclair. Eh bien, c'est vrai, parce que ça s'est produit et je m'en souviens. Sauf que ce n'était pas ma vie. C'étaient les souvenirs de quelqu'un d'autre qui ont défilé dans mon esprit.

Morrison s'arrête. Il est surpris des mots qu'il vient de prononcer, car ce n'est pas ce qu'il avait eu l'intention de dire. Pourtant, assez curieusement, ça sonne juste.

– J'étais en train de me souvenir de la vie de quelqu'un d'autre, dit-il. Quelqu'un que je ne connaissais pas.

Malgré tout, Morrison est presque content de son récit.

L'homme ne dit rien pendant un moment. Puis il s'agenouille devant le seau et commence à en tirer une longueur de ce qui ressemble à des bandages mouillés. Morrison n'arrive pas à déterminer s'il écoute, ou s'il l'a écouté depuis le début. Mais finalement, l'homme prend la parole.

– Et alors, que s'est-il passé ? demande-t-il tout en séparant les bandages les uns des autres.

Morrison regarde, fasciné.

– Je suis mort, dit-il, presque en aparté.

L'homme rit doucement.

– Pourtant vous êtes toujours là, dit-il.

Il apporte jusqu'au fauteuil une longueur de bandage mouillé enduit de plâtre et commence à l'enrouler autour du bras droit de Morrison.

– Vous savez ce que c'est ? s'enquiert-il doucement.

Il parle comme un médecin, avec la même bienveillance clinique.

Morrison opine.

– Pourquoi me faites-vous ça ? demande-t-il.

L'homme ne répond pas, et continue à emmailloter Morrison de bandages mouillés.

– Je n'ai rien fait de mal, dit Morrison.

– Non ?

– Non.

Il n'est plus possible, à présent, de se méprendre sur ce qui est en train de se passer. Morrison sait qu'il va mourir, mais il s'en moque. Il veut simplement que ce soit terminé.

– J'ai commis des erreurs, mais je n'ai rien fait de mal…

– Et William Ash, alors ? Et…

– Je n'ai *tué* personne.

– Mais vous saviez ce qui se passait.

Morrison hésite alors un instant. Ce n'est pas intentionnel, et ça ne révèle pas ce qu'il sait que l'homme pense : un calcul, une estimation de ce que l'autre sait et de ce qui, pour lui-même, pourrait rester impuni –, mais il hésite bel et bien, et il comprend aussitôt que c'est une terrible erreur qu'il vient de faire. Il ne sait pas pourquoi ça s'est produit – il s'est posé toutes ces questions des milliers de fois et a tout résolu du mieux qu'il le pouvait, mais il n'a encore jamais entendu quiconque les formuler à voix haute. Il n'a jamais été *accusé*.

266

– Alors ? L'homme le regarde dans les yeux.

– Je savais, dit Morrison. Il sent une tristesse presque insoutenable s'abattre sur lui, un poids, pesant dans ses os. Mais je ne pouvais rien faire…

Soudain, une autre voix parle, une voix de jeune garçon, s'élevant de l'obscurité.

– Vous auriez pu faire *quelque chose*, dit cette jeune voix, et Morrison tourne la tête pour voir de qui il s'agit. Le garçon est masqué, comme son compagnon, mais il rappelle quelqu'un à Morrison, un garçon qu'il arrive presque à situer, contrairement à l'homme qui continue sa besogne, continue sans faiblir, édifiant une gangue de bandages mouillés autour de Morrison et du fauteuil.

– Je ne pouvais rien faire, dit doucement Morrison à l'homme à côté du fauteuil.

Puis, après un silence cette fois intentionnel, il abat sa dernière carte, d'une voix encore plus douce, intime, même.

– J'ai une femme, dit-il.

– De quoi ?

C'est le garçon qui parle, furieux, railleur.

– Qu'est-ce que vous avez dit ?

– J'ai dit, j'ai une femme, répète Morrison en s'adressant toujours à l'homme, qui s'est retourné vers le seau.

– Qu'est-ce que votre femme vient faire là-dedans ? crie le garçon. Vous êtes policier. Vous étiez censé protéger les gens.

Le garçon a raison, bien sûr. Morrison le sait. Mais il se trompe aussi, car il prend Morrison pour quelqu'un d'autre, il le croit pire qu'il n'est. Pourtant, Morrison acquiesce. Il s'apprête à parler, quand l'homme se retourne et commence à lui envelopper le visage d'un bandage mouillé ; le plâtre froid, collant, lui glace la peau, s'infiltre en minuscules particules dans sa bouche.

– Ne vous inquiétez pas, dit l'homme, je vais laisser une ouverture pour que vous puissiez respirer.

Morrison est en proie à la panique, à présent, mais il ne peut pas bouger. Il ne peut rien faire. Bientôt, il ne sera même plus en mesure de parler.

— On emmaillotait ainsi les gens, dit l'homme, pour soigner la tuberculose, dans le temps. Vous saviez ça ?

On croirait une conversation avec un coiffeur trop expansif : l'homme se penche même de côté et regarde Morrison dans les yeux pour s'assurer qu'il écoute bien. Elle a de l'importance pour lui, cette anecdote. Il a planifié ça avec soin, et cette anecdote trône à la place centrale, telle une araignée dans sa toile.

— La tuberculose ne se limite pas aux poumons, poursuit l'homme, une fois assuré qu'il a toute l'attention de Morrison. Elle s'attaque également aux os. On laissait les gens dans ces coques pendant des semaines, pour prévenir les difformités. Pour redresser les patients, en quelque sorte.

Il marque un silence — et Morrison décèle une mélancolie dans ce silence, comme si l'homme se souvenait d'une chose qui lui était arrivée un jour.

— Ça les rendait fous, bien sûr, il dit.

Il fait un pas en arrière pour examiner son œuvre.

— Encore un petit peu là et on aura bientôt fini, dit-il, sans que Morrison sache vraiment s'il s'adresse à lui ou au garçon dans l'ombre. Il sent déjà les bandages sécher autour de ses bras et ses jambes. Il est pris dans un plâtre intégral à présent : bientôt, tout sera sec et il ressemblera à un de ces tuberculeux d'autrefois. Est-ce que ça le rendra fou ? Est-ce que ça le redressera ? Est-ce tout ça est fait dans ce but ?

L'homme revient, laissant son seau.

— Oui, ça devait être un véritable enfer, dit-il. Pour les patients, j'entends.

Il travaille vite, à présent, superpose les couches, solidifie son ouvrage. Finalement, il est à court de bandages. Il se penche vers le visage de Morrison. Seuls, le nez et les yeux restent visibles.

– Ne vous sauvez pas, dit-il.

Morrison veut regarder alentour, pour voir où se trouve le garçon, mais il ne peut déjà plus bouger. La seule chose qu'il arrive à voir, c'est l'homme, qui s'éloigne avec le seau, s'enfonce dans le noir, où il reste quelques instants, invisible, avant de revenir avec un nouveau seau qu'il pose exactement au même endroit que le premier. Il reprend sa besogne.

– "Entrez par la porte étroite", dit-il, et il poursuit à mesure qu'il ligote Morrison à l'aide des bandages, travaillant vite, étoffant l'armature qu'il a créée : "Car large est la porte, spacieux est le chemin qui mènent à la perdition, et il y en a beaucoup qui entrent par là. Mais étroite est la porte, resserré le chemin qui mènent à la vie, et il y en a peu qui le trouvent."

Il se tait et recule.

– Là, dit-il. Vous en avez fini

Il regarde Morrison. Au loin, un son se fait entendre, un son ténu, le volettement d'un oiseau ou le vent dans une fenêtre cassée. Morrison ne peut pas déterminer, mais ce n'est pas un son significatif, ce n'est pas quelqu'un qui vient à son secours. Pourtant, l'homme se fige un instant, la tête penchée de côté. Mais à présent le silence règne à nouveau, un silence qui semble gagner en ampleur et en profondeur à mesure que l'homme écoute, comme s'il le créait, juste en lui accordant son attention. Morrison écoute aussi : pendant un instant, ils sont unis dans une complicité fugace, deux hommes dans une salle, à l'écoute, en attente ; puis, soudain, saisi de ne pas l'avoir remarqué plus tôt, Morrison comprend que *cet* homme, qui cite les versets de la Bible, est celui qui a tué Mark et l'a laissé suspendu dans le bosquet empoisonné. C'est *lui* qui a emporté les autres garçons, lui qui les a tous tués, et maintenant qu'il est privé de la parole, Morrison a désespérément besoin de demander pourquoi il a fait ça. Pourquoi les garçons et, maintenant, pourquoi *ça*, alors qu'il sait que Morrison est innocent. Il comprend à présent que, dans l'esprit de cet homme, quelque chose est accompli grâce à ce rituel de bandages et d'Évangiles, de même que quelque chose était accompli avec le meurtre de ces enfants. Il pense aux versets que l'homme a récités et, en son for intérieur, il ajoute celui qui semble le plus à-propos face à ce moment, à cette scène. Il a envie de le dire tout haut, mais il ne peut pas, car les bandes de plâtre de Paris prennent déjà autour de son visage, commencent déjà à sécher, et ses lèvres sont figées, muettes. La seule chose qu'il peut faire, c'est répéter ces versets dans sa tête et regarder l'homme droit dans les yeux de telle sorte qu'au prix d'un effort de volonté, peut-être, il pourra lui communiquer ses pensées.

— "Ne jugez pas pour n'être pas jugés", commence-t-il, en mettant tout ce qu'il peut, toute la vie qu'il lui reste, dans cette pensée. "Comme vous aurez jugé, vous serez jugés vous-mêmes ; comme vous aurez mesuré, vous serez mesurés à votre tour."

Morrison n'est pas pratiquant, au sens où on entend le terme, mais il connaît ce passage de saint Matthieu, il le connaît bien. Il est inscrit dans la moelle de ses os et dans ses veines, à l'intérieur de son crâne.

— "Qu'as-tu à regarder la paille qui est dans l'œil de ton frère, alors que tu ne remarques pas la poutre qui est dans ton œil ? Hypocrite, commence par enlever la poutre de ton œil, tu penseras ensuite à enlever la paille de l'œil de ton frère."

Pendant tout ce temps, l'homme le regarde. Morrison pense même avoir réussi, pense que l'homme entend réellement les versets qu'il est en train de se réciter. Mais en fin de compte l'homme se penche et plonge les yeux dans ceux de Morrison. Son regard est interrogateur, comme le regard qu'avaient les professeurs quand ils le punissaient, à l'école, un regard si débordant de moralisme vertueux qu'il refusait toujours de l'honorer d'une réaction. Au bout d'un moment, l'homme dit, pas très fort, mais assez pour que Morrison entende bien clairement à travers les bandages :

— Je vous laisse du temps pour vous repentir, dit-il. Faites-en bon usage.

Là-dessus, le voilà parti, il s'éloigne dans le noir, disparaît pendant quelques secondes, puis réapparaît dans le champ visuel de Morrison, s'enfonce à nouveau dans le noir, accompagné du garçon cette fois, qui a dû être là tout du long, à observer, écouter. Tous deux s'éclipsent un long moment dans le noir et Morrison se croit seul à présent, frigorifié, suspendu dans le temps et l'espace, et la panique est presque insoutenable – semblable à la panique de Thomas à Kempis, quand il fut enterré vivant, mais pire, car Thomas pouvait au moins se débattre, il pouvait griffer le couvercle de son cercueil, crier, gémir, prier. Puis, une fois que la panique a atteint un point auquel Morrison a l'impression qu'il va sans doute perdre connaissance et sombrer dans une sorte de répit, il voit juste en face de lui, là où il n'y avait jusqu'alors que l'obscurité, un cercle de lumière vive, flamboyante, éblouissante, totalement inexplicable. Pendant un instant, il ne voit que ça ; puis, comme ses yeux s'accoutument à ce soudain embrasement, il voit deux silhouettes, l'homme et le garçon, entrer dans cette lumière éblouissante, entrer dans le brasier et disparaître dans sa radiance, comme si ç'avait toujours été leur élément, étincelles retournant à la lumière, flammes retournant au feu. C'est un instant terrible et, même après tout ce qu'ils lui ont fait, Morrison a peur, pour eux autant que pour lui-même, car ils savent sans doute ce qu'ils sont en train de faire, ils savent sans doute qu'il entrent dans le brasier ardent de l'enfer, pour n'en jamais revenir et y être anéantis, à tout jamais.

Puis, aussi soudainement qu'elle a surgi devant ses yeux, la flamboyance disparaît et la grande salle est à nouveau dans le noir. L'homme et le garçon ont disparu, perdus dans les flammes, et Morrison est seul.

PARADIS

Pourquoi le paradis est-il aussi resplendissant? Pourquoi la lumière nous aveugle-t-elle? Dans une histoire que j'ai entendue, la première chose que l'âme veut faire, en arrivant au paradis, c'est se retourner et regarder derrière, vers la vie qu'elle a quittée – mais alors, si elle le faisait, si elle pouvait le faire, elle verrait que tous ceux qu'elle a un jour connus sont encore au purgatoire. Et alors le paradis ne serait plus le paradis. Si beau que soit le paradis, et bien que l'âme comprenne à quel point l'ancienne vie était terrible, elle a envie de rebrousser chemin, à cause de ces gens. Non pas parce qu'elle les aimait ou se souciait beaucoup d'eux, mais parce qu'ils appellent de là où ils sont et que l'âme ne peut faire la sourde oreille. Elle est des leurs. Elle est issue de la terre.

Et c'est pourquoi le paradis est resplendissant. C'est pourquoi il est aveuglant. Pour qu'on ne puisse jamais regarder en arrière.

L'Homme-Papillon n'avait rien dit, après m'avoir montré la machine qu'il avait fabriquée à partir des notes et des croquis de son père. Il n'a rien expliqué, ne m'a pas dit ce qui allait m'arriver quand je franchirais le portail. Peut-être avait-il tenté de formuler quelque chose la première fois qu'il m'a amené dans la salle, mais j'étais encore soûl ou je ne sais quoi à cause du thé, et je n'ai pas compris ce qu'il disait. Mais quoi qu'il ait dit, il n'a rien expliqué. Ce n'est pas ce genre d'histoire-là. Il ne m'a pas empoigné par le bras en disant: "Vite, viens avec moi. Je vais te sortir d'ici", tel Harrison

Ford dans un film d'aventures. Il ne m'a pas fait asseoir pour m'exposer l'intrigue, en comblant tous les blancs, tel Hercule Poirot ou Sherlock Holmes une fois que le mystère a été résolu et les criminels appréhendés. Il n'a pas expliqué le mystère parce que le mystère c'était *lui*, simplement il contrebalançait celui qui s'était déroulé auparavant, la première étape d'un nouveau commencement. Comme dit le photographe fou, dans *Apocalypse Now*: il était le yin et le yang, la thèse, l'anti-thèse, la synthèse; il était la dialectique sous la forme d'un ami vivant, qui respirait. Et je l'appelle encore mon ami parce qu'il l'était. Au début, je croyais le connaître, puis j'ai vu que, même si un peu de lui était vieux, même s'il venait, en partie, du monde que j'avais connu auparavant, il était également neuf: créature neuve imprévisible, subitement lâchée de quelque cachette secrète pour marcher, respirer, agir, comme pour la première fois. Comme Ariel, peut-être, à la fin de *La Tempête*. C'était un ami, mais un ami d'un autre genre, un peu celui qu'on espère avoir un jour et qu'on ne trouve jamais vraiment, tout au long de l'enfance. Un ami si proche qu'il pourrait aussi bien être nous-mêmes – et peut-être l'est-il, d'une certaine façon. On est un peu lui, il est un peu nous. Il sait ce qu'on ne sait pas et on voit ce qu'il ne perçoit pas.

Je ne le connais pas vraiment, pourtant. Il n'est pas celui pour qui je le prenais, il n'est même pas celui pour qui je ne le prenais pas. Pendant tout ce temps, je n'ai même pas su son vrai nom. Je me contentais de l'appeler l'Homme-Papillon parce que c'est ce qu'il était à mes yeux: l'Homme-Papillon, l'homme venu des bois, un élément du paysage, voletant d'un endroit à l'autre, venant se poser un moment puis repartant. Je n'ai jamais su où. Je n'ai jamais pensé à lui demander son nom, ni où il vivait, ni s'il avait une famille, en dehors de son père – mais bon, qui attache de l'importance aux noms? Qui attache de l'importance à une adresse quelque part, à la vignette fiscale d'une camionnette ou à une inscription sur une liste électorale? Il n'est pas de l'Intraville, ça je le sais, mais l'idée ne m'est jamais venue qu'il puisse venir d'ailleurs que des bois. Si je ne sais rien de lui, c'est parce que je n'ai jamais voulu savoir. Ni son nom, ni son adresse, ni ce genre de choses, en tout cas. Je ne dis pas qu'il n'était pas celui que je croyais connaître quand on était dans les bois en train d'observer les plantes ou devant son feu de camp, à boire du thé bizarre, simplement il dépasse tout ce que j'avais jamais vu, mais j'imagine qu'on pourrait dire ça de n'importe qui. Je me rappelle John me parlant de cette fille qu'il avait connue, à l'époque où il était adolescent : elle travaillait dans le magasin de musique où il allait dès qu'il avait de l'argent pour acheter des disques, et il était peut-être amoureux d'elle, seulement elle était plus âgée et vraiment jolie, et John ne pensait pas avoir sa chance avec elle alors il ne disait rien, il se contentait d'entrer dans le magasin et d'acheter son disque, ou peut-être de commander quelque chose qu'ils n'avaient pas, qu'ils lui feraient venir pour la semaine suivante, et il était guindé, très poli dans tout ce qu'il disait et faisait, pour qu'elle ne comprenne jamais qu'elle avait un admirateur secret. Ce gamin-là. Pendant qu'il racontait ça, je me souviens que mon imagination galopait à la recherche d'une sorte de chute, comme peut-être celle de cette histoire de Romain Gary où le type n'arrive pas à trouver le courage de parler à la belle femme qui vit dans l'appartement au-dessus du sien, bien qu'il la croise tous les jours dans l'escalier. Il est incapable de trouver quelque chose à dire, alors il ne dit rien et il se sent de plus en plus seul, jusqu'au moment où, dans sa petite chambre froide, il entend la femme, au-dessus, faire l'amour à grand bruit avec quelqu'un, et il est tellement désespéré, tellement accablé, qu'il se pend, vaincu par la pure solitude. Or on sait déjà forcément – ça fait partie du déroulement de l'histoire qu'on sache déjà, car ces choses sont déjà écrites, et c'est ce qui les rend si affligeantes et impitoyables, on sait forcément que, quand la police vient pour dresser un procès-verbal et enlever le corps, la concierge explique que la femme de l'étage est morte, qu'elle a pris du poison et souffert en mourant, en se convulsant sur son lit, en gémissant et en criant. Et cetera, et cetera. Sauf qu'en l'occurrence, ce n'était pas du tout l'histoire de John, ce n'était pas du tout une de ces histoires où tout se joue dans le vacillement de l'incrédulité, c'était pire, d'une certaine façon, parce que c'était simplement une des histoires de John, qui font partie de la vraie vie, où il n'arrive jamais rien, parce que rien n'arrive jamais. Dans l'histoire en question, John continue d'aller au magasin et reste là, muet et désarmé pendant des mois, puis il entre un jour et la fille est partie. Il ne veut pas demander où elle est, de peur de se trahir, mais de toute façon le type derrière le comptoir le renseigne spontanément, raconte la façon dont elle est morte mystérieusement pendant la nuit, deux jours plus tôt, une femme de vingt ans morte dans son lit d'une maladie obscure qui produit le même effet sur les poumons qu'une noyade. C'est ce qu'il raconte à John, et John voit bien qu'il tient à le lui raconter parce qu'il connaît son secret, tout le monde le connaît, car John est le gamin transi d'amour dont tout le monde se moque, et donc le type, qui s'appelle Dave, a envie de voir comment John va prendre la nouvelle. Et John éclate en sanglots parce qu'il était vraiment amoureux. Assez amoureux pour ne rien attendre, assez amoureux pour ne pas avoir dit un mot. Bien sûr, en voyant ça, Dave a des remords et veut donner à John quelque chose qu'il puisse emporter, un petit quelque chose en rapport avec la fille – dont le prénom était Kate, je crois, mais je ne sais pas trop si John me l'a dit un jour ou si je l'ai juste imaginé, car dans l'histoire elle avait bien le profil d'une Kate. Kate Thompson. Ou peut-être Katie. En tout cas, Dave lui raconte que, plus tard, en inspectant les affaires de la fille, on y a trouvé un marteau, un rabot, une scie à chantourner, toutes sortes d'outils, encore dans leur emballage pour la plupart, bien rangés dans les tiroirs de son armoire, sous les pulls, les chaussettes et les soutiens-gorge, une panoplie complète de charpentier ou quelque chose du genre, sauf que ces outils n'avaient jamais servi, et apparemment Kate ou Katie les avait achetés l'un après l'autre au fil de mois ou même d'années, étant donné que la facture de certains se trouvait encore dans l'emballage et les dates étaient toutes différentes. C'est ce que le type, Dave, avait dit à John pour le réconforter... et c'est ce que John s'est rappelé des années plus tard, quand il m'a raconté l'histoire. Ça, et les mots que le type lui avait répétés, dans ce minuscule magasin de disques qui puait le vinyle et la poussière chaude, bien des années auparavant. "Les gens sont bizarres", avait dit Dave, puis, comme John ne répondait rien, parce qu'il ne trouvait rien à dire, il avait redit : "Les gens sont bizarres, ça c'est sûr."

L'histoire tire à sa fin, et je considère toujours Morrison comme un cadeau. L'Homme-Papillon sait que notre flic local n'a tué personne, mais il sait aussi qu'à sa façon personnelle et particulière, typique de l'Intraville, le policier a commis une infraction trop grave pour qu'elle reste impunie, la pire forme d'infraction dans laquelle la ville est enlisée depuis des décennies : le péché d'omission, le péché qui consiste à détourner le regard pour ne pas voir ce qui se passe juste sous nos yeux. Le péché de ne pas vouloir savoir ; le péché de tout savoir et de ne rien faire. Le péché de connaître des choses sur le papier mais de refuser de les connaître dans nos cœurs. Tout le monde connaît *ce péché-là*. Il suffit d'allumer la télé et de regarder les nouvelles. Je ne suis pas en train de dire qu'il faut essayer d'aider les gens en Somalie ou d'arrêter le massacre des forêts tropicales, simplement on n'éprouve absolument plus rien si ce n'est un vague sentiment d'inconfort ou de gêne quand on voit les arbres déchiquetés et les coulées de boue, ou les enfants amputés dans les hôpitaux de campagne – et c'est impardonnable de poursuivre sa vie pendant que ces choses-là arrivent quelque part. C'est *impardonnable*. Tout devrait changer, quand on voit ça.

C'est pour cette raison que l'Homme-Papillon fait ce qu'il fait à Morrison. Parce que Morrison sait qu'il est même impardonnable d'être innocent quand les garçons perdus disparaissent dans les fourrés tout autour de nous. Impardonnable de ne pas savoir où ils sont, même s'il est impossible de le savoir. Morrison sait qu'il est impardonnable qu'un enfant disparaisse sans laisser de traces, et que c'est à la fois le pire de ses péchés et le début de sa rédemption. Car c'est une rédemption, ou le début d'une rédemption, cette scène que l'Homme-Papillon orchestre avec tant de soin dans la salle du Glister. Sur le moment, on ne peut pas s'attendre à ce que je comprenne ça. J'y vois une punition, pure et simple. Je ne sais pas à quel point le rôle de Morrison dans les meurtres a été limité, mais l'Homme-Papillon, lui, le sait. Il le sait mieux que quiconque, mais il fait son terrible cadeau quand même. Si j'avais su alors ce que je sais maintenant, je n'aurais pas accepté ça – mais bon, si j'avais su alors ce que je sais maintenant, j'aurais compris que ce n'est pas à moi qu'est destiné le cadeau. Il est destiné à Morrison. Si grotesque que ça puisse paraître, c'est pourtant vrai – car par quel autre moyen un homme serait-il libéré de l'enfer, sinon en traversant une effroyable mais par bonheur ultime souffrance ? À sa façon, l'Homme-Papillon bâtit un refuge pour Morrison. Quand, avec tant de soin, tant d'attention, il l'enferme dans cette coque de plâtre, il construit un endroit sacré où le policier coupable peut être isolé et ainsi, finalement, absous du péché du monde. C'est ainsi qu'il le conçoit, je le sais, mais c'est seulement maintenant que je comprends le fardeau que ça a dû être pour lui.

Il me livre donc Morrison comme un cadeau, mais ça n'a pas d'importance à ses yeux. Depuis le tout début, il pense au Glister et à la façon dont il me montrera comment en franchir le passage. Pas pour me faire *sortir* d'ici, mais pour m'y engager plus avant. Jusqu'au bout. Mais il est aussi patient et il voit bien qu'il faut faire quelque chose, tourner la page de l'ancienne vie. Donc on s'empare de Morrison et on l'amène dans cette immense salle, à cinquante mètres à peine du Glister. Qu'est-ce que le Glister, au juste? Une porte? Un portail? Qu'y a-t-il de l'autre côté? Je n'en sais rien, et à vrai dire je n'ai même pas envie d'y penser. Je sais juste que, le moment venu, je franchirai ce passage et qu'alors je serai au bout.

Je ne savais pas si Morrison était l'assassin, au début, mais une fois que tout est fini, quand nous le laissons là dans son plâtre, je sais que ce n'est pas lui. Cela dit, il était impliqué, il a rendu ça en partie possible, si bien qu'un peu de justice a été faite. Maintenant, c'est à l'Intraville de poursuivre ce travail bénéfique. Il va falloir que les gens se trouvent un ange, qu'ils se rendent dans l'Extraville et effacent toutes les marques blanches sur les montants des portes. Ils pourraient aussi simplement cesser de collaborer avec les autorités et entamer une nouvelle partie. Inventer de nouvelles règles et oublier toutes ces foutaises aux relents de *touche pas à la femme blanche**. Mais c'est leur affaire, ça ne me concerne plus en rien. Mon père est mort, après avoir contribué toute sa vie à son propre calvaire, somnambule que je n'ai jamais réussi à réveiller. Maintenant je suis fatigué et pas sûr du tout d'avoir le cœur à quoi que ce soit d'autre, si bien que mon ami règle le compte de Morrison et, ce faisant, me donne à constater que, tôt ou tard, justice sera faite. On secoue Morrison pour le réveiller et on lui donne les outils qui lui permettront de juger par lui-même à quel point il est loin du paradis. Puis on s'éloigne en le laissant pourrir sur place.

On dit que, pour rester en vie, il faut aimer quelque chose. Quoique aimer ne soit peut-être pas le bon mot, après tout. Peut-être faut-il *être* quelque chose. Pas une grosse légume ni le chéri de quelqu'un, rien de tel. Pas non plus futé, beau ou riche. Ni célèbre ou dangereux. Il faut simplement *être*. Je ne sais pas si ça veut dire grand-chose, en cet instant précis, mais j'ai le sentiment tandis que nous nous tenons devant son étrange machine, que nous sommes sur le point de le découvrir. Je ne vois pas ce qu'il fait pour l'ouvrir : c'est d'abord juste une trappe ronde dans une paroi en métal, une porte mangée de corrosion, sur laquelle figurent des lettres que je distingue tout juste, effritées et indistinctes au milieu de la rouille et la crasse,

GLISTER&

L'espace d'un instant, tout est calme et silencieux. Je contemple les lettres gravées dans le métal, en essayant d'en comprendre la signification, puis l'Homme-Papillon s'avance pour ouvrir la porte – et je me rends compte que je tends l'oreille pour écouter quelque chose, là-haut sous le toit, quelque part, ou au-dessus du toit, peut-être. Je n'arrive pas à bien distinguer, au début, puis je m'aperçois que c'est une nuée de mouettes, une nuée gigantesque, des centaines, des milliers même, qui passent et repassent dans un sens puis l'autre, au-dessus de l'immense salle. Des centaines de milliers de mouettes, des millions, qui ont pris leur envol depuis la décharge et les bras de mer gris tout le long de la grève pour s'assembler au-dessus de nous, criant et appelant, et derrière elles, quelque part, enfoui dans tout ce bruit, telle l'amande d'un noyau, je distingue à peine le bruit de la vague qui court sur les galets mouillés, bruit sombre, éternel, qui ne s'arrêtera jamais je le sais, car il n'est pas simplement là-haut dans le ciel au-dessus de nous, pas simplement dans le monde, il est en moi, inscrit dans chacun des nerfs et des os de mon corps. Puis l'Homme-Papillon tend la main et commence à ouvrir la porte qui mène au passage.

Je me retourne alors, pour regarder derrière moi. Pas pour Morrison, mais pour voir ce que je laisse derrière. Ou peut-être pour regarder une dernière fois les lieux dont j'ai un jour été issu. J'ai juste envie d'un dernier regard au seul monde que j'aie jamais connu, réduit aujourd'hui à cette salle froide, à peine éclairée par une unique faible lampe qu'alimente le générateur installé par l'Homme-Papillon pour faire tourner le Glister – mais quelque chose, sur la droite, attire mon regard, quelque chose là-haut, sous les poutrelles du toit, que je n'avais pas vu jusqu'à maintenant, juste à droite de l'ampoule. Je ne sais pas trop pourquoi je le vois, étant donné que je ne cherche rien là-haut, à l'orée de la lumière. Je devrais regarder droit devant moi, regarder la porte que l'Homme-Papillon s'apprête à ouvrir, porte qui mène à un autre monde, peut-être – mais quelque chose attire mon regard, alors je tourne la tête pour voir ce que c'est. Je ne vois pas comment ça aurait pu bouger et il n'y a aucun bruit, mais j'ai le sentiment qu'il s'est passé quelque chose, que ce qui se trouve là-haut a en quelque sorte attiré mon attention de son plein gré. Même alors, c'est difficile à percevoir, juste une masse nébuleuse qui paraît plus sombre que l'ombre alentour, mais au bout d'un moment il me semble discerner la forme d'un corps, ou peut-être d'une carcasse, comme ces quartiers de viande qu'on voit dans les boucheries, masses lourdes et hideusement immobiles, desquelles goutte un liquide sombre sur le béton, en dessous. Et je suis étonné de ne pas l'avoir remarquée jusqu'alors. Une chose pareille. Je suis étonné – et il s'en aperçoit, car il m'effleure le bras du bout des doigts, doucement, sans un soupçon de force.

— Ne te laisse pas distraire, dit-il. Sa voix est plus douce que d'habitude, et pendant un instant il a l'air presque hésitant, comme s'il craignait que j'échoue d'une façon ou d'une autre au dernier moment. Je me retourne face à lui.

L'espace d'un instant, je revois le corps, puis il disparaît et l'Homme-Papillon est là, qui me regarde, pas effrayé finalement, pas même inquiet, juste intrigué, conscient que quelque chose m'a distrait mais sans relâcher son attention, de peur que j'aie bel et bien une défaillance, et je comprends, à ce moment-là, que ce n'est pas pour moi que je fais ça, c'est pour lui et – à ses yeux, au moins – pour tout un chacun. Tout un chacun à l'Intraville, tout un chacun sur la péninsule, tout un chacun partout, peut-être. Je suis étonné.

– Il est temps, dit-il. Tu y es presque.

– Vous ne venez pas, je dis. Ce n'est pas une question : j'ai lu dans son regard qu'il va m'envoyer à l'intérieur du Glister seul. Ce que j'aurais dû comprendre, bien sûr, étant donné que lui doit rester, il doit continuer sa besogne. C'est *lui* l'ange nécessaire. J'ai une image de lui passant d'une maison à l'autre tout le long de la péninsule, abattant un à un les Morrison, les Jenner, les Smith. C'est ce que je vois de lui en tout dernier. Un ange, passant d'une porte à l'autre. L'ange de la mort. L'ange de l'absolution, rassemblant les âmes mauvaises – non pour les punir, mais parce que Dieu leur a enfin pardonné et les libère de l'enfer dans lequel elles étaient tombées. Pour l'heure, l'Homme-Papillon secoue doucement la tête, un demi-sourire aux lèvres.

– Je dois rester ici, dit-il.

Mais de nouveau, alors même qu'il prononce ces mots, son visage s'estompe et je regarde plus loin, à la limite du rond de lumière – et cette fois je vois distinctement : un corps, suspendu dans la pénombre, la silhouette ravagée d'un garçon en suspens dans les airs tel l'Icare en chute d'un vieux tableau, un garçon de mon âge, plus ou moins bâti comme moi, un garçon avec le même teint que moi, pour autant que je puisse le distinguer sous cet éclairage, et à peu près de ma taille, d'après ce que je peux en voir. Une image miroir de moi, voyageant sur une piste parallèle, comme le moi pas-moi que j'avais vu dans les bois, *mon semblable... mon frère**. Je l'avais cru mort en l'apercevant la première fois ; à présent, je constate qu'il est couvert de vilaines entailles mais encore en vie, le sang noir gouttant de son visage et de ses mains, le corps ligoté dans quelque chose de brillant, en train de se balancer doucement dans les airs, bouche ouverte, semble-t-il, comme s'il voulait dire quelque chose ou comme s'il avait voulu dire quelque chose un instant plus tôt – et je sais, à présent, pourquoi je

282

tiens à me souvenir de tout ça comme si c'était arrivé par le passé, tout en sachant que ça se poursuit dans le présent, parce que le garçon ne cherche pas à parler, il crie, et le garçon c'est moi, sauf que c'est moi dans je ne sais quelle version parallèle de l'histoire, juste au moment où je tourne la tête et constate que l'Homme-Papillon est parti. Parti à tout jamais, alors que j'aurais juré qu'il était là un instant plus tôt. L'Homme-Papillon est parti, puis le garçon au bout de son fil est parti, et j'avance dans cette lumière immense, impossiblement éblouissante. J'avance avec l'impression que je vais tomber ou être englouti, mais au lieu de ça je me retrouve au beau milieu de cette lumière insoutenable – sauf que je ne suis plus *là*, je suis quelque part ailleurs et tout a disparu. L'Homme-Papillon, le Glister, le garçon sous les poutrelles du toit, Morrison dans sa coque de plâtre – tout ce que je connais a disparu, et il ne reste plus que les appels des mouettes, au-dessus et autour de moi les appels des mouettes et le mouvement lent, insistant des vagues, lent, lointain, à peine audible, se déroulant sur la grève et dans ma tête.

Remerciements

Tous mes remerciements à la Société des auteurs pour son soutien dans les recherches et l'écriture de ce livre. Ainsi qu'au Conseil général du Nord et au personnel de la Villa Mont-Noir, *merci à tous*[*].

Cet ouvrage a été composé par
Atlant'Communication
au Bernard (Vendée)

Impression réalisée par
CPI Firmin Didot
à Mesnil-sur-l'Estrée
en septembre 2011

N° d'édition : 252300-3 – N° d'impression : 107204
Dépôt Légal : août 2011

Imprimé en France